호수살인자

[명판관 디 공 시리즈]

로베르트 반 훌릭 — 구세희 옮김

몸을 감싼 흰 옷에서 물이 뚝뚝 떨어지고 머리채에 엉켜 있는 미끌미끌한 수초는 하얗게 식어 버린 그녀의 얼굴에 달라붙어 있었다

호수살인자

황금가지

THE CHINESE LAKE MURDERS:
A Judge Dee Detective Story
by Robert Hans van Gulik

Copyright © by Robert Hans van Gulik
Thirteen plates drawn by the author in Chinese style

Korean Translation Copyright © 2010 by Goldenbough

Korean edition is published by arrangement with
Thomas M. van Gulik, Amsterdam, The Netherlands.

이 책의 한국어판 저작권은 Thomas M. van Gulik과
독점 계약한 ㈜황금가지에 있습니다.

저작권법에 의해 한국 내에서 보호를 받는 저작물이므로
무단 전재와 무단 복제를 금합니다.

서문

『호수 살인자』는 디 공이 666년 한위안(漢源)의 수령으로 부임한 직후 일어난 수수께끼 같은 세 가지 사건에 대한 이야기이다.

  한위안은 수도에서 북서쪽으로 300리 정도밖에 떨어지지 않은 오래된 작은 고을이며 높은 산으로 둘러싸여 타지 사람들이 좀처럼 들어와 정착하지 않는 곳이다. 이 고을은 호숫가에 자리 잡고 있는데 이 호수에 얽힌 기괴한 이야기가 예부터 전해온다. 그곳에서 익사한 사람은 그 시신을 결코 찾을 수 없고 죽은 사람들의 유령이 산 사람들 사이에 돌아다닌다고 한다. 하지만 동시에 이 호수는 '꽃배'로도 유명한데, 이것은 연회에 초청된 손님들이 아름다운 기녀들과 함께 물 위에서 밤을 보내며 즐기는 곳이다.

  이 기묘하고 오래된 고을에서 디 공은 잔인한 살인 사건과 맞닥뜨린다. 그리고 사건 조사가 막 시작되려는 찰나, 새로운 두 사건이 일어나고 디 공은 곧 정치적 음모와 더러운 탐욕, 그리고 어둡고 금

지된 욕망으로 얼룩진 사건 한복판에 뛰어든다.

책 시작에 한위안의 전경이 있고 중간에는 꽃배 도면이 있다. 도면은 절친한 친구이자 전 인도 뉴델리 고고학 유적 탐사 감독 힐러리 웨딩턴의 솜씨라는 것을 밝혀 둔다.

로베르트 반 훌릭

【차례】

서문
5

등장인물
8

한위안 전도
10

호수 살인자
13

이 책에 대하여
311

등장인물

주요 인물

디런지에 : 수도에서 300리 정도 떨어진 작은 산간 고을인 한위안의 수령, 여기에서는 '디 공' 혹은 '판관'이라고 불린다.

홍량 : 디 공의 충실한 상담자이자 관아의 수형리. 여기서는 홍 수형리, 혹은 수형리로 불린다.

마중 : 디 공의 제1형리.

차오타이 : 디 공의 제2형리.

타오간 : 디 공의 제3형리.

"기녀 살해 사건" 관련 인물

한우형 : 부유한 지주로 한위안의 유지 중 한 명.

류화 : 한우형의 딸.

펜토화 : 한위안의 버드나무 거리에 사는 기녀.

자완화 : 한위안의 버드나무 거리에 사는 기녀.

도화 : 한위안의 버드나무 거리에 사는 기녀.

왕 : 금 세공인 조합장.

펭 : 은 세공인 조합장.

수 : 옥 세공인 조합장.

강포 : 부유한 비단 상인.

강충 : 강포의 동생.

"신부 실종 사건" 관련 인물

장웬장 : 문학 박사.

장후표 : 장웬장의 아들, 공부하고 있는 서생.
류페이포 : 수도에서 온 부유한 상인.
창어 : 류페이포의 딸.
궁 : 차 상인, 장 박사의 이웃.
마오유안 : 목수.
마오루 : 마오유안의 사촌.

"재산을 탕진하는 황실 고문의 사건" 관련 인물
량멩광 : 전 황실 고문, 은퇴하여 한위안에 살고 있다.
량펜 : 량멩광의 조카, 량 대인의 비서로 일하고 있다.
완이판 : 거간 상인.

그 외의 인물
멩기 : 도찰원의 도어사.

한위안 전경
1. 관아
2. 공자 사당
3. 불교 사원
4. 량 대인의 저택
5. 한우형의 저택
6. 장 박사의 집
7. 류페이포의 별장
8. 버드나무 거리
9. 어시장

한위안 전도

**한 병든 관리가 기묘한 글을 남기고,
디 공이 꽃배에서 열리는 연회에 참석한다.**

우리네 인생사를 적어내려 가는 것은 오직 하늘 뿐,
어디서 시작하고 끝나는지 알고 있거늘.
끝이 있어도 우리 인간은 적힌 글을 읽지 못하네.
글이 아래로 쓰여 있는지, 위로 쓰여 있는지도 모른다네.

판관이 붉은색 재판대에 앉을 때,
그의 권한은 생사를 결정짓는 하늘의 힘.
그러나 하늘이 아는 바는 알지 못하니, 경계하게 하소서.
판결을 내릴 때 스스로 심판받지 않도록.

아무도 위대한 명 왕실에 바친 20년 세월을 하찮은 이력이라 부르지 않을 것이다. 선친께서는 50년간 봉직하셨고, 일흔에 돌아가시기 전 관찰사까지 지내시기도 했지만 말이다. 나는 사흘만 지나면 마흔이 된다. 그렇지만 하늘이시여, 내가 살아서 그날을 맞지 않도록 굽어 살피소서.

드문 일이지만 머리가 맑아지면 내 생각은 하나 남은 탈출구인 지난 세월을 향한다. 4년 전, 나는 수도 형부(법률과 사법을 맡아 보던 중앙 기관—옮긴이)의 감사관으로 승진했고 이것은 서른다섯 살의 관리에게는 대단한 영예였다. 사람들은 내 앞길이 탄탄대로라고 이야기했다. 넓은 집을 하사받고 얼마나 자랑스러웠던가. 딸아이의 손을 잡고 아름다운 정원을 거닐 때면 얼마나 즐거웠던가. 아이는 비록 어렸지만 내가 가리키는 꽃마다 이름을 알고 있었다. 4년이라. 그러나 지금 돌이켜 보면 까마득한 옛날 같다. 마치 전생의 기억처럼.

나를 위협하는 그림자 같은 네가 다시 짓누르듯 다가오는구나. 몸이 오그라드는 두려움에 떨면서도 나는 네게 복종해야만 한다. 내게 잠시 숨 돌릴 틈조차 주기 싫은 것이냐? 네가 시킨 것은 모조리 다 하지 않았더냐? 지난달 음산한 호수가 있는 오래된 도시 한 위안에서 돌아오자마자 딸아이의 혼인날을 정해 지난주에 시집보내지 않았더냐? 이제 무슨 말을 할 참이냐? 견딜 수 없는 고통으로 내 감각은 모두 무뎌져 버렸다. 이제는 네 말이 잘 들리지 않는다. 딸에게 진실을 알려야 한다고 말하고 있는 게냐? 오, 하늘이시여! 너는 동정심도 없느냐? 그걸 알면 딸아이는 크게 상심하여 무너져 버릴 것이다. 안 돼, 제발 날 해치지 마라. 시키는 대로 할 터이니 나를 해치지는 말아다오. 그래, 글을 쓰겠다.

잠 못 드는 매일 밤, 냉혹한 사형 집행인 같은 네년이 지켜보고 있는 가운데 나는 글을 쓴다. 너는 다른 사람들이 너를 볼 수 없다고 말하지. 하지만 죽음과 맞닥뜨리면 사람에게 흔적이 남는다고 하지 않는가? 조용한 복도에서 여러 아내 중 한 명을 만날 때마다 그들은 재빨리 고개를 돌린다. 집무를 보다 고개를 들면 아전들이 나를 쳐다보고 있다. 그들이 황급히 고개를 숙이며 요즘 들어 가지고 다니기 시작한 부적을 몰래 움켜쥐는 것을 나는 알고 있다. 내가 한위안에서 돌아온 후 단순히 병이 든 것이 아니라는 사실을 느끼고 있는 게지. 아픈 사람은 동정하지만 귀신 들린 사람은 피하는 법이다.

그러나 그들은 모른다. 그들은 나를 동정하기만 할 뿐. 서서히 제 목을 조르고 스스로 제 살점을 베어내야만 하는 잔인한 형벌을 받은 나를……. 내가 써 보낸 편지 한 장, 암호로 된 전갈 하나가 살아 있는 내 몸을 조금씩 베어냈다. 그래서 내가 짜고 있던, 온 나라를 덮는 정교한 망이 하나씩 잘려나갔다. 끊어진 실낱은 곧 부서져 버린 희망과 망쳐 버린 환상, 쓸모없게 변해 버린 꿈! 이제 모든 흔적은 사라지고 아무도 이 일을 모르게 될 것이다. 오랜 병으로 젊은 나이에 숨을 거둔 전도유망한 관리의 부고가 황실 관보에 실리겠지. 오랜 병, 그렇다. 이 일은 피에 물든 내 시체 외에 아무것도 남지 않을 때까지 계속될 테지.

지금이 바로 고통 받는 이 죄인의 심장을 사형 집행인의 긴 칼로 찔러 자비와도 같은 죽음을 내려줄 때다. 그런데 무서운 그림자여, 스스로를 꽃 이름으로 부르는 너는 왜 나의 고통을 연장시키려 하느냐? 왜 불쌍한 딸아이의 영혼을 죽게 만들고 내 심장을 갈기갈기 찢어 내느냐? 그 아이는 아무 잘못도 없고 아무것도 모른다. 그래, 들린다. 이 요망한 것. 그래도 계속 써야 한다고, 모든 것을 써 딸에게 진실을 알려야 한다고 말하는구나. 하늘이 내 스스로 목숨을 끊지 못하게 하고, 잔악한 네 손아귀에서 천천히 고통스럽게 죽게 만들었다는 것을 딸에게 부디 전해다오. 상황이 지금과 달랐다면 어떠했을지 잠시나마 보여 주었다는 것도.

그렇다. 딸아이는 알게 될 것이다. 호숫가에서 널 만난 일과 네가 해 준 옛 이야기까지, 모두. 하지만 하늘이 우릴 굽어보고 있다면 딸아이는 분명 나를 용서해 줄 것이다. 배신자, 살인자라도 용서해 줄 것이다. 그러나 너만은! 너만은 용서치 않을 것이다. 증오의 화신 네년은 나와 함께 갈 것이다, 영원히. 안 돼! 지금 내 손을 내쳐선 안 된다. 네가 쓰라 하였고 나는 그리 하겠다. 하늘이시여, 제발 저에게, 그래, 네게도 자비를 베푸시기를. 너무 늦었지만 이제야 내 너를 정확히 알아보겠다. 그리고 너는 초대받지 않고서는 찾아오지 않는다는 것도 알겠다. 너는 사악한 짓을 한 자에게 나타나 그를 괴롭히고 죽음으로 몰고 가지.

그럼 지금부터 무슨 일이 있었는지 적겠다.

나는 지방 관료들이 연루된 공금 착복 사건을 조사하라는 명을 받고 한위안으로 갔다. 올해는 봄이 일찍 찾아왔다는 것을 기억할 것이다. 다가올 봄에 대한 기대가 따뜻한 공기 중에 요동치고 있었고, 경솔한 마음에 나는 딸아이를 한위안에 데려갈 생각까지 했다. 그러나 그러한 기분은 곧 가셨고 나는 가장 어린 첩인 쥐화(菊花)를 대신 데려갔다. 나는 쥐화를 매우 아꼈기에 그리하면 고통 받는 내 영혼에 평화가 돌아올지도 모른다는 희망을 품었다. 그러나 한위안에 도착했을 때 나는 이것이 헛된 기대였다는 것을 깨달았다. 뒤에 두고 온 그 애가 어느 때보다 더 내 마음을 차지하고 있었기 때문이다. 그 애의 형상이 우리 사이에 버티고 서 있어 나는 쥐화의 가녀린 손을 잡을 생각조차 하지 못했다.

나는 이 모두를 잊으려 애쓰며 사건 조사에 매달렸다. 사건은 일주일 안에 해결되었다. 범인은 수도에서 온 아전으로 밝혀졌으며 자백도 받아내었다. 한위안에서 보내는 마지막 밤, 지방 관료들이 매우 고마워하며 예부터 기녀로 유명한 버드나무 거리에서 성대한 송별회를 열어주었다. 그들은 골치 아픈 사건을 빠르게 해결한 나에게 아낌없는 감사와 찬사를 퍼부었다. 그러고는 펜토화(扁桃花)의 춤을 볼 수 없어 유감이라고 말했다. 그녀는 옛날 유명한 미녀의 이름을 딴 가장 아름답고 춤 솜씨가 뛰어난 기녀라 했다. 안타깝게도 그녀는 그날 아침, 이유 없이 자취를 감추었다고 했다. 사람들은 내가 며칠 더 머무르면 이 기묘한 사건도 해결할 수 있을 것이라며 아쉬운 듯 덧붙였다. 칭찬을 듣고 기분이 좋아진 나는 평소보다 술을 많이 마셨고, 밤이 깊어서야 머물고 있던 고급스러운 숙소로 돌아왔다. 나는 들떠 있었다. 모든 일이 잘 풀릴 것 같은 기분이 들었다. 어쩌면 저주를 풀 수도 있으리라!

쥐화가 자신의 젊은 몸매를 드러내는 홑겹의 복숭아 색 옷을 입고 나를 기다리고 있었다. 쥐화는 사랑스러운 눈으로 나를 쳐다보았고 나는 그녀를 품에 안을 참이었다. 그때 갑자기 다른 여자, 차마 입에 올릴 수 없는 그녀가 나타났고 나는 쥐화를 안을 수 없었다.

내 몸이 격렬하게 떨리기 시작했다. 알아듣지도 못할 변명을 중얼거리며 나는 정원으로 달려 나갔다. 숨이 막힐 것만 같아 공기가 필요했다. 그러나 정원이 축축하고 더웠기에 난 호수로 나갔다. 살금살금 걸으며 졸고 있는 문지기를 지나 아무도 없는 거리로 나섰다. 호숫가에 도착하여 나는 깊은 절망 속에 조용히 서서 잔잔한 물 위를 오랫동안 쳐다보았다. 정교하게 쌓아 올린 계획이 무슨 소용이 있는가? 내 스스로 사람이 아닐진대 어찌 사람을 다스릴 수 있겠는가? 마침내 해결책은 단 하나뿐이라는 것을 깨달았다.

그렇게 결심하고 나니 마음이 한결 편안해졌다. 나는 입고 있던 보라색 관복 앞섶을 느슨하게 풀고 땀으로 흘러내린 검정 관모를 치켜 올렸다. 나는 괴로운 삶을 끝낼 장소를 찾아 천천히 물가를 거닐었다. 기분이 좋아 노랫가락을 흥얼거리기까지 했다. 원래 붉은 촛불이 환하고 금빛 잔에 담긴 술이 아직 따뜻할 때 연회장을 떠나야 하는 법. 아름다운 주변 환경이 마음에 들었다. 왼편에는 흰 꽃이 가득 핀 아몬드 나무가 있어 따뜻한 봄 공기에 진한 향을 내뿜었고, 오른편에는 달빛에 반짝이는 호수가 넓게 펼쳐져 있었다.

길모퉁이를 돌 때 그녀를 보았다.

그녀는 흰색 비단 옷에 초록색 허리띠를 하고, 머리에는 흰 수련 한 송이를 꽂고 물에 아주 가까이 서 있었다. 그녀가 고개를 돌려 나를 쳐다봤을 때 달빛이 그녀의 아름다운 얼굴을 비추었다. 그때 뇌리를 스친 생각이 있었다. 그녀야말로 이 저주를 풀어 주려고 하늘이 보내 주신 사람이라는 것을!

그녀 또한 이것을 알고 있었다. 내가 다가갔을 때 처음 만나서 흔히 하는 인사나 예의 차리는 말 따위는 전혀 하지 않았던 것이다. 그녀는 이렇게 말할 뿐이었다.

"올 봄에는 아몬드 꽃이 참으로 일찍 피었군요!"

"기대하지 못한 기쁨이 제일 큰 법이지요."

내가 말했다.

"정말 그런가요?"

그녀가 장난치듯 묻더니 덧붙였다.

"이리 오세요. 제가 방금까지 앉아 있던 곳을 보여 드릴게요."

그녀는 나무 사이를 지나 걸어갔고 나는 그녀를 따라 길 한 켠의 조그만 공터로 들어갔다. 우리는 낮은 등성에 자란 키 큰 잔디 위에 나란히 앉았다. 꽃으로 뒤덮인 아몬드 나뭇가지가 마치 차양처럼 우리 위를 덮었다.

"참으로 이상한 일이로군. 마치 다른 세상에 온 것 같구려."

나는 그녀의 작고 차가운 손을 잡으며 기쁨에 차 말했다.

그녀는 그저 조용히 웃으며 곁눈으로 나를 쳐다보았다. 나는 그녀의 허리를 감싸고 그녀의 촉촉하고 붉은 입술에 내 입술을 지그시 눌렀다.

그렇게 그녀는 나를 옭아매고 있던 저주를 풀었다. 그녀의 포옹은 나를 치유해 주었고, 우리의 불타는 욕망은 내 영혼에 나 있던 커다란 상처를 불로 지져 덮어 주었다. 나는 환희에 들떠 모든 일이 잘될 거라고 생각했다.

백옥같이 하얗고 부드러운 그녀의 몸에 비친 나무 그림자를 따라 느긋하게 손가락을 움직이고 있을 때 나도 모르게 그녀가 풀어 준 저주에 대해 이야기하기 시작했다. 그녀는 아름다운 가슴 위로 떨어진 꽃송이를 천천히 털어냈다. 일어나 앉으며 그녀는 느릿느릿 이야기했다.

"예전에 비슷한 이야기를 들은 적 있어요. 당신은 판관 나리 아니신가요?"

나는 낮은 나뭇가지에 걸어 놓은 관모를 가리켰다. 달빛이 관모에 새겨진 금빛 품계 표시를 비추었다. 나는 쓴 웃음을 지으며 대답했다.

"그것보다 높지. 나는 형부의 감사관이라네!"

그녀는 조신하게 고개를 끄덕이더니 두 팔로 머리를 받치고 다시 잔디 위에 누웠다.
"이 이야기가 마음에 드실 거예요. 수세기 전 여기 한위안을 통치하셨던 한 현명한 판관에 관한 이야기랍니다. 그 당시에는……."
그녀는 생각에 잠겨 이야기했다.
얼마나 오랫동안 그녀의 부드러운 목소리에 빠져든 채 귀를 기울이고 있었을까. 그러나 그녀가 잠시 말을 멈추자 나는 차가운 공포가 내 심장을 움켜쥐는 것을 느꼈다. 나는 벌떡 일어나 서둘러 관복을 걸치고 띠를 둘렀다. 관모를 다시 쓰면서 나는 쉰 목소리로 내뱉듯 말했다.
"그런 끔찍한 말로 나를 속이려 하다니! 말해 보아라, 이년! 내 비밀을 어떻게 알게 되었지?"
그러나 그녀는 나를 약 올리는 듯 아름다운 입으로 미소 지으며 나를 올려다볼 뿐이었다.
그 아름다운 모습은 단숨에 내 화를 날려 버렸다. 그녀 곁에 무릎 꿇으며 나는 소리쳤다.
"네가 어떻게 알게 되었든 무슨 상관이 있겠느냐! 네가 누군지, 전에 무슨 일을 했든지 나는 아무렇지 않다. 내 계획은 네가 이야기한 것보다 잘 준비되어 있거든. 그리고 너만이 내 왕비 자리를 차지할 수 있을 테니!"
나는 부드러운 눈길로 그녀를 바라보며 그녀의 옷을 집어 들고 덧붙였.
"호수에서 바람이 불어오는구나. 춥지 않으냐?"
그녀는 천천히 고개를 가로저었다. 그러나 나는 일어나 들고 있던 옷으로 그녀의 벌거벗은 몸을 덮어주었다. 그때 갑자기 근처에서 큰 목소리가 들렸다.

호숫가에서의 만남

사내 몇이 공터로 들어왔다. 나는 매우 당황하여 잔디 위에 비스듬히 누워 있는 그녀를 내 몸으로 막아섰다. 한 늙수그레한 남자가 내 뒤를 흘끔 쳐다보았다. 자세히 보니 그는 한위안의 수령이었다. 그가 머리 숙여 인사하더니 존경심이 가득한 목소리로 내게 말했다.

"나리, 계집을 찾으셨군요! 버드나무 거리에 있는 그 아이의 방을 뒤져 남긴 글을 읽어 보고 이 방향으로 찾으러 왔습니다. 호수 물결이 이리로 들어오기 때문이지요. 저희가 알아내기도 전에 사건의 전말을 밝혀내시다니 정말 대단하십니다! 그렇지만 친히 계집을 여기까지 데려오실 필요는 없었는데요!"

그는 고개를 돌려 부하들에게 명령했다.

"들것을 이리로 가져오너라!"

나는 획 돌아서 쳐다보았다. 수의처럼 그녀의 몸을 감싼 흰 옷에서 물이 뚝뚝 떨어지고, 그녀의 머리채에 엉켜 있는 미끌미끌한 수초는 하얗게 식어 버린 그녀의 얼굴에 달라붙어 있었다.

디 공이 관아 2층 노대(露臺)에서 차를 마시고 있을 때 땅거미가 지기 시작했다. 낮은 대리석 난간 옆 안락의자에 꼿꼿이 앉아 그는 앞에 펼쳐진 풍경을 감상했다.

수많은 지붕만 가득 보이는 아랫마을에 하나 둘씩 불이 켜지기 시작했다. 조금 더 내려가면 검은 물이 넓게 펼쳐진 호수가 있고 호수 반대편은 산기슭에 걸친 안개로 가려 있었다.

낮 내내 덥고 답답했던 날씨가 불쾌한 저녁으로 이어지고 있었다. 아래 보이는 거리의 나무들도 나뭇잎 하나 흔들리지 않고 조용히 멈춰 있었다.

디 공은 빳빳한 문직(紋織) 관복을 입고 불편한 듯 어깨를 움직였다. 옆에 조용히 서 있던 나이 든 남자가 염려하는 얼굴로 자신의 주인인 디 공을 쳐다보았다. 그날 밤에는 한위안의 유지들이 호수에 꽃배를 띄우고 디 공을 초대하여 연회를 열기로 되어 있었다. 날씨가 계속 이 모양이라면 즐거운 나들이가 되지 못할 것이라고 디 공은 생각했다.

길고 검은 수염을 천천히 쓰다듬으며 디 공은 저 멀리 점처럼 보이는 배를 무심코 바라보았다. 배가 시야에서 사라지자 디 공은 갑자기 고개를 들고 말했다

"수형리, 나는 아직도 벽으로 둘러싸여 있지 않은 마을에서 지내는 것이 익숙해지지 않는군. 어쩐지 불안한 기분이 들어."

"한위안은 수도에서 300리도 떨어지지 않은 곳입니다. 대인. 황실 호위대가 쉽게 출동할 수 있는 거리입죠. 게다가 이 지방 수비대도……."

디 공이 말을 잘랐다.

"그야 그렇지. 하지만 지금은 군사 문제를 이야기하는 것이 아니네! 이 고을 안에서 벌어지고 있는 일에 대해 이야기하는 걸세. 여기에서 우리가 모르는 어떤 일이 벌어지고 있다는 생각을 떨칠 수가 없네. 성벽으로 둘러싸인 도시는 밤이 되면 성문을 굳게 닫지. 그래서 모든 일이 소위 완벽하게 통제되고 있다는 생각이 들지 않나. 그러나 산기슭에 자리 잡고 이렇게 활짝 열린 고을, 그리고 호숫가를 따라 늘어선 집들이라니……. 누구나 마음만 먹으면 쉽게 드나들 수 있는 곳이 아닌가!"

수형리가 자신의 가느다랗고 하얀 수염을 만지작거렸다. 무슨 말을 해야 할지 알 수가 없었다. 그의 이름은 홍량으로 디 공의 충실

한 수하였다. 디 공 집안의 가신으로 일했던 그는 디 공이 어릴 때 그를 손수 안고 다니기도 했다. 3년 전 디 공이 처음 펑라이의 수령으로 임명되었을 때 홍량은 고집을 부려 노구를 이끌고 그를 따라 나섰다. 디 공이 그를 수형리(지방 관아에 속한 형리의 우두머리 — 옮긴이)로 임명하였지만 이것은 그에게 공식적인 직책을 주기 위해서일 뿐, 그는 충실한 고문으로서 디 공이 스스럼없이 고민거리를 털어놓을 수 있는 사람이었다.

"부임한 지 두 달이 지났네. 그러나 중요한 사건이라고는 단 한 건도 없었지."

"한위안의 백성이 법을 준수하는 선량한 사람들이란 뜻이겠지요, 나리."

디 공은 고개를 저었다.

"아니야, 그렇지 않아. 그건 그들이 애써 우리 눈을 가리고 있다는 뜻이야. 자네가 방금 이야기했듯 한위안은 수도에 가깝네. 그러나 산기슭의 호숫가라는 위치 때문에 고립되어 있고 그 때문에 타지 뜨내기들이 거의 없지. 이렇게 끈끈하게 결속된 사회에 무슨 일이 일어난다면 사람들은 외부인인 판관에게 이를 감추려 갖은 수를 쓸 걸세. 내 다시 한 번 말하지. 겉으로 보이는 것보다 많은 일이 일어나고 있네. 게다가 호수에 대한 그 괴상망측한 이야기들은……."

그는 말을 끝맺지 않았다. 수형리가 재빨리 물었다.

"나리께서는 그 이야기를 믿으십니까?"

"믿느냐고? 아니, 그 정도는 아닐세. 다만 올해 벌써 네 명이나 물에 빠져 죽고 시신을 전혀 찾지 못했다는 것이……."

그때 평범한 갈색 옷을 입고 작은 검정색 관모를 쓴 건장한 사내 둘이 노대로 들어섰다. 이들은 디 공의 다른 두 형리 마중과 차오타이였다. 둘 다 육척 장신에 노련한 장수처럼 어깨가 넓고 목이 두꺼웠다. 디 공에게 예의 바르게 인사를 올린 후 마중이 말했다.

"연회 시간이 거의 다 됐습니다, 나리. 아래 가마가 기다리고 있습니다."

디 공이 자리에서 일어섰다. 그는 앞에 서 있는 두 남자를 잠시 쳐다보았다. 마중과 차오타이 둘 다 한때 '녹림회'의 일원이었다. 말이 좋아 녹림회지, 사실 둘은 산적이었다. 3년 전 그들이 외딴 길에서 디 공을 덮친 적이 있었는데 두려움을 모르는 판관의 강한 성품에 감복하여 산적 짓을 그만두고 디 공을 모시겠다고 간청하였던 것이다. 그들의 진솔함이 디 공의 마음을 움직였고 이 건장한 두 사내는 그때부터 디 공의 충실한 수족이 되어 위험한 범죄자를 상대하거나 어려운 사건을 해결할 때 뛰어난 실력을 발휘했다.

"수형리에게 이야기하던 참이었네. 이 마을에 무슨 일인가 일어나고 있는데 여기 사람들이 우리한테는 숨기고 있는 게 분명해. 연회가 벌어지는 동안 자네 둘은 하인과 선원들에게 술을 좀 먹이고 마을에 떠도는 이야기를 들어 보게나."

마중과 차오타이가 싱긋 웃었다. 둘 다 술판을 마다할 사내들이 아니었다.

네 명은 법정 안뜰로 이어지는 돌계단을 내려갔다. 디 공의 가마가 대기하고 있었다. 디 공은 홍 수형리와 함께 가마에 올랐다. 가마꾼 열두 명이 가마채를 어깨에 지고, 초롱꾼 둘이 '한위안 관아'라는 표식이 붙은 커다란 종이 등을 들고 앞서 달렸다. 마중과 차오타이는 가마 뒤에서 걸었고 끝에는 가죽 윗도리에 붉은 띠를 두른 포졸 여섯 명이 머리에 철모를 쓰고 뒤따랐다.

문지기들이 관아의 육중한 대문을 열자 가마 행렬은 거리로 나갔다. 가마꾼들은 시내로 이어지는 가파른 계단을 능숙한 솜씨로 걸어 내려갔다. 곧 그들은 공자를 모신 사당 앞 시장으로 들어섰는데 그곳은 환히 불 밝힌 노점상과 수많은 사람들로 북적이고 있었다. 초롱꾼들이 구리로 된 징을 울리며 소리쳤다.

"물렀거라, 물렀거라! 수령 나리 납신다!"

사람들이 머리를 조아리며 뒤로 물러섰다. 늙은이, 젊은이 할 것 없이 지나가는 가마 행렬을 존경어린 눈으로 바라보았다.

가마 행렬은 다시 내리막길을 따라 빈민가를 지나서 호숫가로 향하는 대로에 접어들었다. 40리쯤 지나 행렬은 길가에 버드나무가 우거진 골목에 들어섰다. 이것이 기녀와 가수들이 살고 있는 이곳을 버드나무 거리라 부르는 까닭이리라. 늘어선 집은 색색 비단으로 멋 낸 등불로 장식되어 있고, 집 밖으로 새어나온 노랫소리와 현을 튕기는 악기 소리가 밤공기 속에 떠다니고 있었다. 화려하게 차린 젊은 여자들이 붉게 칠해진 노대를 가득 메우고 재잘대며 가마 행렬을 내려다보았다.

술과 계집에 관한 한 자칭 고수인 마중은 신이 나서 올려다보며 늘어선 미녀 무리를 훑어보았다. 그는 그중 가장 큰 집 노대 난간에 기대어 서 있는 둥근 얼굴의 통통한 계집의 시선을 끄는 데 성공했다. 그가 열심히 한쪽 눈을 찡긋거리자 계집은 추어 주는 듯한 미소로 화답했다.

가마꾼들이 디 공의 가마를 내려놓자 반짝이는 문직 옷을 입은 남자들이 기다리고 있었다. 금빛 꽃이 새겨진 보라색 옷을 입은 키 큰 남자가 앞으로 나서더니 디 공에게 머리를 숙여 인사하였다. 이 사람은 한우형이라는 부유한 지주로서 한위안의 유지 중 한 사람이었다. 지난 수백 년간 그의 집안은 관아처럼 높은 산자락에 있는 저택에 살았다.

한우형은 부두에 정박해 있는 거대한 꽃배로 디 공을 안내했다. 선실 처마는 갖가지 색등으로 둘러싸여 환히 밝혀 있었다. 디 공과 한우형이 연회장으로 들어서자 그 앞에 앉아 있던 악단이 환영 음악을 연주하기 시작했다.

두툼하게 깔린 융단 위를 지나 한우형은 디 공을 연회장 끝에 높게 위치한 상석에 앉히고 자신은 그의 오른편에 앉았다. 다른 손님들은 양쪽에 서로 마주보도록 놓인 탁자에 나누어 앉았다.

디 공은 흥미 어린 눈으로 주변을 관찰했다. 그는 한위안의 유명한 꽃배 연회에 대한 이야기를 종종 들은 적이 있었다. 손님들이 기녀들과 함께 물 위에서 밤을 즐기는 일종의 비밀 연회라고 말이다. 화려한 연회장은 그가 기대한 것 이상이었다. 연회장은 길이가 대략 서른 자(대략 9미터 — 옮긴이) 정도 되었고 옆면에는 대나무 발이 쳐져 있었다. 붉게 칠한 천장에는 화려한 비단으로 만든 큰 등 네 개가 걸려 있고 늘씬한 나무 기둥은 정교하게 조각되어 금박이 입혀져 있었다.

조금씩 배가 흔들리는 것을 보니 배가 부두를 떠난 것을 알 수 있었다. 음악이 멈춘 사이 화물칸에서 규칙적으로 노 젓는 소리가 들려왔다.

한우형이 다른 손님들을 소개했다. 그들 오른편 탁자 첫머리에는 마른 체구에 약간 등이 굽은 늙은 남자가 앉아 있었다. 그는 강포라는 이름의 부유한 비단 상인이었다. 강포가 일어나 디 공에게 세 번 절할 때 디 공은 그의 입이 불안한 듯 움찔거리고 눈이 좌우로 빠르게 움직이는 것을 보았다. 그 옆에 앉은 속 편한 얼굴의 뚱뚱한 남자는 강충으로 강포의 동생이었다. 디 공은 두 형제가 외모나 성품이 정반대 같다고 무심코 생각했다. 그 탁자에 앉은 세 번째 손님은 튼실한 풍채에 거드름을 피우는 왕이라는 자로 금 세공인 조합장이었다.

반대편 탁자 맨 앞에는 키가 크고 어깨가 넓은 남자가 금 자수가 놓인 갈색 옷에 네모난 모자 차림으로 앉아 있었다. 그는 우울하고 어두워 보였지만 얼굴에 서린 위풍당당한 기운, 멋들어진 검은 턱수염과 긴 콧수염 덕분에 흡사 관리 같았다. 그러나 한은 그가 수도에서 온 부유한 상인인 류페이포라고 소개했다. 한우형의 초대로 그의 저택에 머문 적이 있었는데 지금은 그 옆에 멋진 별장을 지어 살고 있다고 하였다. 류페이포가 앉은 탁자의 다른 두 손님은 펭과 수로 각기 은 세공인 조합장과 옥 세공인 조합장이었다. 디 공은 이 두 조합장 사이의 큰 차이점을 금세 알아챘다. 펭은 아주 마르고 어깨가 좁고 흰 수염을 기른 나이든 신사였다. 반면 수는 젊고 건장한 체격의 사내로 씨름 선수처럼 어깨와 목이 두꺼웠다. 그의 거친 얼굴에는 언짢은 기색이 역력했다.

한우형이 손뼉을 쳤다. 악단이 흥을 돋우는 다른 곡을 시작하자 하인 네 명이 안주와 주석 술병을 들고 디 공 오른편 복도에서 들어왔다. 한이 환영의 건배를 했고 마침내 연회가 시작되었다.

차갑게 요리한 오리와 닭고기를 먹으며 한은 으레 하는 말로 대화를 시작했다. 확연히 그는 취미가 고상하고 학식이 깊었지만 디 공은 그의 예의바른 태도에 무언가 진심이 부족한 것을 알 수 있었다. 그는 자신을 드러내지 않았고 낯선 이를 유달리 좋아하지 않는 듯했다. 그러나 큰 잔으로 연거푸 술을 들이켜고 나자 약간 긴장을 풀더니 웃으며 말을 이었다.

"대인께서 한 잔 드시는 동안 저는 다섯 잔이나 마셨군요!"

디 공이 대답했다.

"나도 좋은 술을 즐깁니다. 특히 지금처럼 흥겨운 분위기에서 말입니다. 이거야말로 진정 후한 연회로군요."

한우형이 고개를 숙여 절하며 대답했다.

"보잘것없는 고을인데 지내기는 어떠신지요? 소인들이 무지한 촌사람들이라 대인을 모시기 부족하지는 않을까 걱정될 따름입니다. 혹시 무료하지는 않으신지요. 여기서는 도통 일어나는 일이 없지요."

"물론 관아의 판결 문서들은 보았소. 한위안 주민들은 부지런하고 법을 준수하는 사람들 같더이다. 이것이야말로 수령에게는 가장 고마운 일 아니겠소! 그리고 촌사람이라니, 너무 겸손하시구려. 뛰어나신 한 대인 말고도 저명한 황실 고문 량멩꽝 대인께서 은퇴 후 이곳에서 지내고 계시지 않소?"

한우형은 한 번 더 건배를 한 후 말했다.

"그분이 이곳에 계시는 것만으로도 저희는 영광이지요. 다만 건강이 좋지 못하셔서 저희에게 많은 가르침을 내려주시지 못하는 점이 아쉬울 따름입니다."

그는 단번에 잔을 비웠다. 디 공은 한우형이 꽤 많이 마시고 있다고 생각했다. 디 공이 말했다.

"두 주 전에 고문 어르신을 뵙고자 청하였는데 편찮으시다는 답변을 들었소. 그리 심하지 않으셔야 할 텐데요."

한은 살피듯 디 공을 쳐다보았다. 그러고 나서 그는 대답했다.

"아흔이 다 되지 않으셨습니까. 그래도 관절염과 시력을 빼고는 아주 양호하신 편이지요. 그런데 지난 반 년 사이 정신이 좀······. 저, 량 대인의 일은 류페이포에게 물으시는 것이 좋을 듯합니다. 두 집은 정원이 나란히 붙어 있어 그가 저보다 량 대인을 자주 뵙고 있지요."

"사실 류페이포 씨가 상인이라니 놀랐소이다. 품행이 마치 관리 같지 않습니까!"

"관리가 될 뻔 했지요. 류 씨는 수도의 뼈대 있는 가문 출신으로 관리가 되려고 공부했습니다. 그런데 과거에 두 번 낙방하고 매우 상심하여 공부를 때려치우고 상인이 됐다지요. 그래도 그 길로 크게 성공하여 지금은 이 지방에서 가장 부유한 사람이고 그의 사업은 온 나라에 뻗어 있지요. 그래서 여행도 많이 하고요. 하지만 제가 이런 이야기를 했다고 그에게 말씀하지는 말아 주십시오. 어린 시절의 실패가 아직도 그에게는 사무치는 기억이거든요."

디 공은 고개를 끄덕였다. 한이 계속 술을 마시는 동안 디 공은 양쪽 탁자에서 들려오는 대화를 건성으로 듣고 있었다. 강충이 류페이포를 향해 술잔을 들어 올리며 외쳤다.

"젊은 한 쌍에게 건배! 검은 머리가 파뿌리 될 때까지 백년해로 하기를!"

모두들 박수를 쳤지만 류페이포는 다만 고개 숙여 인사할 뿐이었다. 한우형은 류의 딸 창어(嫦娥)가 은퇴한 고전 문학 교수인 장 박사의 외아들과 전날 혼인했다고 황급히 설명했다. 시내 반대편에 있는 장 박사의 집에서 열린 혼인식은 꽤나 떠들썩한 행사였다고 했다. 그러고 나서 한이 외쳤다.

"학식 높으신 장 박사께서 못 오셨군요. 오시기로 약조하였으나 갑자기 참석하지 못하니 너그러이 용서해 주십사 부탁하셨습니다. 잔치 때 마신 술이 너무 과했던 모양입니다!"

이 말에 사람들은 웃음을 터뜨렸다. 그러나 류페이포는 지루하다는 듯 어깨를 으쓱할 뿐이었다. 디 공은 류도 피로연에서 마신 술로 숙취에 시달리는 건 아닌가 생각했다. 그는 류 씨에게 축하의 인사를 전하며 말했다.

"장 박사를 뵙지 못해 아쉽군요. 그분과 대화를 나누는 것만으로도 배울 점이 많았을 텐데요."

"저처럼 무지한 상인은 감히 고전 문학을 이해하는 흉내도 못 내지요. 그러나 글을 읽는다고 해서 모두 성품이 훌륭한 것은 아니라고 들었습니다!"

그는 언짢은 듯 대답했다.

잠시 어색한 침묵이 흘렀다. 한이 재빨리 신호를 보내자 하인들이 대나무 발을 말아 올렸다.

모두들 젓가락을 내려놓고 경치를 감상했다. 어느덧 배가 호수 한가운데에 나와 있었다. 광대하게 펼쳐진 호수 저 멀리에 한위안의 무수한 불빛이 반짝였다. 꽃배는 이제 움직이지 않고 잔물결이 이는 호수 위에서 천천히 흔들리고 있었다. 노 젓는 선원들은 저녁을 먹고 있었다.

갑자기 디 공의 왼편에서 구슬발이 옆으로 열리며 딸랑거리는 소리를 냈다. 그와 함께 기녀 여섯 명이 들어오더니 상석을 향해 절을 했다.

한우형은 그 중 두 명을 골라 자신과 디 공의 시중을 들도록 했고 남은 네 명을 다른 자리로 보냈다. 한우형은 디 공 옆에 선 기녀가 춤 솜씨가 뛰어난 펜토화(扁桃花)라고 소개했다. 그녀는 겸손하게 눈을 내리깔고 있었지만 디 공은 그녀의 얼굴이 매우 단정하고 아름다운 한편 약간 차갑다는 것을 알아챘다. 자완화(砸碗花)라는 다른 기녀는 조금 더 활발한 것 같았다. 그녀는 소개를 받자 디 공에게 살짝 웃어 보였다.

펜토화가 따르는 술을 받으며 디 공은 그녀에게 몇 살인지 물었다. 그녀는 부드럽고 교양 있는 목소리로 곧 열아홉이 된다고 대답하였다. 그녀에게는 디 공의 고향을 떠올리게 하는 억양이 있었다. 디 공은 놀라워하며 물었다.

"혹시 샨시(山西) 지방에서 왔느냐?"

그녀는 올려다보고 조용히 고개를 끄덕였다. 디 공은 그녀의 크고 빛나는 눈을 보고 그녀가 진정 뛰어난 미녀라는 것을 깨달았다. 그러나 동시에 디 공은 그녀의 눈에 매력적인 소녀에게서 찾아보기 힘든 어둡고 우울한 빛이 서린 것을 느꼈다.

"나 또한 타이위안(太原)의 디 가문 출신이다. 네 고향은 어디냐?"

"소녀는 핑양(平陽)에서 왔습니다."

그녀가 낮은 소리로 대답했다.

디 공은 그의 술잔으로 기녀에게 술을 권했다. 그는 이제야 왜 그녀의 눈에 이상한 기운이 있는지 깨달았다. 타이위안에서 남쪽으로 조금 떨어진 핑양 지방의 여자들은 예부터 마법과 주술에 능하다고 알려졌다. 그들은 주문으로 병을 고칠 수 있었으며 그중 몇몇은 흑마술을 사용하기로도 유명했다. 디 공은 샨시의 훌륭한 가문 출신이 분명한 이 아름다운 소녀가 어떻게 한위안이라는 작은 고을에서 이러한 일을 하고 있는지 의아해졌다. 그는 핑양의 수려한 경치와 수많은 역사 유적에 대해 그녀와 대화를 시작했다.

그동안 한우형은 자완화와 술 마시기 놀이를 하고 있었다. 차례대로 시 구절을 읊으며 바로 이어서 시구를 대지 못하는 사람은 벌로써 잔을 비우도록 하였다. 혀 꼬부라진 소리를 하는 걸 보니 그는 이미 벌칙을 여러 차례 받은 것이 분명했다. 그는 이제 의자에 기대어 앉아 넓적한 얼굴에 선한 미소를 띠고 좌중을 살펴보고 있었다. 눈이 거의 감긴 것을 보니 졸고 있는 것 같았다. 자완화는 탁자를 돌아 앞으로 와서 눈을 뜨려 애쓰는 한을 흥미로운 듯 쳐다보다가 갑자기 킥킥대고 웃기 시작했다.
"가서 뜨거운 술을 좀 가져다 드려야겠어!"
그녀는 탁자 너머 한과 디 공 사이에 서 있던 펜토화에게 말하고 돌아서더니 강씨 형제가 앉아 있는 탁자 쪽으로 갔다. 그러고는 하인이 그곳에 방금 내려놓은 큰 술병을 가져다가 한의 잔을 채웠다.
디 공이 술잔을 들었다. 한은 이제 낮은 소리로 코를 골고 있었다. 디 공은 사람들이 조금만 더 술에 취하면 이 연회는 지루할 뿐만 아니라 견디기 괴로운 지경이 될 거라고 언짢게 생각했다. 얼른 이곳을 나서고 싶어졌다. 그가 술을 한 모금 마실 때 갑자기 펜토화가 그의 옆에서 나지막하지만 분명한 목소리로 속삭였다.
"수령 나리, 이따가 나리를 뵈어야만 합니다. 이 고을에서 위험한 음모가 벌어지고 있어요!"

**디 공은 구름 선녀의 춤을 감상한 후
끔찍한 일을 발견하고 놀란다.**

　디 공은 재빨리 술잔을 내려놓고 그녀를 쳐다보았다. 그러나 그녀는 디 공의 눈을 피하더니 한의 어깨를 향해 몸을 숙였다. 그는 더 이상 코를 골지 않았다. 자완화가 양 손에 술이 가득 찬 잔을 들고 다시 탁자를 향해 걸어오고 있었다. 여전히 디 공을 보지 않은 채로 펜토화가 재빨리 말을 이었다.
　"나리께서 바둑을 두시면 좋을 텐데요. 왜냐하면 ……."
　자완화가 이제는 탁자 바로 앞에 서 있었기 때문에 펜토화는 말을 멈췄다. 그녀는 몸을 기울여 자완화로부터 술잔을 빼앗아 들었다. 그녀가 그것을 한의 입으로 가져가자 한은 서둘러 길게 들이마셨다. 그러고는 웃으며 말했다.
　"허허, 이 건방진 것! 이제 내가 술잔도 못 들 것 같으냐?"
　그는 펜토화의 허리를 감싸고 그녀를 가까이 끌어당기더니 말을 이었다.

"자 이제 나리께 네 춤 솜씨를 보여 드리지 그러느냐, 엉?"

펜토화는 웃으며 고개를 끄덕였다. 그녀는 능숙한 솜씨로 한우형의 품에서 빠져나오더니 살짝 절하고 구슬발 뒤로 사라졌다.

한우형은 한위안의 기녀들이 선보이는 다양한 전통 춤의 이름을 두서없이 늘어놓기 시작했다. 디 공은 멍하니 고개를 끄덕였다. 방금 펜토화가 그에게 한 말에 대해 생각하고 있었던 것이다. 언제 그랬냐는 듯 지루함은 싹 사라져 버렸다. 그래, 그의 직감이 맞았다. 이 고을에서 무언가 나쁜 일이 벌어지고 있었던 것이다! 춤이 끝나고 나면 단둘이 그녀와 이야기 할 기회를 찾아야지. 영리한 기녀라면 손님들의 대화에서 많은 비밀을 알아낼 수 있지 않은가.

악단이 북소리가 어우러진 매혹적인 음악을 연주하기 시작했다. 기녀 둘이 방 가운데로 나와 칼춤을 추기 시작했다. 둘은 긴 칼을 들고 다양한 싸움 자세를 취하며 안팎으로 누비듯 움직이더니 호전적인 음조에 맞춰 서로 칼을 맞부딪쳤다.

마지막을 장식하는 북소리가 열광적인 박수 소리에 묻혔다. 디 공이 한에게 찬사를 건넸지만 그는 별 것 아니라는 듯 대꾸했다.

"그 춤은 기술을 뽐내는 것 외에는 아무것도 아닙니다. 예술이라고 할 수가 없지요! 펜토화의 춤을 보셔야 합니다. 보세요, 여기 오는군요!"

펜토화가 중앙으로 와 섰다. 그녀는 길고 넓은 소매가 달린 얇은 흰색 비단 옷과 초록색 허리띠 외에는 아무것도 입지 않았다. 어깨에는 긴 초록색 천을 두르고 있었는데 매우 길어 끝이 바닥에 닿을 정도였다. 높이 쪽을 지어 올린 머리에 꽂은 하얀 수련 한 송이가 유일한 장식이었다. 그녀가 소매를 흔들어 악단에게 신호를 보냈다. 피리가 저세상 음악 같은 음울한 음조를 불기 시작했다.

그녀는 천천히 머리 위로 두 팔을 올렸다. 그녀의 발은 움직이지 않았지만 엉덩이가 음악에 맞춰 좌우로 흔들리기 시작했다. 얇은 의상은 그녀의 젊은 몸매를 더욱 드러내었고 디 공은 그렇게 완벽한 여성의 몸매를 본 적이 없다고 생각했다.

"저것이 구름 선녀의 춤입니다!"

한이 디 공의 귀에 대고 다소 큰 소리로 속삭였다.

짝짝이 소리가 들리자 그녀는 팔을 어깨 높이로 내리더니 가느다란 손가락으로 천 자락의 끝을 잡았다. 팔을 흔들자 얇은 천은 그녀의 주위에서 물결치며 소용돌이를 만들었고 상체가 앞뒤로 흔들렸다. 이제는 현악기가 심장이 뛰는 듯한 박자로 음악을 이어갔다. 이제 그녀는 무릎을 움직였다. 물결치는 움직임이 몸 전체로 펴졌지만 그녀는 그 자리에서 한 발자국도 움직이지 않은 상태였다.

디 공은 지금까지 이렇게 놀라운 춤을 본 적이 없었다. 아래를 향한 눈과 무심하고 도도한 얼굴은 불타는 욕망의 화신이 된 듯 관능적인 몸부림과 대비되어 더욱 돋보였다. 그 순간 옷이 미끄러지며 그녀의 완벽히 둥근 가슴을 드러내었다.

디 공은 그녀가 발산하는 강렬한 매력을 느꼈다. 그는 다른 손님들에게 시선을 돌렸다. 늙은이 강포는 그녀를 전혀 쳐다보지 않고 손에 든 술잔을 쳐다보며 딴 생각을 하고 있었다. 그러나 그의 동생의 눈은 기녀의 동작 하나하나를 따르고 있었다. 시선을 돌리지 않은 채 그는 옆에 있는 왕 조합장에게 무언가를 속삭였다. 둘이 비밀스럽게 웃었다.

"저 둘이 춤에 대해 이야기하고 있는 것 같지는 않군요!"

한우형이 냉담하게 말했다. 술에 취해 있어도 관찰력은 멀쩡한 모양이었다.

조합장 펭과 수는 황홀경에 빠진 듯 그녀를 쳐다보았다. 그런데 디 공은 류페이포의 기묘하고도 경직된 태도가 놀라웠다. 그는 미동도 하지 않았고, 얼굴은 굳어 있었으며, 시커먼 콧수염 아래 얇은 입술은 굳게 다문 채였다. 디 공은 그의 불타는 눈에서 기묘한 감정을 읽어냈다. 얼핏 엄청난 증오심처럼 보이는가 하면 깊은 절망 같은 것도 서려 있는 것 같았다.

음악이 점점 조용해지더니 부드럽고 속삭이는 듯한 음조로 바뀌었다. 펜토화가 큰 원을 그리며 발끝으로 빙글빙글 돌자 긴 소매와 어깨에 두른 천이 그녀 주위에서 펄럭였다. 박자가 빨라지면서 그녀는 점점 더 빨리 돌기 시작했고 마침내 그녀의 날쌘 발은 더 이상 바닥에 닿지 않는 것처럼 보였다. 마치 몸이 물결치는 초록색 천과 펄럭이는 흰 소매로 만든 구름 위에 떠 있는 것처럼.

갑자기 꽝 하는 징소리가 나더니 음악이 멈췄다. 그녀는 팔을 머리 위로 올리고 석상처럼 우뚝 서 있었다. 그녀의 드러난 가슴만 가쁜 호흡으로 들썩일 뿐, 방 안은 쥐 죽은 듯이 고요했다.

곧 그녀가 팔을 내리고 어깨에 다시 천을 두르더니 디 공이 앉은 곳을 향해 절을 했다. 우레와 같은 박수 소리가 터져 나오는 가운데 그녀는 재빨리 문으로 다가가 구슬발 속으로 사라졌다.

"진정 놀라운 공연이었소! 저 아이는 황제 폐하 앞에서 공연을 해도 되겠습니다!"

디 공이 한에게 말했다.

"일전에 류의 친구가 똑같은 말을 했습니다! 그는 수도에서 온 고위 관리인데 버드나무 거리에서 열린 연회에서 그 아이가 춤추는 것을 보았죠. 황실 첩실 처소에 말을 넣어 주겠다고 기방 주인에게 이야기까지 했습니다. 그런데 펜토화 저것이 한위안을 절대 떠

구름 선녀의 춤

나지 않겠다고 고집을 부렸지 뭡니까. 물론 저희들에게는 다행스러운 일이었죠!"

디 공이 자리에서 일어나 탁자 앞에 섰다. 그가 술잔을 들어 한위안의 아름다운 기녀들에게 건배를 들자 좌중은 소리 높여 건배를 외쳤다. 그런 다음 그는 강포의 자리로 가 대화를 시작했다. 한우형 또한 자리에서 일어나 악단을 치하하였다.

늙은이 강포 역시 너무 많이 마신 듯하였다. 그의 마른 얼굴에는 붉은 반점이 번졌고 눈썹에는 땀이 송골송골 맺혀 있었다. 그러나 한위안의 경제 상태에 대한 디 공의 질문에 어렵사리 대답할 수는 있었다. 잠시 후 그의 동생이 웃으며 말하였다.

"다행히도 형님이 약간 기운을 차리셨습니다! 지난 며칠간 멀쩡한 거래를 가지고 혼자 너무 걱정을 하셨더랬지요!"

"멀쩡해? 완이판 그놈에게 돈을 빌려준 게 멀쩡하다고?"

강포는 화가 나서 대꾸했다.

"큰 이익을 보려면 위험을 감수해야 한다고들 하지 않소!"

디 공이 달래듯 말했다.

"완이판 그놈은 순 날건달입니다!"

강포는 중얼거렸다.

"그런 소문은 바보들이나 믿는 거지요!"

동생 강충이 날카롭게 말했다.

"네, 네놈이 나를 바보라고 부르는 게냐!"

늙은이 강포가 발끈 화를 냈다.

"형제라면 진실을 말해야지요!"

강충이 받아쳤다.

"허허, 이제 그만들 하시지요. 판관 나리께서 어떻게 생각하시겠습니까?"

디 공 옆에서 낮은 목소리가 들려왔다. 류페이포였다. 그가 한 손에 술병을 들고 다가오더니 재빨리 두 형제의 잔을 채웠다. 그들은 순순히 잔을 들이켰다. 디 공은 류페이포에게 량 대인의 병환에 대해 들은 소식이 없느냐고 묻고는 덧붙였다.

"한 대인이 선생이 량 대인 옆집에 살아서 어르신을 자주 뵙는다고 말씀하더이다."

"요즘엔 잘 못 뵈었지요. 반년 전만 해도 량 대인께서 저를 집으로 부르시어 함께 정원을 산책하곤 했습니다. 두 집 사이에 작은 문이 나 있거든요. 그런데 최근에는 많이 쇠약해지셔서 이치에 닿지 않는 말씀을 잘 하시고 간혹 저를 못 알아보기도 하십니다. 이제 여러 달 대인을 못 뵌 셈이지요. 참으로 안타까운 일입니다. 그렇게 훌륭한 어르신께서 쇠약해지신다는 것이."

이제 조합장 펭과 왕도 끼어들었다. 한우형은 술병을 가지고 와 모두에게 한 잔씩 따르겠다며 고집을 피웠다. 디 공이 조합장들과 대화를 나누고 자리로 돌아가니 한은 벌써 자기 자리에 앉아 자완화와 농담을 주고받고 있었다. 디 공이 자리에 앉으며 물었다.

"펜토화는 어디 갔소?"

"곧 올 겁니다. 요 계집들은 언제나 몸단장에 엄청난 공을 들이지요."

한이 심드렁하게 대답했다.

디 공은 재빨리 방 안을 훑어보았다. 모든 손님들이 제자리에 앉아 새로 나온 생선 요리를 먹고 있었다. 기녀 네 명이 새로이 술을 따르고 있었지만 펜토화는 어디에도 보이지 않았다. 디 공은 자완화에게 단호하게 말했다.

"분장실로 가서 펜토화에게 우리가 기다리고 있다 전하거라."
한이 감탄하며 말했다.
"하, 우리 촌 계집이 나리의 환심을 사다니 우리 한위안 사람들에겐 큰 영광이옵니다!"
디 공은 예의를 차려 다른 사람들과 함께 웃었다.
자완화가 돌아와 아뢰었다.
"이상하옵니다. 어머니 말로는 펜토화가 분장실을 나간 지 한참 되었답니다. 이 방, 저 방 살펴보았지만 보이지 않아요!"
디 공은 한에게 실례한다며 중얼거리고는 자리에서 일어나 오른편에 있는 문으로 나갔다. 그는 배 우현을 따라 걸어갔다.
선미(船尾)에서는 술판이 벌어지고 있었다. 홍량과 마중, 차오타이가 술병은 무릎 사이에 끼고, 술잔은 손에 든 채 선실에 등을 기대고 의자에 앉아 있었다. 하인 대여섯이 주위에 반원 모양으로 둘러앉아 마중의 이야기에 귀 기울이고 있었다. 이 건장한 사내가 주먹으로 무릎을 내리치면서 말했다.
"바로 그때, 풀썩 하고 침대가 내려 앉아 버렸지 뭐야!"
왁자지껄한 웃음소리가 터져 나왔다. 디 공이 홍 수형리의 어깨를 톡톡 치자 그가 일어서더니 다른 두 사내에게 손짓했다. 둘은 벌떡 일어나 디 공을 따라 우현 갑판으로 나갔다.
거기서 디 공은 기녀가 한 명 사라졌으며 무슨 일이 났을까 걱정이라는 이야기를 전하였다.
"혹시 자네들 중 누가 기녀가 지나가는 것을 보았는가?"
홍 수형리가 고개를 저었다.
"아니요, 나리. 저희 셋은 부엌과 짐칸으로 내려가는 뚜껑문 바로 앞에서 배 꽁무니를 바라보며 앉아 있었는데 하인들만 오갔지,

여자는 없었습니다."

탕 그릇을 들고 연회장을 향해 가던 하인 둘이 다가왔다. 그들은 펜토화가 옷을 갈아입으려 연회장을 나선 후 본 적이 없다고 말했다. 그중 나이든 시종이 말했다.

"소인들은 보고 싶어도 볼 기회가 별로 없습죠. 저희들은 우현만 사용하도록 되어 있습니다. 분장실은 좌현 쪽에 있고 일등실도 그곳이옵니다. 저희는 부르심을 받지 않고는 그쪽으로 가지 못합니다."

디 공은 고개를 끄덕였다. 그가 배 뒤쪽을 향하자 세 형리도 뒤를 따랐다. 무언가 일이 벌어진 것을 이미 알고 있는 듯, 하인들이 조타수와 쑥덕거리고 있었다.

디 공은 선미를 지나 좌현 쪽으로 건너갔다. 일등실의 문이 열려 있었다. 안을 들여다보니 옆면 벽에는 두툼하게 누벼 만든 천이 덮인 널찍한 자단 나무 침대가 놓여 있었다. 뒷벽에는 높은 탁자가 있고 은촛대 두 개에 꽂힌 초가 불을 밝히고 있었다. 왼편엔 역시 자단나무로 만든 아름다운 화장대와 등받이가 없는 작은 의자 두 개가 있었다. 그러나 그 방에는 아무도 없었다.

디 공은 서둘러 걸어가 붙어 있는 옆방의 창문을 통해 방 안을 들여다보았다. 기녀의 분장실이 분명했다. 검정 비단 옷을 입은 뚱뚱한 여자가 안락의자에 앉아 졸고 있고 하녀 아이가 옷을 개고 있었다.

마지막 휴게실 창문은 열려 있었는데, 안에는 아무도 없었다.

차오타이가 물었다.

"상 갑판은 보셨습니까?"

디 공은 고개를 저었다. 그는 재빨리 갑판 승강구로 다가가 가파른 사다리를 타고 위로 올라갔다. 펜토화도 바람을 쐬러 위에 올라간 것이리라. 그러나 얼핏 보아도 상 갑판에는 아무도 없는 것이 분명했다. 그는 다시 내려가 승강구에 서서 생각에 잠겨 수염을 쓰다듬었다. 자완화가 이미 우현의 방들은 확인하였다고 했다. 기녀는 사라진 것이다.

"가서 다른 방도 모두 확인하여라. 변소도!"

디 공은 세 형리들에게 명했다.

그는 다시 좌현 갑판으로 걸어가 통로 옆 난간에 기대어 섰다. 너른 소매 안에 손을 집어넣어 팔을 포개고 그는 어두운 물 위를 내다보았다. 바람 한 점 없이 날씨는 덥고 답답하기만 했다. 식당에서는 여전히 연회가 한창이었다. 웅얼대는 목소리와 음악 소리가 들려왔다.

판관은 난간 위로 몸을 굽혀 물에 비치는 색등 그림자를 잠시 바라보았다. 그러다가 깜짝 놀라 자신도 모르게 몸이 뻣뻣하게 굳어졌다. 수면 바로 아래 있는 것은 크게 벌어진 두 눈으로 그를 올려다보는 창백한 얼굴이었다.

**특이한 상황에서 심리가 열리고,
시녀는 흉측한 괴물의 형상을 보았다 이야기한다.**

 그는 한눈에 알아보았다. 기녀를 찾은 것이었다.
 디 공이 막 통로를 내려가려 할 때 마중이 모퉁이를 돌아 나타났다. 디 공은 조용히 그가 찾은 것을 가리켰다.
 마중은 조용히 욕을 내뱉었다. 그는 물이 무릎에 올라올 때까지 통로를 내려가 시신을 들어올려 갑판으로 가져왔다. 디 공은 시신을 일등실로 데려가 침대에 눕히도록 했다.
 "이 불쌍한 처녀가 생각보다 무겁군요! 아마 옷에 무얼 집어넣은 것 같습니다."
 마중이 소매를 비틀어 짜며 말했다.
 디 공은 그의 말을 듣지 못했다. 그는 가만히 서서 시신의 얼굴을 들여다보고 있었다. 초점 없는 두 눈이 디 공을 올려다보았다. 그녀는 춤출 때 입었던 흰 비단 옷 위에 두꺼운 초록색 윗옷을 걸치고 있었다. 물에 젖은 옷이 몸에 달라붙어 그녀의 아름다운 몸을 적나라하게 드러내었다. 디 공은 몸을 떨었다. 몇 분 전만 해도 그녀는 빙글빙글 돌며 황홀한 춤을 선보이지 않았던가. 그런데 이렇게 갑작스레 죽음을 맞다니.

그는 우울한 생각을 떨쳐내고 시신 위로 몸을 굽혀 오른편 관자놀이에 난 검푸른 멍 자국을 살펴보았다. 시신의 눈을 감기려고 하였으나 눈꺼풀은 꿈쩍하지 않았고 죽은 여인의 시선은 그에게 고정된 채로 움직이지 않았다. 그는 소매에서 손수건을 꺼내 시신의 얼굴을 덮었다.

홍량과 차오타이가 선실로 들어왔다. 그들을 향해 디 공이 말했다.

"여기 기녀 펜토화가 있네. 그녀는 살해당했어. 그것도 내가 빤히 눈을 뜨고 있는 데서. 마중, 자네는 바깥 갑판을 지키고 아무도 지나가지 못하게 하게. 누구든 이 방에 들이지도 말고, 이 사건에 대해 어느 누구에게든 이야기하지도 말게나."

디 공이 시신의 축 늘어진 오른팔을 들어 소매 속을 살폈다. 안에는 동으로 만든 둥근 향로가 들어 있었다. 판관은 힘들게 그것을 끄집어내었다. 향로 안에 들어 있던 재는 회색 진흙으로 변해 있었다. 향로를 홍 수형리에게 건네주고 판관이 벽에 있는 탁자로 가니 두 촛대 사이, 탁자 덮개 위에 조그맣게 눌린 자국이 세 개 있었다. 그는 홍에게 손짓하여 향로를 탁자 위에 내려놓도록 했다. 향로의 다리 세 개가 그 자국에 정확히 들어맞는 것이 아닌가. 디 공이 화장대 의자에 앉았다.

"단순하지만 효과적이군! 기녀를 이 선실로 불러들이고 뒤에서 머리를 내려쳐 의식을 잃게 만든 게지. 그러고 나서 무거운 동 향로를 소매에 넣고 밖으로 안고 간 다음 물속에 밀어 넣은 게 분명해.

물 튀는 소리도 나지 않고 그 아이는 바로 호수 밑바닥으로 가라앉을 것 아닌가. 하지만 서두르느라 그녀의 윗옷 소맷자락이 못에 걸린 것을 못 본 게지. 그래도 소매 무게 때문에 얼굴이 물 밖으로 나올 수 없었고 결국은 익사한 셈이네."

디 공은 피곤한 듯 손으로 얼굴을 문지르고는 명령했다.

"다른 쪽 소매에는 무엇이 들었는지 보게, 홍!"

수형리는 소매를 뒤집었다. 소매 안에는 펜토화의 붉은 방문패와 접힌 종이가 물에 흠뻑 젖은 채로 들어 있었다. 수형리는 이를 디 공에게 전하였다.

디 공은 조심스럽게 그것을 폈다.

"이것은 바둑 수 아닙니까!"

홍과 차오타이가 동시에 외쳤다.

디 공은 기녀의 마지막 말을 떠올리며 고개를 끄덕였다.

"손수건을 주게, 수형리!"

그는 손수건으로 젖은 종이를 싸서 소매 안에 집어넣고 자리에서 일어나 밖으로 나갔다.

"자네는 여기서 선실을 지키게!"

그는 차오타이에게 명하고 나머지 둘에게 덧붙였다.

"홍과 마중은 나와 함께 연회장으로 돌아간다. 거기서 수사를 시작할 것이니라!"

걸어가며 마중이 말했다.

"이러니 저러니 해도 멀리서 찾을 필요가 없습니다, 나리. 범인은 배 안에 있는 것이 분명합니다!"

디 공은 아무 말도 하지 않았다. 그가 구슬발을 지나 연회장으로 들어가자 두 형리가 뒤를 따랐다.

연회는 거의 끝나가고 있었고 손님들은 늘 그러하듯 요리의 마지막 차례인 밥을 먹고 있었다. 활기찬 대화가 오가고 있었다. 한이 디 공을 보고 외쳤다.

"잘됐군요. 이제 막 지붕 위로 올라가 달빛을 즐기려던 참입니다!"

디 공은 아무 대답하지 않았다. 그는 주먹으로 세차게 탁자를 두들기며 소리쳤다.

"조용히 하시오!"

그러자 모두가 놀라 그를 쳐다보았다.

"제일 먼저 이런 화려한 연회를 열어 준 것에 손님으로서 감사드리오. 그러나 아쉽게도 이 즐거운 모임은 여기서 끝내야겠소. 지금부터는 손님이 아니라 이 고을의 수령으로서 말씀 드리겠소. 이것은 여러분을 포함해 나라와 이 고을의 백성들에 대한 나의 의무요."

디 공은 확고한 어조로 말하고 한을 향해 덧붙였다.

"이제 이 자리를 비워 주셔야겠소이다."

한은 멍한 표정으로 자리에서 일어났다. 자완화가 그의 의자를 류페이포가 있는 곳으로 옮겨 주었다. 그는 눈을 비비며 자리에 앉았다.

디 공이 탁자 가운데로 자리를 옮기자 마중과 홍 수형리가 옆으로 와 섰다. 디 공이 천천히 말을 시작했다.

"나, 디 수령은 기녀 펜토화 살해 사건을 조사하기 위해 임시 법정을 열고 심리를 시작한다."

디 공은 재빨리 좌중을 살폈다. 대부분이 무슨 말인지 정확히 이해하지 못하고 멍하니 판관을 쳐다보고 있을 뿐이었다. 디 공은 홍 수형리에게 배의 선장을 데려오고 필기 도구를 준비하라 일렀다.

한우형이 정신을 차렸다. 류페이포와 몇 마디 주고받더니 그가 고개를 끄덕이자 자리에서 일어나 말했다.

"수령 나리, 이것은 매우 독단적인 처사이십니다. 한위안의 지도층으로서 저희들은……."

"증인 한우형은 자리로 돌아가 증언을 명하기 전까지 입 다물고 있으라!"

디 공은 한의 말을 끊고 차갑게 말했다.

한은 얼굴을 붉히며 다시 자리에 앉았다.

홍 수형리가 얼굴에 곰보 자국이 있는 사내를 하나 데리고 돌아왔다. 디 공은 선장에게 무릎을 꿇고 앉아 배의 도면을 그리도록 명했다. 선장이 떨리는 손으로 그림을 그리기 시작하자 디 공은 매서운 눈으로 좌중을 둘러보았다. 갑작스레 즐거운 술자리가 범죄 조사 현장으로 바뀌자 그들은 술이 확 깨었지만 어찌할 바를 모르고 있었다. 선장이 배 그림을 완성하여 그것을 조심스레 탁자 위에 올려놓았다. 디 공은 그 종이를 수형리에게 주고 연회장의 탁자 위치와 그곳에 앉은 손님들의 이름을 적어 넣으라고 말했다. 수형리가 시종을 불러 자신이 가리키는 대로 손님의 이름을 알려줄 것을 명했다. 그러고 나서 디 공은 단호한 목소리로 사람들에게 말했다.

"기녀 펜토화가 공연을 끝내고 이 방을 나간 후 다소 왁자지껄하여 정신이 없었고, 너희들 모두는 여기저기 움직여 다녔다. 그때 각각 무엇을 하였는지 답하여라."

조합장 왕이 일어났다. 그는 비척비척 탁자로 걸어가 무릎을 꿇었다. 그가 정중하게 말했다.

"소인, 미천하오나 수령 나리께 한 말씀 올려도 되겠습니까."

디 공이 고개를 끄덕이자 그 뚱뚱한 남자는 말을 시작했다.

"우리 고을의 유명한 기녀가 악랄하게 살해당했다는 놀라운 소식은 소인들에게도 엄청난 충격이 아닐 수 없사옵니다. 이 사건이 아무리 끔찍하다고 하여도 사태를 파악하는 데 한 치의 오차도 있어서는 아니 될 것이옵니다.

소인은 지난 수년간 이 배에서 열리는 연회에 참석하였기로 이 배를 제 손바닥 보듯 잘 알고 있다고 감히 말씀드릴 수 있사옵니다. 이 배에는 아래서 노 젓는 사내가 열여덟 있사온데, 한 번에 열두 명만 노를 젓고 나머지 여섯 명은 돌아가며 쉽니다. 우리 고을 백성을 비방하려는 것은 아니오나 나리께서도 곧 아시게 될 것처럼 여기에서 노 젓는 사내들은 술과 도박에 빠진 흉악한 놈들이옵니다. 그러므로 살인범은 그자들 가운데서 찾으셔야 할 것입니다. 멀쩡하게 생긴 건달 놈이 기녀와 놀아나다 기녀가 놈을 피하면 해코지를 한 경우가 한두 번이 아니옵니다."

여기서 왕은 잠시 말을 멈추고 두려운 눈초리로 바깥의 검은 호수를 바라보며 말을 이었다.

"게다가 염두에 두셔야 할 것이 또 있습니다, 나리. 아득한 옛날부터 이 호수를 둘러싸고 기묘한 일들이 많았습니다. 여기 물이 지하 아주 깊은 곳에서 솟는지라 가끔 끝을 알 수 없는 깊은 곳에서 끔찍한 괴물이 올라와 사람을 해친다고 하더이다. 올해만도 자그마치 네 명이 빠져 죽었지만 시신은 하나도 찾지 못했습니다. 이렇게 죽은 자들이 후에 산 사람과 섞여 돌아다니는 것을 본 사람도 있다 하옵니다.

수령 나리께 이 두 가지를 알려드리는 것이 소인의 의무와도 같다고 사료되옵니다. 그리하여 이 잔악한 범죄의 시초를 찾고 여기 제 지인들이 시정잡배처럼 곤욕을 치르지 않도록 도울 수 있다면 더 바랄 바가 없겠습니다."

웅얼대며 맞장구치는 소리가 여기저기서 들려왔다.

디 공은 탁자를 탕탕 두드리고 지그시 왕을 쳐다보며 말했다.

"형식에 맞추어 올린 간언을 내 감사하게 생각한다. 화물칸의 누군가가 살인범일 가능성은 나 또한 이미 생각한 바다. 적당한 때가 오면 선원들도 신문할 것이야. 그리고 나 역시 불경한 사람이 아니니 사악한 힘이 이 사건에 관련되어 있을 가능성도 배제하지 않을 것이다.

다음은 증인 왕이 사용한 '시정잡배'라는 표현에 대해서다. 이 법정에서 모든 사람은 평등하다는 사실을 강조하고 싶다. 여기 모인 너희 모두는 범인이 잡히기 전까지 아래 있는 선원이나 부엌에 있는 요리사와 똑같은 용의자다. 더 입을 열 자가 있느냐?"

조합장 펭이 일어서더니 탁자 앞에 무릎을 꿇었다. 그는 걱정스럽게 물었다.

"외람된 말씀이오나 이 불쌍한 아이가 어떻게 죽임을 당했는지 알려 주실 수 있나이까?"

"자세한 사항은 지금 밝힐 수 없다. 다른 사람은?"

디 공이 바로 대답했다. 아무도 입을 열지 않자 그는 말을 이었다.

"이미 의견을 제시할 기회를 주었으니 앞으로는 모두 입을 다물고 사건은 수령인 나의 뜻대로 처리하겠다. 다음과 같이 진행하겠다. 증인 펭 씨는 자리로 돌아가고 증인 왕 씨부터 앞으로 나와 조금 아까 이야기한 시간에 무엇을 하고 있었는지 고하렷다."

"나리께서 한위안의 기녀를 위해 건배를 드신 후 소인은 왼편 문으로 나가 휴게실로 갔습니다. 거기엔 아무도 없었고 소인은 복도를 통해 변소에 갔습죠. 이리로 돌아오니 강씨 형제들이 말다툼을 하고 있었고, 류페이포가 둘을 화해시킨 후에 저는 제 자리로 갔습니다."

"복도나 변소에서 아무도 보지 못하였느냐?"

디 공이 물었다.

왕은 고개를 가로저었다. 디 공은 홍 수형리가 왕의 증언을 받아 적기를 기다렸다가 다음으로 한우형을 불렀다.

한이 언짢은 목소리로 말했다.

"저는 악단장에게 칭찬의 말을 건네러 갔다가 갑자기 어지럼증을 느껴 앞 갑판에 나가 뱃머리 오른편 난간에 기대어 잠시 쉬었습죠. 경치를 즐기고 나니 조금 나아진 것 같아 거기 놓여 있는 도자기 의자에 잠시 앉았습니다. 그러고는 자완화가 그리로 저를 찾으러 왔고요. 나머지는 수령께서 아시는 바와 같습니다."

디 공은 방 끝 구석에 다른 악사들과 함께 서 있던 악단장을 불러 물었다.

"한 씨가 쭉 앞 갑판에만 있었다는 것을 증명할 수 있느냐?"

악단장은 악사들을 쳐다보았다. 그들이 고개를 젓자 그는 어쩔 수 없다는 듯 답했다.

"아닙니다. 나리. 저희는 악기를 조율하느라 바빠서 자완화가 한 대인이 어디 갔느냐 물으러 왔을 때까지 바깥을 내다보지 못했습니다. 그 후에 제가 그녀와 함께 갑판에 나갔고 한 대인이 방금 말한 대로 도자기 의자에 앉아 있는 것을 보았습니다."

"이제 가도 좋다!"

디 공이 한에게 말하고 이번에는 류페이포를 탁자 앞으로 불렀다. 그는 더 이상 아까처럼 침착해 보이지 않았다. 디 공은 그의 입이 불안한 듯 가볍게 떨리는 것을 알아챘다. 하지만 말을 시작하자 그의 목소리는 안정되어 있었다.

"기녀의 춤이 끝나고 보니 옆에 앉은 펭 조합장이 몸이 안 좋아 보이더군요. 그래서 왕이 연회장을 나선 직후 저는 왼편에 난 문을 통해 펭을 데리고 우현 갑판으로 나갔습니다. 그가 난간 밖으로 기대어 속을 비워내는 동안 저는 복도를 통해 변소에 들렀고 다른 사람은 아무도 마주치지 않은 채 다시 펭이 있던 곳으로 돌아갔습니다. 이제 괜찮다고 하기에 저희는 다시 연회장으로 돌아왔습죠. 강씨 형제가 싸우고 있기에 한잔하고 풀라고 이야기했고요. 이게 다입니다."

디 공은 고개를 끄덕이며 다음으로 펭 조합장을 불렀다. 그는 류 페이포의 진술이 세세한 내용까지 맞는다고 확인해 주었다. 그 다음 디 공은 수 조합장을 앞에 대령시켰다.

수는 부스스한 눈썹 아래 무뚝뚝한 눈으로 판관을 쳐다보았다. 그는 넓은 어깨를 으쓱하더니 밋밋한 음성으로 말을 시작했다.

"소인도 왕이 먼저 나가고 나서 류가 연회장을 나선 것을 보았습니다. 저는 자리에 혼자 남아 칼춤을 추던 기녀 둘과 한동안 이야기를 하였지요. 그러다 그중 하나가 제 왼쪽 소매에 생선 양념이 묻었다 하여 저는 자리에서 일어나 복도를 따라 작은 선실로 갔습니다. 그 선실을 제가 사용하기로 하여 하인들이 이미 옷과 세면도구 등속을 그곳에 가져다 두었던 터였습죠. 저는 재빨리 옷을 갈아입었습니다. 다시 복도로 나왔을 때 펜토화가 휴게실을 지나 걸어가는 것이 보였습죠. 그래서 갑판 승강구 즈음에서 그녀를 따라잡고 춤솜씨에 대해 칭찬을 하였습니다. 그러나 그 아이는 어딘가 모르게 흥분한 듯하였고 저더러 연회장에서 보자며 황급히 말하였습니다. 그러고는 모퉁이에서 왼쪽으로 돌아 좌현을 향해 가더군요.

저는 우현으로 난 문을 통해 다시 연회장으로 돌아왔습니다. 왕과 류, 펭은 아직 돌아오지 않았기에 저는 두 기녀 아이와 다시 이야기를 시작했습니다."

디 공이 물었다.

"펜토화가 무슨 옷을 입고 있더냐?"

"춤출 때 입었던 흰 옷을 아직 입고 있었습니다. 나리. 다만 그 위에 두툼한 초록색 윗옷을 걸치고 있었습니다."

디 공은 그를 제자리로 돌려보내고 마중에게 분장실에서 기생들의 우두머리인 행수를 불러오도록 일렀다.

뚱뚱한 체구의 이 여인네는 남편이 버드나무 거리에 있는 기생집 주인이며, 거기에 펜토화를 비롯해 기녀가 다섯 더 있다고 했다. 펜토화를 마지막으로 본 것이 언제냐고 묻자 그녀가 말했다.

"그 아이가 춤을 마치고 돌아왔을 때였습죠, 나리. 그런데 꼴이 형편없지 뭡니까! 제가 말했습죠. '아가, 얼른 옷을 갈아입어라. 온통 젖었네. 감기 걸릴라!' 그리고 시녀 아이에게 푸른색 옷을 꺼내놓으라 일렀습니다. 그런데 갑자기 펜토화가 시녀 아이를 밀쳐내고 초록색 윗옷을 걸치더니 휙 나가 버리는 것 아니겠습니까! 그게 제가 그 아이를 마지막으로 본 것입니다. 나리. 정말입니다! 이 불쌍한 것이 어쩌다 죽음을 당했답니까! 시녀 아이가 어찌나 괴이한 소리를 해 대던지. 그 아이가 말하길……."

"고맙구나!"

디 공이 그녀의 말을 가로막았다. 그는 마중에게 시녀를 데려오라 일렀다.

시녀 아이는 흐느껴 울며 들어왔다. 마중이 달래려는 듯 등을 두드렸지만 아무 소용없었다. 그녀는 큰 소리로 울부짖었다.

"호수에 사는 사악한 괴물이 아씨를 데려간 겁니다. 나리! 제발, 나리, 괴물이 이 배를 물속으로 끌어내리기 전에 얼른 육지로 돌아가게 해 주세요! 그 끔찍한 형상이라니, 제가 이 두 눈으로 똑똑히 봤습니다요!"

디 공이 놀라 물었다.

"유령을 어디서 봤다는 게냐?"

"그것이 창문을 통해 펜토화 아씨에게 손짓을 했어요, 나리! 어머니가 저더러 푸른색 옷을 꺼내 놓으라고 한 바로 그때요. 그리고 아씨도 그것을 봤습니다! 그것이 아씨를 불렀다니까요, 나리! 유령이 부르는데 어찌 따르지 않을 수 있겠어요?"

낮게 수군거리는 소리가 좌중에서 터져 나왔다. 디 공은 다시 한 번 탁자를 두드리고는 물었다.

"그것이 어떻게 생겼더냐?"

"아주 크고 온통 시커먼 괴물이었습니다. 나리. 얇은 가리개를 통해 분명히 보였어요. 한 손은 긴 칼을 쥐고 무섭게 흔들었고 다른 한 손은…… 그 손이 손짓을 했다고요!"

디 공이 물었다.

"그놈이 어떤 옷을 입고 어떤 모자를 썼는지 보였느냐?"

"쇤네, 괴물이라 말씀드리지 않았습니까! 딱히 형태가 없이 그냥 끔찍하고 흉측한 검은 그림자였다고요."

그녀가 성을 내며 말했다.

디 공이 마중에게 손짓하자 그는 시녀를 데리고 나갔다.

그 뒤 자완화와 다른 네 기녀의 증언을 들었다. 펜토화를 찾아오라며 디 공이 직접 내보냈던 자완화를 빼고 나머지는 연회장을 비운 적이 없었다. 그들은 같이 수다를 떨다가 수와 함께 이야기했고,

왕과 류, 펭이 자리를 뜨는 것을 전혀 보지 못했으며, 수가 언제 자리에 돌아왔는지조차 기억하지 못했다.

디 공은 자리에서 일어나 이제 밖으로 나가 시중들던 하인과 상갑판에 있던 선원들의 증언을 듣겠다고 말했다.

그가 홍 수형리를 데리고 가파른 사다리를 오를 때 마중은 선장과 함께 선원들을 모으러 갔다.

판관은 난간 옆 도자기 의자에 앉아 땀으로 미끄러지는 모자를 밀어 올리며 말했다.

"여기도 방 안만큼이나 덥구나!"

홍은 재빨리 자신의 부채를 꺼내 판관에게 내밀며 낙담한 목소리로 말했다.

"심리에서 별로 건진 건 없어 보입니다, 나리."

"글쎄, 그건 모르겠네. 어느 정도는 사건이 명확해진 것 같지 않나? 맙소사, 노잡이들이 흉악한 놈들이라는 왕의 말이 틀리지는 않은 것 같군. 마음에 드는 놈들은 아니군 그래."

열심히 부채질을 하던 디 공이 말했다.

갑판에 모인 노잡이들은 저마다 성난 목소리로 중얼거리고 있었다. 그러나 마중과 선장이 몇 마디 욕설을 퍼붓자 곧 순한 양이 되었다. 시종과 요리사들은 그 반대편에 세웠다. 디 공은 조타수와 손님들이 데려온 하인들은 신문할 필요가 없다고 생각했다. 그들은 마중의 음란한 이야기에 빠져 자리를 뜰 생각조차 하지 않았다고 홍이 말했기 때문이다.

시종부터 질문을 시작했지만 별 다른 수확이 없었다. 춤이 시작됐을 때 그들은 부엌으로 가 간단히 끼니를 때웠고 그중 한 명만 다시 위로 올라와 연회장에 필요한 건 없는지 살펴보았다. 그는 펭이 난간에 기대어 심하게 구토하는 것을 보았지만 류는 당시 그와 함께 있지 않았다고 하였다.

요리사와 노잡이들을 준엄히 추궁하자 그들 중 아무도 화물칸을 떠나지 않았다는 사실이 드러났다. 조타수가 뚜껑문을 통해 휴식 시간이라고 외치자 노잡이들은 이내 도박을 시작했고 아무도 자리를 뜨려 하지 않았다.

디 공이 자리에서 일어나자 걱정스러운 얼굴로 하늘을 쳐다보고 있던 선장이 말했다.

"폭풍이 올 것 같습니다. 나리! 부두로 배를 돌려야겠습니다. 이 배는 궂은 날씨에 다루기가 매우 힘듭니다요."

디 공은 고개를 끄덕이고는 사다리를 타고 내려갔다. 그는 곧장 차오타이가 기녀의 시신을 지키고 있는 일등실로 향했다.

> 디 공이 죽은 여인의 시신 옆에 보초를 세우고,
> 시와 연서를 살핀다.

디 공이 화장대 의자에 앉는 순간 하늘을 찢는 듯한 천둥소리가 들렸다. 장대 같은 비가 지붕을 때리면서 배가 흔들리기 시작했다.

차오타이가 서둘러 바깥으로 나가 가리개를 고정했다. 디 공은 천천히 수염을 쓰다듬으며 조용히 앞만 쳐다보았다. 수형리와 마중은 침대 위에 누워 있는 시신을 쳐다보며 서 있었다. 차오타이가 돌아와 문을 잠그자 디 공은 수하 셋을 올려다보았다.

"몇 시간 전만 해도 아무 일도 일어나지 않는다며 불평했는데!"

그는 고개를 절레절레 흔들고는 어두운 표정으로 말을 이었다.

"이제 온갖 불신과 의심에다가 초자연적인 현상까지 겹친 살인 사건을 만났어."

마중이 걱정스런 눈으로 차오타이를 쳐다보는 것을 본 디 공이 재빨리 덧붙였다.

"심리 도중 유령이 이 사건에 관련이 있다는 말을 귀담아 듣는

척한 것은 범인을 안심시키기 위해서였어. 범인은 아직 우리가 어디서 어떻게 시신을 발견했는지 모른다는 사실을 잊지 말게. 왜 시신이 호수 밑바닥에 가라앉지 않았나 고민하며 골머리를 썩고 있겠지. 이보게들, 내 장담하건대 기녀를 살해한 것은 사지 멀쩡한 인간이야! 그리고 놈이 기녀를 살해한 이유도 나는 알고 있네!"

그러고 나서 판관은 펜토화가 마지막으로 남긴 놀라운 말을 전했다.

"당연히 한우형이 가장 유력한 용의자일세. 자는 척 하면서 그녀의 말을 훔쳐들을 수 있었던 사람은 그 사람뿐이거든. 그리고 이게 사실이라면 그는 정말 연기력이 뛰어난 셈이지."

"한한테는 그럴 만한 기회도 있었습니다. 그가 앞 갑판에 나가 있었단 사실을 확인해 줄 사람이 아무도 없지 않습니까. 좌현으로 나가 창 밖에서 손짓해 기녀를 불렀겠지요."

홍 수형리가 말했다.

"하지만 시녀 아이가 지껄인 칼 이야기는 도대체 뭘까요?"

마중이 물었다.

디 공은 어깨를 으쓱하며 말했다.

"상상한 것이겠지. 시녀 아이가 이상한 소리를 시작한 건 기녀가 살해되었다는 소식을 들은 이후였다는 것을 잊지 말게나. 사실은 우리처럼 폭이 넓고 긴 소매 옷을 입은 남자의 그림자를 본 것일 뿐일 게야. 놈이 한 손으로는 손짓을 하고 다른 한 손에는 접힌 부채를 들고 있었다면? 아마 그게 아이가 말한 칼이었겠지."

이제 배는 심하게 흔들리고 있었다. 큰 물결이 닥쳐와 뱃전을 때리자 쿵 하는 소리가 울려 퍼졌다.

"불행히도 한이 유일한 용의자는 아닐세. 기녀의 말을 들을 수 있었던 사람이 그 사람뿐이라는 건 사실이야. 하지만 다른 손님들도 그녀가 내게 무슨 말을 속삭이는 걸 보았고, 또 그녀가 나를 쳐다보지도 않고 비밀스럽게 행동하는 걸로 봐서 내게 무언가 중요한 정보를 알려 주는 거라고 결론 내렸을 수도 있지. 그래서 위험의 싹을 애초에 잘라 버리려 한 게지."

차오타이가 말했다.

"그럼 한 말고 왕, 펭, 수, 류페이포 모두 용의자라는 말씀이시군요. 강씨 형제는 풀어 주어도 될 테고요. 그 둘은 연회장을 나가지 않았다고 나리께서 말씀하시지 않았습니까. 앞서 말한 네 명은 오래든 잠깐이든 방을 나갔고요."

디 공이 말했다.

"그렇지. 펭도 아마 결백할 걸세. 그 사람은 기녀를 기절시켜 통로까지 데려갈 힘이 없거든. 그래서 선원들을 신문하기도 했지만 말이야. 혹시 그중에 펭의 공범이 있을 수도 있다고 생각했네만 아무도 화물칸을 나서지 않았잖나."

차오타이가 말했다.

"한과 류, 왕, 수는 기녀를 거뜬히 죽일 수 있겠죠. 특히 수 말입니다. 몸집이 아주 좋은 사내지요."

"수는 한 다음으로 가장 유력한 용의자라네. 만약 그가 범인이라면 아주 위험한 냉혈한이 틀림없네. 펜토화가 춤추고 있는 동안 계획에 따라 착착 일을 진행하지 않았겠나. 잠시 후 연회장을 나갈 핑계를 만들려고 일부러 옷을 더럽히다니. 그리고 이건 옷을 갈아입기에도 아주 좋은 핑계지. 혹시나 시신을 물에 넣다가 옷이 젖을 것을 대비해서 말이야. 그런 다음 분장실 창문으로 가 기녀를 불러내고, 기절시킨 후 물에 넣는다! 그런 다음에 방으로 가 옷을 갈아

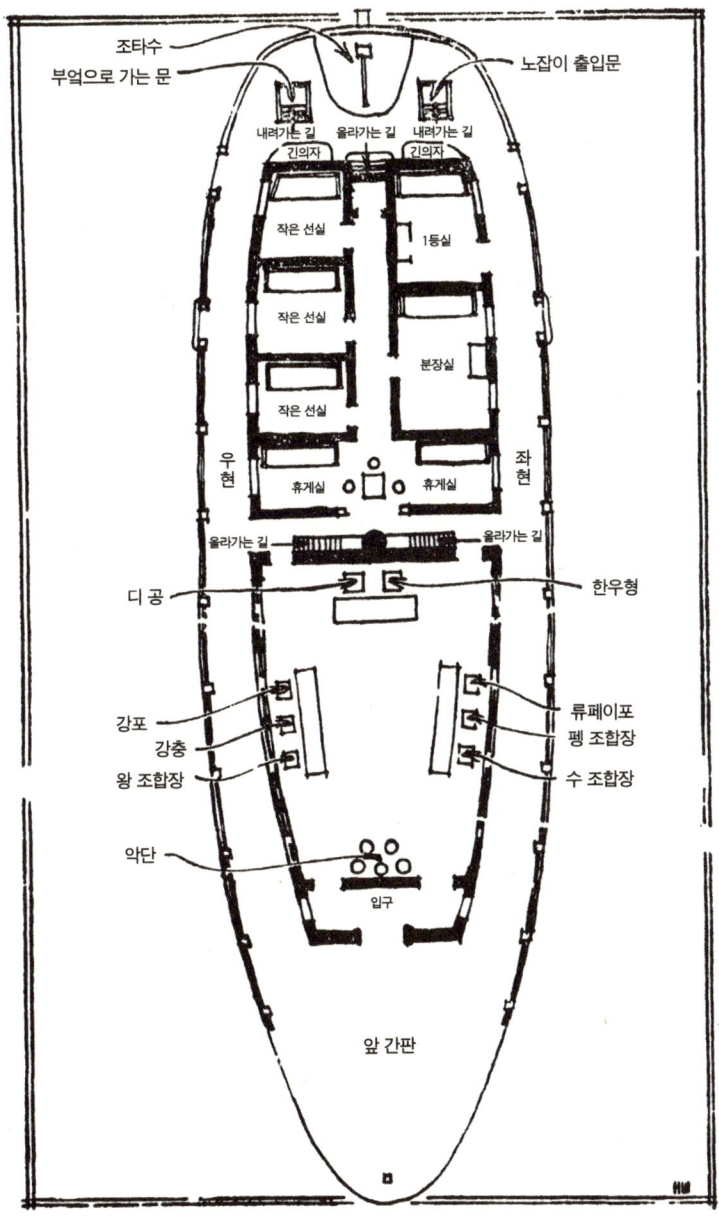

꽃배 갑판 도면

입었겠지. 차오타이, 당장 그 방에 가 보게나. 수가 벗어 놓은 옷이 혹시 젖지 않았는지 확인해 보게!"

"제가 가겠습니다, 나리!"

마중이 재빨리 말했다. 그는 차오타이의 안색이 점점 창백해지는 것을 알아챘다. 그는 동료가 뱃멀미를 심하게 한다는 것을 알고 있었다.

디 공이 고개를 끄덕였다. 그들은 모두 조용히 마중이 돌아오기를 기다렸다. 마중이 돌아오더니 낮은 소리로 투덜거렸다.

"사방이 물 천지입니다! 수의 옷만 빼고요! 놈의 옷에는 물기 하나 없습니다요!"

디 공이 말했다.

"그렇군. 그렇다고 수가 결백하다는 뜻은 아니야. 하지만 이 사실은 염두에 두지. 이제 한, 수, 류, 왕, 그리고 펭의 순서로 혐의가 있다고 보세."

"왜 류가 왕보다 혐의가 높다고 보십니까?"

홍 수형리가 물었다.

"내 생각에는 기녀와 범인이 정을 통한 사이였던 것 같네. 그렇지 않다면 놈이 불렀다고 바로 달려가지 않았을 거야. 혼자 객실에도 따라가지 않았을 것이고. 기녀란 돈만 받으면 누구에게나 몸을 내어주는 일반 창기와는 달라. 기녀를 품에 안으려면 먼저 그녀의 마음을 얻어야 하네. 그렇지 못하면 더 이상 어찌할 수가 없지. 기녀들, 특히 펜토화처럼 유명한 기녀는 손님과 함께 자는 것보다 춤추고 노래하는 걸로 더 돈을 많이 벌어들이거든. 그래서 기방 주인들도 손님의 청을 들어 주라 심하게 강요하지 않아. 한이나 류는 나이에 비해 젊어 보이니 아름답고 재능 있는 기녀가 쉽게 호감을 보일 것 같지 않나? 그리고 무지막지하게 힘이 세어 보이는 수 또한 마찬가지지. 어떤 여자들은 그런 것을 좋아한다네. 하지만 뚱뚱한 왕이나 꼬챙이처럼 마른 펭은 아니지. 그래, 펭은 용의자 목록에서 아주 빼 버리는 게 좋겠군."

마중은 디 공의 마지막 말을 듣지 못했다. 공포에 질려 찍 소리도 내지 못하고 여자의 시신을 쳐다보고 있었기 때문이다. 그가 가까스로 정신을 차리고 소리쳤다.

"시신이 고개를 흔들고 있어요!"

모두 그 쪽을 쳐다보았다. 시신의 머리가 이리 저리 흔들리고 있었다.

시신의 얼굴을 덮고 있던 손수건이 흘러 떨어졌다. 깜빡이는 촛불이 젖은 머리를 비추었다.

디 공은 황급히 일어나 침대로 다가갔다. 크게 놀란 디 공이 시신의 창백한 얼굴을 바라보았다. 눈이 감겨 있는 것이 아닌가! 디 공은 시신의 머리 양쪽에 베개를 받치고 재빨리 손수건으로 얼굴을 다시 덮었다. 그는 자리에 앉아 침착한 목소리로 말했다.

"그러니까 우리가 가장 먼저 할 일은 앞서 말한 세 명 중 누가 기녀와 정을 통하고 있었는지 알아내는 것이다. 가장 좋은 방법은 아마 기방의 다른 아이들에게 묻는 것이겠지. 이 계집들은 보통 서로 숨기는 일이 없지 않나."

마중이 말했다.

"하지만 그 비밀을 외부인에게 털어놓는 건 또 다른 문제입죠!"

어느새 비가 그치고 배가 안정을 찾으니 차오타이도 조금 나아졌는지 입을 열었다.

"나리, 제 생각엔 더 급한 문제가 있는 것 같습니다. 버드나무 거리에서 그 기녀 방을 뒤지는 일 말입니다. 범인은 배에 오른 후 급작스럽게 범행을 계획해야 했을 것이고, 만약 기녀와 놈의 관계를 드러낼 편지나 다른 것들이 기녀의 처소에 있다면 놈이 증거를 없애기 위해 배가 정박하자마자 서둘러 그리로 갈 것 아닙니까."

"차오타이, 자네 말이 맞네. 배가 뭍에 닿자마자 마중은 버드나무 거리로 가 기녀의 방에 들어가려는 자가 있으면 모조리 체포하게나. 내 가마를 타고 그리로 갈 터이니 함께 기녀의 방을 이 잡듯 뒤져 보세."

밖에서 큰 소리가 나는 것을 보니 부두가 가까워 오는 것 같았다. 디 공은 자리에서 일어나 차오타이에게 말했다.

"여기서 포졸들이 올 때까지 기다리게. 이 선실을 봉쇄하고 포졸 둘을 시켜 문 앞에서 내일 아침까지 보초를 서게 하도록. 내 기방에 기별을 넣어 내일 시신을 입관할 장의사를 보낼 테니."

갑판으로 나가니 구름이 걷히고 달이 다시 나왔다. 달빛에 비친 풍경은 처참했다. 심한 폭풍에 색등은 모두 날아가고 연회장 양옆에 쳐 있던 대나무 발은 모두 산산조각 났다. 아름다웠던 배는 이제 완전히 망가진 꼴이 되었다.

부두에는 수많은 사람이 숨죽이고 기다리고 있었다. 폭풍이 부는 동안 연회 손님들은 모두 휴게실로 몸을 피했는데, 그곳 공기가 매우 답답하고 배가 심하게 흔들려 모두들 지쳐 버렸다. 디 공이 집에 가도 좋다고 말하자 그들은 황급히 자신의 가마로 향했다.

디 공도 가마에 올랐다. 목소리가 남들에게 들리지 않을 정도로 가마가 멀어지자 디 공은 가마꾼에게 버드나무 거리로 가자고 말했다.

디 공과 홍 수형리가 펜토화의 기방 안마당으로 들어서니 후원에서 큰 웃음소리가 들려왔다. 늦은 시간이었지만 연회가 한창인 모양이었다.

기방 지배인이 뜻밖의 손님을 맞으러 달려 나왔다. 판관을 알아본 그가 바닥에 무릎을 꿇고 머리를 세 번 땅에 부딪쳤다. 그러고는 겁에 질린 목소리로 수령의 안부를 여쭈었다.

디 공이 퉁명스럽게 말했다.

"펜토화라는 기녀가 사용한 방을 좀 봐야겠다. 우리를 그리로 안내하여라!"

지배인이 황급히 반짝반짝 윤이 나는 넓은 나무 계단으로 그들을 데려갔다. 위에는 어두침침한 복도가 있었다. 지배인은 붉게 칠해진 문 앞에 서더니 먼저 안으로 들어가 초를 켰다. 우악스러운 손이 하나 나타나 그의 팔을 덥석 움켜쥐자 지배인은 겁에 질려 비명을 질렀다.

디 공이 재빨리 말했다.

"여기 지배인이야, 놓아 주게나! 그런데 자넨 도대체 여기는 어떻게 들어왔는가?"

마중은 빙그레 웃으며 대답했다.

"아무도 모르게 들어오는 게 낫겠다고 생각했습니다. 그래서 정원 담을 넘어 노대 위로 올라왔습니다. 구석에 시녀 아이가 잠들어 있는 것을 발견하고 그 기녀의 방을 알려 달라 했고요. 문 뒤에 숨어 있었는데 들어온 사람은 없었습니다."

"잘했네! 이제 지배인과 함께 아래로 내려가 출입문을 지키도록 하게."

디 공은 흑단 나무로 만든 화장대 앞에 앉아 서랍을 열기 시작했다. 큰 의자 옆에는 붉은 가죽으로 만든 옷상자가 네 개 쌓여 있었다. 수형리는 그리로 가 '여름'이라 쓰인 맨 위 상자를 열고 안을 살펴보기 시작했다.

화장대 첫 번째 서랍 안에는 흔히 볼 수 있는 화장 도구밖에 없었다. 그러나 두 번째 서랍은 각종 패찰과 편지로 가득했다. 그는 재빨리 그것들을 훑어보았다. 그 중 몇 장은 샨시에 있는 펜토화의 어머니가 보내온 것인데, 보내 준 돈 잘 받았으며 남동생이 좋은 성적으로 열심히 공부하고 있다는 소식이 들어 있었다. 아버지는 돌아가시고 없는 것 같았다. 어머니의 글은 매우 교양 있었다. 디 공은 다시 한 번 무슨 잔인한 운명의 장난으로 훌륭한 가문의 소녀가 이런 일을 하게 되었는지 궁금해졌다. 다른 것들은 모두 그녀를 연모하는 자들이 보내온 시와 편지들이었다. 그것을 훑어보다가 디 공은 한우형을 포함해 연회에 왔던 모든 손님들의 서명을 발견하였다. 이 편지들은 관습상의 형식에 맞춰 쓰여 있었는데, 연회 초대장이나 춤에 대한 칭찬의 글 일색이지 특별히 사적인 감정이 담긴 글은 없었다. 이것만으로 기녀와 손님들의 정확한 관계를 판단하기는 매우 어려웠다.

그는 후에 더 자세히 읽어볼 심산으로 모든 편지를 한데 모아 소매 안에 집어넣었다.

"여기 더 있습니다, 나리!"

홍 수형리가 갑자기 소리쳤다. 그는 가장 아래 있던 옷상자 안에서 발견한 편지를 디 공에게 보여 주었다. 편지는 얇은 종이에 조심스럽게 싸여 있었다. 얼핏 보아도 그것은 모두 정열적인 내용으로 가득한 연서임이 분명했다. 편지는 모두 같은 필명, "죽림서생"이라고 서명이 되어 있었다.

디 공이 말했다.

"이자야말로 기녀와 정을 통한 사람이 틀림없네. 이 글을 쓴 자를 알아내는 것은 그리 어렵지 않겠어. 문체나 필적이 매우 뛰어나니 이 마을의 몇 안 되는 사대부 중 하나가 분명해."

방을 더 뒤졌지만 다른 실마리는 나오지 않았다. 디 공은 노대로 나가 아래 정원을 바라보며 잠시 서 있었다. 꽃밭 안 연못에 달빛이 비쳤다. 그 기녀는 얼마나 자주 여기 서서 고향 생각을 하며 이 광경을 바라보았을꼬! 그는 휙 하니 돌아섰다. 미녀의 갑작스러운 죽음에 마음이 어지러워지는 것을 보니 노련한 수령이 되려면 아직 먼 모양이다.

디 공은 촛불을 끄고 홍 수형리와 함께 아래로 내려갔다.

마중이 지배인과 이야기하며 입구에 서 있었다. 지배인은 디 공을 보자 머리를 조아렸다.

디 공이 소매 안에서 팔짱을 끼었다.

"살인 사건을 조사 중이니 포졸들이 이곳을 죄다 들쑤시고 여기 있는 모든 손님들을 신문할 수 있다는 사실을 알렷다! 하지만 아직은 그럴 필요가 없는 듯하고, 나는 타당한 이유 없이는 남을 성가시게 하는 사람도 아니니, 당분간은 그리 하지 않겠다. 다만 네가 살해 당한 기녀에 대해 알고 있는 모든 사실을 하나도 빠짐없이 적어 고하여라. 그 아이의 진짜 이름은 무엇인지, 나이는 몇이며, 언제 어떤 연유로 이 기방에 들어오게 됐는지, 그 아이가 주로 어울리던 손님은 누구인지, 그 아이가 무슨 놀이를 하는지 등등. 세 장으로 필사하여 내일 아침 일찍 내가 볼 수 있도록 관아로 올리렷다!"

지배인은 무릎을 꿇고 감사의 말을 구구절절 늘어놓기 시작했다. 그러나 디 공이 그의 말을 끊고 덧붙였다.

"내일 꽃배로 장의사를 보내 시신을 수습하고, 평양에 있는 그녀의 가족들에게 이 사실을 알려라."

디 공이 문을 향하자 마중이 말했다.

"소인은 더 있다 가도 되겠습니까?"

디 공은 그의 의미심장한 눈빛을 읽었다. 그래서 고개를 끄덕이고는 수형리와 함께 가마에 올랐다. 포졸들이 횃불을 밝히자 가마 행렬은 인적 없는 한위안의 골목길로 천천히 나아가기 시작했다.

**마중은 기녀의 비밀을 알아내고,
박사가 극악한 사건의 범인으로 몰린다.**

다음날 아침 새벽 어스름이 가신 직후 홍 수형리가 관아에 당도하자 디 공은 이미 의관을 차려입고 재판정 뒤 집무실에 나와 있었다. 디 공의 책상 위에는 기녀의 옷상자에서 찾은 편지가 가지런히 쌓여 있었다. 수형리가 디 공에게 차를 한 잔 따르자 디 공이 말했다.

"편지를 모두 읽어 보았네, 홍. 기녀가 죽림서생이라는 자와 만나기 시작한 건 대략 반년 전인 것 같아. 초기 편지를 보면 천천히 우정이 싹트기 시작하는 듯하고 뒤로 갈수록 열정적인 사랑이 드러나는구먼. 그런데 두 달 전쯤 사랑이 식기 시작한 것 같아. 어조가 확실히 달라졌고 여기저기 위협하는 듯한 말투까지 보이네. 이놈을 찾아야만 해, 수형리!"

"관아의 선임 기사관이 취미로 시를 씁니다, 나리. 남는 시간에 고을 문예 모임에서 서기 노릇을 한다고 하니 그 필명을 알아볼 수 있을 것입니다!"

"잘됐군! 지금 당장 서고로 가 물어 보게나. 하지만 그 전에 이걸 먼저 보게."

디 공이 말하며 책상 서랍에서 얇은 종이를 한 장 꺼내어 평평하게 폈다. 수형리는 그것이 죽은 기녀의 소매에서 나온 바둑 문제

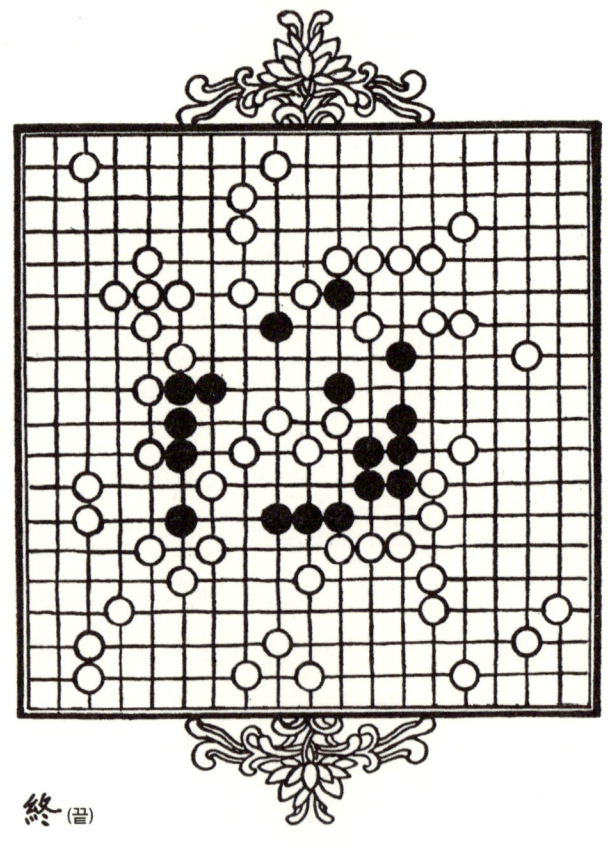

終 (끝)

바둑 문제

라는 것을 알아보았다. 검지로 종이를 두드리며 디 공이 말했다.

"어젯밤 버드나무 거리에서 돌아온 후 이 문제를 유심히 들여다보았네. 희한한 점은 이것을 도통 이해할 수가 없다는 걸세.

물론 내가 바둑 실력이 그리 뛰어나지는 못하지만 소싯적에는 종종 두었다네. 보다시피 가로 세로가 열여덟 칸으로 나누어져 총 289점에서 만나지. 바둑을 두는 두 사람은 각각 흰돌과 검은돌 150개를 가지고 있고. 바둑돌은 작고 동그란 모양의 돌로, 어느 돌이 다른 것보다 중요하거나 높은 것 없이 모두 평등하다네.

처음 비어 있는 판으로 시작하여 두 명이 번갈아가며 점 위에 돌을 하나씩 올리는 것이 바둑을 두는 방법일세. 하나나 여러 개가 모여 있는 상대편 돌을 내 것으로 둘러싸 그 돌을 빼앗아야 하고, 빼앗긴 돌은 즉시 바둑판에서 치우지. 가장 많은 돌을 따내는 편이 결국 승리를 거두게 되네."

"꽤 단순한 놀이 같군요!"

홍이 말했다.

디 공은 빙그레 웃으며 대답했다.

"규칙이야 단순하지. 그러나 놀이 자체는 굉장히 복잡하다네. 일생을 바쳐도 복잡 미묘한 바둑의 모든 수를 완벽히 습득할 수 없다고들 하지 않나!

보통 바둑 고수들이 자세한 설명을 덧붙여 흥미로운 수나 문제가 담긴 책을 내는데 이 종이도 그런 교육서에서 나온 것이 분명하네. 그 중에서도 맨 마지막 장일 게야. 맨 아래 왼쪽 귀퉁이에 "끝"이라고 쓰여 있는 게 보이지? 안타까운 일이네만 책 제목은 나와 있지 않아. 한위안에 혹시 바둑 고수가 있는지 찾아보게, 홍. 그런 사람이라면 이 종이가 어느 책에서 나온 것인지 알 수 있을 거야.

이 문제에 대한 설명은 끝에서 두 번째 장에 있겠지."
그때 마중과 차오타이가 들어와 판관에게 인사를 올렸다. 그들이 책상 앞에 앉자 디 공이 마중에게 말했다.
"어젯밤에 그곳에 남은 것은 뭔가 정보를 더 얻기 위해서였겠지. 어디 말해 보게나!"
마중은 그의 커다란 주먹을 무릎 위에 올려놓았다. 그리고 웃으며 대답했다.
"어제 나리께서 그 기방의 다른 아이들로부터 정보를 얻을 수 있을 거라 말씀하시지 않으셨습니까? 마침 호수로 가던 길에 노대에서 제 눈길을 끄는 아이가 하나 있었습니다. 그래서 나중에 호수에서 돌아와 기방에 들렀을 때 그 아이의 생김새를 기방 지배인에게 이야기해 줬더니 이 말 잘 듣는 친구가 그 아이를 시중들고 있던 연회에서 바로 빼오지 않았겠습니까. 어쨌거나 그 아이 이름은 도화(桃花)라고 했습니다. 어찌 그리 이름을 잘 갖다 붙였는지!"
마중은 잠시 말을 멈추었다. 그는 콧수염을 배배 꼬더니 점점 더 크게 미소 지으며 말을 이었다.
"그렇게 깜찍한 계집이라니, 아 그리고 저를 싫어하는 것 같지 않더라고요. 적어도 그것이……."
디 공이 역정을 내며 끼어들었다.
"자네의 사랑놀음 이야기라면 이제 됐네. 그래, 둘이 눈이 맞았다는 거 아닌가? 그 아이가 죽은 기녀에 대해서는 뭐라고 하던가?"
마중은 약간 서운한 듯했다. 한숨을 쉬더니 어쩔 수 없다는 듯 말을 이었다.
"나리, 이 도화라는 아이가 알고 보니 죽은 기녀와 꽤 가까운 사이였습니다. 죽은 기녀는 한 1년 전에 수도에서 다른 세 명과 함께 버드나무 거리에 왔답니다. 고향 샨시에서 안 좋은 일이 있어 다시는 돌아가지 못할 거라고 도화에게 이야기했다고 하더라고요. 그리고 손님을 고르는 태도가 무척 깐깐한 계집이었던 모양입니다. 여러 높으신 어른들이 그 아이의 마음을 사려고 무진 애를 썼는데 예의바르게 몽땅 다 거절했다고 하더라고요. 특히나 수 조합장은 끈질기게 달라붙었고 값비싼 선물도 많이 주었는데 안 통했다고 합니다."

"그렇다면 수에 대한 혐의점을 추가해야겠군. 사내가 여자한테 거절당하면 살인을 하고도 남는 법 아닌가."

디 공이 말했다.

"그런데 도화의 말로는 펜토화가 절대 냉정한 아이가 아니었답니다. 도화는 펜토화에게 사실은 남몰래 사귀던 사람이 있었을 거라고 했습니다. 적어도 일주일에 한 번은 지배인의 허락을 얻어 물건을 사러 나가곤 했답니다. 이 아이는 말썽 부리지 않고 말을 잘 들었고, 도망칠 기색이라곤 없어서 지배인은 늘 허락을 해 주었고요. 펜토화는 늘 혼자 나갔는데 그래서 도화는 펜토화가 연인과 밀회를 즐기는 것이 분명하다고 생각했습니다. 하지만 누구를, 어디서 만나는지는 알 수 없었답니다. 도화로서는 굳이 알고 싶지도 않았고요."

"한 번 나가면 얼마나 오래 머물렀다던가?"

디 공이 물었다.

"정오에 점심을 먹고 나가 저녁 시간 직전에야 돌아왔다고 합니다."

마중이 대답했다.

"그럼 고을 바깥으로 나가지는 못했겠군. 수형리, 지금 가서 기사관에게 그 필명에 대해 물어보고 오게."

홍이 나가자 포리 하나가 들어와 밀봉된 큰 봉투 하나를 디 공에게 전하였다. 디 공은 봉투를 열어 긴 편지를 책상 위에 펼쳤다. 두 장의 사본이 같이 들어 있었다. 수염을 쓰다듬으며 디 공은 천천히 글을 읽기 시작했다. 글을 다 읽고 다시 의자에 기대앉을 때 홍 수형리가 돌아왔다. 홍이 고개를 가로 저으며 말하였다.

"이 고을에 죽림서생이라는 필명을 쓰는 학자나 작가는 아무도 없다고 합니다, 나리."

"그것 참 애석하군!"

디 공이 말하였다. 그러나 곧 똑바로 앉아 앞에 놓인 편지를 가리키며 기운찬 목소리로 말을 이었다.

"여기 기방 지배인이 보내온 자료가 있네. 그 기녀의 원래 이름은 '판호이'라 하고 수도의 기녀 공급책이 일곱 달 전에 보내왔다고 하네. 도화인지 뭔지 하는 아이가 마중에게 이야기한 것과 똑같은 얘기야. 몸값은 금괴 두 개였고.

수도에서 그 아이를 사들인 사람은 그때 상황이 기묘했다고 적어 놓았어. 펜토화가 직접 찾아와서 반드시 한위안으로 팔려가는 조건으로 자신을 금괴 하나와 은 50냥에 팔았다! 보통은 부모나 중개인이 흥정을 하러 오는데 이 계집은 직접 찾아와 스스로를 판 것이 희한했다고 적혀 있네. 하지만 인물이 곱고 춤과 노래 실력이 뛰어났기에 공급책은 좋은 조건이라 생각하여 그 아이에게 꼬치꼬치 사연을 캐묻지 않았고, 돈은 그 아이가 알아서 처리했다고 하네. 버드나무 거리의 그 기방은 단골이라 이 공급책은 이 아이가 팔려온 특이한 상황을 기방 지배인에게 미리 설명해 주었네. 그래야 혹시 나중에 문제가 생겨도 공급책이 책임을 지지 않아도 될 것 아닌가."

여기서 디 공은 말을 멈추고는 화가 나 고개를 흔들었다. 그러곤 다시 말을 이었다.

"지배인은 그 아이에게 이것저것 물었지만 기녀가 솔직히 대답하기를 꺼려 그냥 그대로 묻어 두었네. 지배인은 부모를 거역하고 사랑의 불장난 같은 것을 하다 집에서 쫓겨난 것이 아닌가 생각했다고 하는군. 기방에서 그 아이가 어떻게 지냈는지는 마중이 다른 아이에게 들은 것과 일치하네. 지배인이 그 기녀 아이에게 특별히 호감을 보였던 사람들의 이름을 여기 적어 놓았네. 한위안의 유지들 이름은 거의 다 있는 것 같구먼. 류페이포와 한우형만 빼고 말이야. 가끔 지배인이 그 아이에게 손님들의 수청을 들라 했지만 기녀는 늘 거절했던 모양이군. 하지만 춤만 추어서도 돈을 잘 벌어들였기 때문에 지배인이 강요를 한 적은 없고.

자, 그리고 맨 끝에는 그 아이가 글과 관련된 놀이를 즐기고, 글솜씨가 좋았으며 새와 꽃을 제법 그렸다고 나와 있네. 그런데 바둑은 좋아하지 않았다고 딱 꼬집어 써 놓았군!"

디 공은 잠시 말을 멈추고 형리들을 쳐다보더니 물었다.

"그 아이가 내게 바둑을 두느냐 물어본 것과 소매에 바둑 문제가 적힌 종이를 가지고 있었던 것에 대해 어떻게 생각하는가?"

마중은 어리둥절한 표정으로 머리를 긁었다. 차오타이가 물었다.

"제가 그 문제를 봐도 되겠습니까, 수령님? 소인은 바둑을 좋아하는 편이었습니다."

디 공이 종이를 그 편으로 밀었다. 차오타이는 잠시 문제를 살펴보더니 말했다.

"이것만 봐서는 별 의미가 없는데요, 나리! 흰 돌이 거의 판 전체를 차지하고 있습니다. 몇 수 잘 두면 흰 돌이 검은 돌의 진행을 막을 수 있을지도 모르지만 검은 돌의 입장에서는 쓸 수 있는 수나 전략이 없습니다!"

디 공은 눈살을 찌푸렸다. 그리고 한참을 생각에 잠겨 가만히 있었다.

대문에 매달린 징 소리에 디 공은 잠겨 있던 생각에서 깨어났다. 징 소리가 세 번 울려 퍼지며 오전 심리가 시작되는 것을 알렸.

디 공은 바둑 문제가 적힌 종이를 책상 서랍에 넣고 한숨을 쉬며 일어났다. 홍 수형리가 일어나 디 공이 짙은 초록색 관복을 입는 것을 도왔다. 검은 판관모를 고쳐 쓰며 디 공이 세 형리에게 말했다.

"먼저 꽃배 살인 사건을 훑어봐야겠어. 다행히 지금 계류 중인 다른 사건이 없으니 이 미궁에 빠진 살인 사건에 정신을 집중할 수 있을 듯 싶네."

마중이 집무실과 재판정 사이를 가르는 두꺼운 가리개를 열자 디 공이 밖으로 나와 재판대로 올랐다. 판관이 선홍색 덮개가 덮인 높은 재판대에 앉자 마중과 차오타이가 그 뒤에 섰고, 홍 수형리는 늘 그렇듯 디 공의 오른편에 자리를 잡았다.

재판대 앞에는 포졸들이 채찍과 곤봉, 쇠사슬 같은 것들을 들고 두 줄로 서 있었다. 선임 기사관(시정기를 기록하는 일을 담당하던 직책—옮긴이)과 그 조수들은 재판대 양 옆에 놓인 낮은 책상에 자리를 잡고 필기할 준비를 갖추었다.

디 공은 재판정을 둘러보았다. 벌써 사람들이 많이 모여든 것을 알 수 있었다. 꽃배에서 벌어진 살인 사건 소식은 들불처럼 번져 한위안 고을 사람이라면 누구라도 자세한 이야기를 듣고 싶어 했던 것이다. 앞줄에는 한우형, 강씨 형제와 펭, 수가 보였다. 디 공은 류페이포와 왕은 왜 오지 않았는지 궁금했다. 모두 출석하라고 포졸들이 일러두었을 것인데.

그는 재판봉으로 탁자를 두드려 심리 시작을 알렸다. 그 다음 출석을 부르기 시작했다.

갑자기 재판정 입구에 한 떼의 사람들이 나타났다. 맨 앞에는 류페이포가 서 있었는데 그가 흥분하여 외쳤다.

"정의의 심판을 내려 주십시오! 끔찍한 일이 벌어졌습니다!"

디 공이 포두에게 신호를 보내 몰려든 사람들을 재판대 앞으로 데려오게 했다.

류페이포가 돌바닥에 무릎을 꿇었다. 수수한 푸른 옷을 입고 작은 검정색 모자를 쓴 키 큰 중년 사내가 그 옆에 무릎을 꿇었다. 다른 네 명은 포졸들이 줄지어 서 있는 곳 뒤에 남아 있었다. 디 공은 그중 한 명이 왕 조합장이라는 것을 알아챘지만 다른 세 명은 모르는 자들이었다.

류가 소리쳤다.

"수령님, 소인의 딸이 혼인날 밤에 처참히 살해당했습니다!"

디 공의 눈썹이 위로 치켜 올라갔다. 그는 퉁명스럽게 말했다.

"고소인 류페이포는 적법한 순서로 상세히 고하라! 지난밤 연회 중에 네 딸은 그 전날 혼인하였다 들었다. 그 일이 있은 지 이틀이나 지나 관아에 죽음을 알리러 온 까닭이 무엇이냐?"

"그건 모두 여기 사악한 자의 악랄한 수작 때문입니다!"

류가 옆에 무릎 꿇고 앉은 남자를 가리키며 외쳤다.

"이름과 직업을 대라!"

류페이포가 장 박사를 고발하다

디 공이 중년 남자에게 명했다. 남자가 침착한 목소리로 말했다.

"소인은 고전 문학을 가르치고 있는 장웬장이라고 하옵니다. 끔찍한 재앙이 소인의 집을 휩쓸어 사랑하는 제 외아들과 어린 신부를 앗아갔습니다. 그걸로는 부족한지 여기 그 아이의 아비 류페이포가 제게 당치않은 누명을 씌우려고 합니다! 존경하는 수령 나리께서는 부디 이 오해를 바로잡아 주시옵소서!"

"이 뻔뻔한 놈이!"

류페이포가 소리쳤다.

디 공이 재판봉을 내리쳤다.

"고소인 류페이포는 재판정에서 욕설을 입에 담지 말렷다! 사건에 대해 이야기를 시작하라!"

판관이 엄하게 말했다.

류페이포가 어렵사리 가슴을 진정시켰다. 슬픔과 노여움으로 제정신이 아닌 것이 분명했다. 전날 밤에 만난 사람과 완전히 딴판이 아닌가. 잠시 후 그는 조금 차분해진 목소리로 입을 열었다.

"하늘은 제게 아들을 내려 주지 않으셨습니다. 제 하나뿐인 자식은 딸로, 이름은 창어라 하옵니다. 아들이 없었지만 저는 이 여식 하나만으로도 충분했습니다. 예쁘고 착한 아이였습니다. 그 아이가 아름답고 총명한 처녀로 자라나는 것을 보는 것이 제일 큰 기쁨이었죠. 저는……."

그는 말을 잇지 못했다. 울음이 터져 나와 목소리가 나오지 않았다. 그는 힘겹게 몇 번 울음을 삼키고는 떨리는 목소리로 계속했다.

"작년에 아이가 오더니 장 박사가 집에서 젊은 처자들에게 가르치는 고전 문학 수업을 듣고 싶다 하였습니다. 전에는 말 타고 사냥하는 것만 좋아하던 아이였는데 문학과 예술에 관심을 보이는 듯

하여 저는 흔쾌히 허락하였습니다. 이런 재앙이 찾아올 줄 누가 알았겠습니까? 창어는 박사의 집에서 그의 아들 장후표를 보았고 그만 사랑에 빠져 버렸습니다. 저는 정혼을 허락하기 전에 장씨 가문에 대해 자세히 알아보고 싶었지만 창어가 빨리 정혼을 발표하고 싶다고 끈질기게 졸랐고, 어리석은 제 첫째 아내가 그 아이의 편을 들었습죠. 그러지 말았어야 했는데 말입니다.

곧 매파를 고른 후에 혼인 서약을 작성하였습니다. 그런데 그때 제 친구인 거간 상인 완이판이 이 장 박사라는 작자가 전에 더러운 욕정의 채우는 데 완의 딸을 이용하려 한 호색한이라는 걸 알려주었습니다. 저는 단번에 정혼을 취소하려 하였습니다. 하지만 갑자기 창어가 병을 얻었고 첫째 아내 말이, 아이가 상사병에 걸렸다면서 제가 혼인을 허락하지 않으면 죽을지도 모른다지 않겠습니까. 게다가 이 작자는 먹잇감을 놓치기 싫었는지 정혼 약속을 깨지 않겠다고 하였습니다."

류는 악의에 찬 눈으로 장을 쏘아보고는 말했다.

"그래서 저는 울며 겨자 먹기로 혼인을 허락했습니다. 그저께 장의 저택에서 붉은 촛불을 밝히고 조상님들의 위패 앞에서 혼인이 치러졌습니다. 꽃배에 왔던 손님들을 비롯하여 서른 명이 넘는 고을 유지 여러분들이 피로연에 참석하였습니다.

그런데 오늘 아침 일찍 장 박사가 극도로 흥분하여 우리 집으로 달려오더니 창어가 침대에 죽어 있는 것을 발견했다고 하지 않았겠습니까. 저는 즉시 왜 바로 알리지 않았는지 물었습니다. 그랬더니 신랑인 자기 아들이 자취를 감추어 그를 먼저 찾으려고 했기 때문이라고 하였습니다. 저는 사인이 무엇인지 물었으나 이자는 알아들을 수 없는 몇 마디 말만 중얼댈 뿐이었습니다. 저는 이자와 함께 집으로 가 딸아이의 시신을 보고 싶었습니다. 그런데 딸아이의 시신을 이미 관에 넣어 절에 보냈다고 하지 뭡니까!"

디 공이 똑바로 앉았다. 그는 류의 말에 끼어들고 싶었지만 일단 말을 끝까지 들어보기로 했다.

"자꾸만 끔찍한 생각이 들었습니다. 저는 황급히 이웃 왕 조합장을 찾아가 물었지요. 그는 곧바로 제 딸아이가 입에 담을 수조차 없는 범죄에 희생된 것이 분명하다고 했습니다. 그 길로 저는 장 박사에게 관아에 고발할 것이라 알렸고, 왕은 증인이 될 완이판을 부르러 갔습니다. 소인 류페이포, 수령 나리 앞에 무릎 꿇고 간청 드리옵니다. 이 사악한 살인자를 벌하시어 불쌍한 제 여식이 저 세상에서 편히 눈을 감을 수 있게 해 주시옵소서!"

류는 말을 끝낸 후 이마를 연거푸 세 차례 돌바닥에 부딪쳤다.

디 공은 천천히 그의 긴 턱수염을 쓰다듬었다. 잠시 생각한 후 그는 물었다.

"장 박사의 아들 장 서생이 신부를 살해하고 종적을 감추었단 말인가?"

"용서해 주십시오! 소인이 마음을 진정시키지 못해 잘못 말씀드린 것 같습니다. 그 심약한 장 서생은 결백합니다. 살인을 저지른 것은 변태 호색한인 그의 아비입니다! 이자는 창어를 탐내었다가 술을 마시고 흥분하여 제 아이가 이자의 며느리가 되기로 한 날 밤 그 아이를 범한 것입니다. 불쌍한 제 여식은 결국 자결하였고 아들 장 서생은 아비의 입에 담지 못할 행동에 경악하여 자취를 감춘 것이지요. 다음 날 아침, 이 사악한 자가 깨어 제 여식의 시신을 발견했습니다. 자신의 비겁한 짓이 밝혀질까 두려워 시신을 바로 관에 넣고 그 아이가 자결을 한 사실을 감추려 한 겁니다. 그러므로 저는 장웬장 이자를 제 딸 창어를 겁탈하고 결국 죽게 만든 죄로 관아에 고발합니다!"

디 공은 선임 기사관에게 류의 말을 듣고 작성한 고발장을 큰 소리로 읽어 보도록 했다. 류는 내용이 정확하다 말하고 그 문서에 지장을 찍었다. 그러자 디 공이 말했다.

"피의자 장웬장은 네 입으로 무슨 일이 있었는지 고하렷다!"

박사는 조금 떨리는 목소리로 말했다.

"소인의 온당치 못한 행동을 용서하여 주시기 간청 드립니다. 저는 분명 어리석은 행동을 하였습니다. 책에 묻혀 조용히 살다 보니 갑자기 집안에 닥친 끔찍한 횡액을 재빨리 처리하지 못하였습니다. 하지만 제 아들의 아내를 범하는 것은 말할 것도 없거니와 온당치 못한 생각은 눈곱만큼도 품지 않았습니다. 지금부터 진정 무슨 일이 일어났는지 낱낱이 고하겠습니다."

박사는 잠시 멈춰 생각을 고르고는 말을 이었다.

"어제 아침 정원에서 아침을 들고 있을 때 하녀 하나가 오더니 신방으로 가 아침을 들이겠다며 문을 두드렸으나 아무 대답이 없다 하였습니다. 그래서 저는 아이들을 방해하지 말고 한 시간 정도 후에 다시 문을 두들겨 보라 일렀습니다.

아침 늦게 꽃에 물을 주고 있는데 그 하녀가 다시 오더니 아직도 아무 기척이 없다 하였습니다. 그때 소인은 다소 걱정이 되어 신방에 따로 붙어 있는 안마당으로 가 문을 두드렸습니다. 그래도 대답이 없어 계속해서 아들의 이름을 불렀지만 소용없었습니다.

그때 저는 무언가 불행한 일이 닥친 것이 분명하다는 것을 알았습니다. 저는 서둘러 이웃의 차 상인 궁을 불러오도록 하여 어찌해야 할지 물었습니다. 그러자 그가 문을 부수어야 한다고 하여 저는 가령을 불렀고 그가 도끼로 자물쇠를 부수었습니다."

장 박사는 멈추고 침을 삼키더니 침착한 목소리로 말을 이었다.

"궁이 즉시 가까이 사는 노련한 의사 화 선생을 부르도록 사람을 보냈고 그가 검시를 하였습니다. 의사는 며늘아기가 죽은 것은 처녀를 잃고 피를 너무 많이 흘렸기 때문이라고 결론 내렸습니다. 그때 저는 슬픔으로 정신을 잃은 제 아들이 이 비극의 현장에서 도망친 것이 틀림없다고 생각했습니다. 아들이 인적이 드문 곳으로 가 자결할 것이 불 보듯 뻔했기에 저는 그길로 달려 나가 아들을 찾아야 했습니다. 그때 화 선생이 날씨가 더우니 시신을 즉시 입관시켜야 한다고 해서 저는 장의사를 불러 시신을 씻기고 임시 관에 넣으라 했습니다. 궁이 매장할 장소를 정할 때까지 일단 관을 불교 사원에 두자 하였습니다. 저는 그 자리에 있던 사람들에게 죽었든 살았든 아들을 찾을 때까지 이 일을 비밀로 해야 한다고 입단속을 했습니다. 그러고는 궁과 가령의 도움으로 아들을 찾아 나섰습니다.

하루 종일 저희는 시내와 고을 외곽을 헤매 다니며 아들의 행방을 물었으나 땅거미가 지도록 아무 실마리도 찾지 못하였습니다. 집으로 돌아오니 어부 한 명이 대문 앞에서 기다리고 있었고, 호수에서 낚시를 하다 건졌다며 비단 허리띠를 제게 보여 주었습니다. 속에 수놓인 이름을 확인할 필요도 없었습니다. 그것은 불쌍한 제 아들의 것이 분명하였습니다. 이 두 번째 충격이 너무 커 저는 그 자리에서 정신을 잃고 쓰러졌습니다. 궁과 가령이 저를 방으로 옮겼습니다만 녹초가 된 저는 오늘 아침이 되도록 잠에서 깨지 못했던 것입니다.

잠에서 깨자마자 신부의 아버지에게 이 사실을 알리는 것이 저의 의무라는 생각이 들었기에 서둘러 류의 집으로 가 이 끔찍한 비극에 대해 이야기하였습니다. 양쪽 집안의 자식을 앗아간 잔인한 운명에 슬퍼하는 대신 이 냉혹한 자는 제게 말도 안 되는 비난을 퍼부었고 관아에 고발하겠다며 윽박질렀습니다. 수령 나리께서는 부디 굽어 살피셔서 졸지에 아들과 며느리를 잃고 가문의 대가 끊길 위기에 처한 소인의 누명을 벗겨 주시옵소서."

그러고 나서 박사는 돌바닥에 여러 번 머리를 부딪쳤다.

디 공은 기사관에게 장 박사의 진술을 읽도록 하고 장 박사는 문서에 지장을 찍었다. 그런 다음 디 공이 말했다.

"이제 증인 진술을 듣겠다. 거간 상인 완이판은 앞으로 나오너라!"

디 공은 그를 날카롭게 쳐다보았다. 강씨 형제가 다툴 때 그의 이름이 언급되었던 것이 기억났다. 완이판은 마흔 정도 먹은 사내로 얼굴은 부드럽고 콧수염이 없으며 짧고 검은 턱수염 때문에 얼굴이 더 창백해 보였다.

완은 2년 전 장 박사의 둘째 아내가 죽었다고 하였다. 그의 첫째, 셋째 아내가 이미 그전에 죽었기 때문에 박사는 혼자가 된 것이다. 그는 완에게 접근하여 완의 딸을 첩으로 삼고 싶다 했지만 완은 매파도 없이 들어온 제안에 분개하여 거절하였다. 자신의 욕정을 채울 기회를 놓친 장 박사는 그 후 완이 훤한 대낮에는 떳떳이 거래를 할 수 없는 협잡꾼이라는 악의적인 소문을 퍼뜨렸다. 이렇게 박사의 사악한 성품을 알게 된 완은 류페이포에게 그가 어떤 집안에 금쪽 같은 외동딸을 맡기려 하는지 알리는 것이 본인의 의무라고 생각했다.

완이판이 진술을 마치자 장 박사가 화를 내며 소리쳤다.

"나리께서는 진실과 거짓이 뒤섞인 저 터무니없는 말을 믿지 마시옵소서! 소인이 완이판에 대해 종종 좋지 않은 말을 했던 것은 사실입니다. 저자가 사기꾼에 협잡꾼이 분명하다는 것은 주저 없이 말씀드릴 수 있습니다. 둘째 아내가 죽고 나서 자신의 딸을 첩으로 제안한 것은 바로 저자입니다. 그때 저자는 자기 아내가 죽어 딸을 제대로 보살필 수 없다고 하였습니다. 제게 돈을 뜯어내고 제가 구린내가 나는 그의 사업에 대해 더 이상 흠잡지 못하게 하려는 것이 분명했습니다. 그 뻔뻔스러운 제안을 거절한 사람은 바로 소인입니다!"

디 공은 주먹을 탁자에 내리쳤다. 그가 소리쳤다.

"지금 수령인 나를 가지고 노는 것이냐! 분명히 둘 중 하나는 뻔뻔하게 거짓말을 하고 있다! 내 이 일을 낱낱이 조사하여 나를 속이려 한 자에게 큰 벌을 내릴 것이라는 사실을 명심하라!"

디 공은 성이 나 턱수염을 잡아당기며 왕 조합장에게 앞으로 나오라 일렀다.

겉으로 드러난 사실에 관한 한 왕의 진술은 류페이포의 말과 같았다. 그러나 범인이 장 박사라는 류의 주장에 대해서는 별로 자신이 없는 듯했다. 그는 자신은 다만 흥분한 류페이포를 진정시키기 위해 그의 말에 동의하였을 뿐, 혼인날 밤 일어난 사건의 진상에 대해서는 어떠한 의견도 내놓고 싶지 않다고 말했다.

그러고 나서 디 공은 피의자 측 두 명의 증인으로부터 진술을 들었다. 먼저 차 상인인 궁은 사건에 대해 장 박사의 설명이 옳다고 하였으며 박사는 누구보다 검소하고 강직한 사람이라고 덧붙였다. 의사 화 선생이 돌바닥에 무릎을 꿇었을 때 디 공은 포졸에게 법정 검시관을 불러오라 일렀다. 그러고 나서 디 공은 엄하게 화 선생에게 말했다.

"너는 의사로서 급사한 시신은 관아에서 모든 정황을 조사하고 검시를 마치기 전까지 입관해선 안 된다는 사실을 모르느냐? 준엄한 법을 어겼으니 그에 합당한 처벌을 받게 될 것이다. 이제 검시관이 왔으니 처음 보았을 때 시신의 상태가 어떠했는지, 사인이 무엇이라고 결론 내렸는지 낱낱이 고하라!"

화 선생은 죽은 소녀의 상태를 소상히 설명하기 시작했다. 설명이 끝나고 디 공이 미심쩍은 눈으로 검시관을 쳐다보자 검시관이 말했다.

"이러한 연유로 죽음을 맞는 경우는 드물긴 하지만 분명 기록에도 나와 있는 일입니다. 장시간 의식을 잃고 서서히 죽음을 맞는 것이 좀 더 흔하긴 합니다만, 화 선생이 말한 증상은 모두 권위 있는 의학 서적에 적힌 바와 일치합니다."

디 공은 고개를 끄덕였다. 화 선생에게 큰 벌금을 물리고는 좌중을 보며 이야기했다.

"내, 오늘 아침에는 기녀의 살해 사건을 심리하려 하였으나 새로운 사건 때문에 당장 범죄 현장을 조사해야겠다."

그는 재판봉을 두드려 폐정을 선언하였다.

디 공이 서생의 서재를 조사하고,
외딴 불교 사원에서 부검이 실시된다.

복도에서 디 공은 마중에게 말했다.
"장 박사 집으로 갈 터이니 가마를 대령하라 이르게. 포졸 넷을 사원으로 보내 부검에 필요한 것을 모두 준비하게 하고. 나는 박사 집에서 일을 마치는 대로 그리로 가겠네."
그러고 나서 그는 집무실로 들어갔다.
홍 수형리가 탁자로 가 디 공에게 차 한 잔을 건넸다. 차오타이는 디 공이 앉길 기다리며 자리에 서 있었다. 그러나 판관은 이마를 찡그린 채 두 손을 뒤로 하고 왔다갔다 걷기 시작했다. 홍이 그에게 차를 권하자 판관은 비로소 멈춰 섰다. 그는 몇 모금 마시고는 말을 꺼냈다.
"왜 류페이포가 박사에게 그런 터무니없는 죄를 덮어씌우려 하는지 모르겠군! 성급히 시신을 관에 넣은 것은 의심할 만하지만, 정신이 똑바로 박힌 사람이라면 그렇게 심각한 죄목을 지적하는 대신 먼저 부검을 하자고 해야 하는 것 아닌가. 어젯밤에 류는 아주 침착하고 냉정한 사람으로 보였는데."

홍 수형리가 말했다.

"방금 재판정에서는 정신 나간 사람처럼 보였습니다, 나리. 손을 덜덜 떨고, 입에는 거품을 물고 이야기 하는 모양새가!"

차오타이가 말했다.

"류의 말은 한마디로 터무니없습니다! 박사가 정말 형편없는 사람이라고 확신했다면 왜 혼인을 허락하였겠습니까? 류는 처나 딸에게 휘둘릴 사내로는 보이지 않았습니다! 게다가 혼인 서약이란 일방적으로도 깰 수 있는 것 아닙니까!"

디 공이 깊은 생각에 잠겨 고개를 끄덕였다.

"겉으로 보이지 않지만 분명 이 혼인에는 뭔가 숨어 있는 것이 있네. 그리고 자신의 집에 닥친 재앙에 대해 구구절절 애도하면서도 장 박사는 꽤 침착하게 사태를 받아들이고 있지 않던가!"

마중이 들어오더니 가마가 준비되었다 알렸다. 디 공이 안마당으로 나가자 세 형리가 뒤를 따랐다.

장 박사는 관아 서쪽 산비탈에 있는 거대한 저택에 살고 있었다. 가령이 육중한 쌍대문을 열자 디 공의 가마가 안으로 들어갔다. 박사는 존경의 표시로 판관이 가마에서 내려오는 것을 부축하고는 그와 홍 수형리를 거실로 안내하였다. 마중과 차오타이는 포졸 둘과 포두와 함께 안마당에 남았다.

디 공은 장 박사와 마주보고 앉아 그를 자세히 훑어보았다. 장 박사는 큰 키에 체구가 좋고 얼굴은 날카롭고 총명해 보였다. 대략 오십 정도로 연금을 받고 살기에는 꽤 젊은 나이었다. 그는 조용히 디 공에게 차를 따르고 앉아 판관이 대화를 시작하기를 기다렸다.

홍은 디 공의 의자 뒤에 서 있었다.
판관은 빽빽하게 들어찬 책장을 보며 장 박사가 특별히 관심 있는 문학이 어느 쪽인지 물었다. 장 박사는 고대 글자에 대한 자신의 연구에 관해 간단명료하게 대답하였다. 디 공이 몇 가지 질문을 해 보니 그는 자신이 연구하는 주제를 꿰뚫고 있는 것이 틀림없었다. 그는 논란이 되고 있는 구절에 대해 자신의 견해를 내어 놓으며 덜 알려진 과거 논평들도 외워 인용하였다. 도덕적으로는 문제가 있는지 몰라도 위대한 학자임에는 틀림없는 것 같았다.
디 공이 물었다.
"아직 젊은 나이신데 어째서 공자 서원의 교수 일을 그만두셨소? 일흔이나 그 이상이 되어서 명예직을 지키는 경우도 많은데."
장 박사는 디 공에게 의심의 눈초리를 보내더니 뻣뻣하게 굳어 답했다.
"저는 혼자 연구하는 것이 더 좋습니다. 지난 3년간 집에서 고전 문학에 관한 수업만 두 차례 하였지요."
디 공은 자리에서 일어나 사건 현장을 보고 싶다고 말했다.
박사는 조용히 고개를 끄덕였다. 그는 두 명의 손님을 두 번째 안마당 앞 복도로 데려가 우아한 아치형 문 앞에 멈춰 섰다. 그는 천천히 말했다.
"여기서부터가 아들의 처소입니다. 관을 옮긴 후에는 아무도 들어오지 못하게 했습니다."
안에는 조그만 정원이 있었다. 중간에는 소박한 돌 탁자가 서 있었고 팔랑이는 푸른 잎 가득한 대나무가 양 옆에 늘어서 있어 찜통 같은 더위를 막아 주었다.
좁은 입구에 들어서자 장 박사가 왼편 문을 열고 조그만 서재를 보여 주었다. 창문 앞에 있는 책상과 오래된 안락의자만으로 방은 꽉 찼고 선반에는 수많은 책과 두루마리 문서가 빽빽이 꽂혀 있었다. 교수가 조용히 말했다.

"제 아들은 이 작은 서재를 매우 아꼈습니다. 바깥에 있는 대나무 몇 그루를 숲이라 부를 수는 없겠지만 아들은 스스로 죽림서생이라는 필명을 지었지요!"

디 공은 안으로 들어가 선반의 책을 살폈고 장 박사와 홍 수형리는 밖에 서 있었다. 뒤를 돌아보며 판관이 아무렇지도 않은 듯 박사에게 말했다.

"여기 있는 책을 보니 아드님은 다양한 분야에 관심이 있었던 것 같군요. 다만 버드나무 거리의 기녀들에게까지 그 관심이 뻗었다는 것이 아쉬울 따름입니다!"

장 박사가 화가 나 외쳤다.

"아니, 대체 누가 나리께 이런 말도 안 되는 이야기를 했단 말입니까! 제 아들은 성품이 매우 진지하여 해가 지면 밖에 나가지도 않았습니다. 누가 그런 터무니없는 말을 하였습니까?"

"그런 비슷한 이야기를 어디서 들은 것 같았소. 내가 잘못 이해한 모양이오. 아들이 그리 부지런한 학자였으니 필체도 매우 좋았을 테지요?"

디 공의 물음에 박사는 책상 위에 놓인 종이 뭉치를 가리키며 퉁명스럽게 말했다.

"저것이 최근 아들이 쓰고 있던 공자 어록에 관한 원고입니다."

디 공은 원고를 쭉 훑어보았다.

"필체가 매우 훌륭하군요."

그가 입구로 들어서며 말했다.

장 박사가 아들의 서재를 보여 주다

박사는 그들을 데리고 반대편에 있는 거실로 갔다. 그는 아들이 방탕하게 생활했냐는 디 공의 물음에 아직도 불만을 품은 듯 보였다. 그는 퉁명스런 표정으로 말을 이었다.

"이 복도를 따라 내려가면 침실 문이 보이실 겁니다. 허락하신다면 저는 여기 있겠습니다."

디 공은 고개를 끄덕였다. 홍 수형리가 뒤를 따르는 가운데 그는 어두운 복도를 지나 걸어갔다. 복도 끝에는 부서져 덜렁거리는 문이 보였다. 디 공은 문을 열고 문지방에 서서 어두컴컴한 방을 훑어보았다. 방은 꽤 작았고, 빛이라곤 하나 있는 격자 창문에 붙은 반투명한 종이를 통해 들어오는 햇빛뿐이었다.

홍 수형리는 기분이 들떠 속삭였다.

"그럼 장 서생이 펜토화의 애인이었군요!"

"그자 역시 물에 빠져 죽고 말았고!"

디 공이 성마르게 답했다.

"죽림서생을 찾자마자 놓쳐 버렸군! 그런데 이상한 점이 있네. 그의 필체는 연서에 쓰인 것과 사뭇 다르단 말이지."

그는 몸을 굽히더니 말을 이었다.

"여기 보게, 바닥이 먼지로 덮여 있어. 창어의 시신이 옮겨진 후 아무도 들어오지 못하게 했다는 말은 정말이었나 보군."

디 공은 잠시 벽 끝에 붙은 넓은 침대를 바라보았다. 침대 위 갈대 덮개에 검붉은 자국이 있었다. 오른편에는 화장대가, 왼편에는 옷상자가 있었다. 침대 옆에는 작은 탁자와 등 없는 걸상이 두 개 있었다. 방 안 공기는 매우 답답했다.

디 공은 창문을 열기 위해 그리로 갔지만 창문에는 먼지 쌓인 나무 빗장이 걸려 있었다. 그는 어렵사리 빗장을 밀었다. 쇠창살 사이로 높은 벽돌담에 둘러싸인 채소밭이 조금 보였다. 거기엔 조그만 문이 하나 있었는데 요리사가 채소를 가지러 드나드는 곳이 분명했다.

판관이 의아한 듯 고개를 저으며 말했다.

"흥, 문은 안으로 잠겨 있고 창문에는 쇠창살이 있군. 최소한 며칠간 열린 적도 없는 것 같고. 도대체 장 서생이 그날 밤 어떻게 이 방을 나간거지?"

수형리도 모르겠다는 표정으로 디 공을 쳐다보았다.

"그것 참 기묘하군요! 비밀 통로가 있는 것은 아닐까요."

수형리가 잠시 머뭇거리다 말했다.

디 공은 재빨리 자리에서 일어났다. 그들은 침대를 밀어내고 뒷벽과 바닥을 샅샅이 살펴보았다. 나머지 벽과 바닥 전체도 조사했지만 통로는 찾을 수 없었다.

디 공은 다시 자리에 앉아 무릎을 털며 말했다.

"거실로 돌아가게, 홍. 그리고 장 교수에게 그와 아들의 모든 친구와 지인들의 이름을 적어 내라 이르게. 나는 여기 잠시 더 머물면서 살펴봐야겠네."

수형리가 나간 후 디 공은 팔짱을 끼었다. 이제 풀어야 할 수수께끼가 하나 더 생긴 것이다. 기녀 살해 사건은 적어도 확실한 실마리가 있었다. 동기가 분명하지 않은가. 범인은 기녀가 비밀스런 계획에 대해 디 공에게 알리는 것을 막고자 했던 것! 용의자는 네 명이었다. 그들과 기녀의 관계를 조사하면 누가 범인인지, 그리고 그자가 꾸미고 있는 계획이 무엇인지 밝혀질 참이었다. 조사가 한창 진행 중이었는데 이 기묘한 사건이 불쑥 끼어든 것이다. 사건의 중심에 두 사람이 있는데 둘 다 이 세상 사람이 아니라니! 게다가 조사를 시작할 단서도 하나 없었다. 박사가 조금 수상하긴 하지만 방탕하게 놀아날 사람으로는 보이지 않았다. 물론 겉으로 드러나는 모습만으로 사람을 판단할 수는 없고, 완이판이라는 자가 감히 관아에서 그의 딸 이야기를 거짓으로 지어내지는 않았겠지만. 하지만 박사가 아들이 버드나무 거리를 드나들지 않았다는 거짓말을 했을 리 만무하다. 장 박사라면 그 정도는 쉽게 진위를 확인할 수 있다는 것을 알 것이다. 혹시 장 박사가 기녀와 정을 통하고 연서에 아들의 필명을 사용한 것은 아닐까! 그는 그렇게 젊은 것은 아니지만 성품이 강직한 사람이니까. 여인의 취향이란 가늠할 수 없는 법이니 나이가 많아도 장 박사를 연모하였을 수도 있다. 어찌하였든 디 공은 박사의 필체를 연서와 대조해 볼 작정이었다. 홍이 박사에게 친구들의 이름이 적힌 문서를 받아내면 필체를 알 수 있을 터였다. 하지만 연회에 참석하지도 않은 박사가 기녀를 살해할 수는 없다. 그럼 결국 기녀의 죽음은 애인과 아무 상관없단 말인가.

디 공은 자리에 앉아 몸을 뒤척였다. 그때 갑자기 누군가가 지켜보고 있다는 느낌을 받았다. 그는 재빨리 열린 창문으로 고개를 돌렸다.

창백하고 수척한 얼굴 하나가 눈을 크게 뜨고 디 공을 쳐다보고 있었다.

디 공은 벌떡 일어나 창문으로 달려갔지만 중간에 의자에 걸려 비틀대고 말았다. 그가 겨우 몸을 일으켜 창문으로 갔을 때는 이미 정원 벽에 난 문이 닫히고 그자는 사라지고 없었다.

판관은 즉시 첫 번째 안마당으로 달려 나가 마중과 차오타이에게 바깥으로 나가 중간 키에 중처럼 머리를 깎은 남자를 찾도록 명했다. 그러고는 가령에게 일러 집안의 모든 하인들을 거실에 모은 후 숨어 있는 자가 없는지 확인토록 하였다. 그는 이마를 찌푸리고 깊이 생각에 잠겨 천천히 거실로 향했다.

홍 수형리와 장 박사가 무슨 소동이 일어난 건지 살피러 밖으로 나왔다. 디 공은 그들의 질문을 무시하고 퉁명스럽게 장 박사에게 물었다.

"신방에 비밀 통로가 있다는 걸 왜 숨겼소?"

박사는 깜짝 놀라 멍하니 판관을 쳐다보았다.

"비밀 통로라니요? 저처럼 조용히 사는 은퇴한 학자가 왜 그런 게 필요하겠습니까? 이 집을 지을 때 제가 직접 감독하였습니다만, 집 전체를 통틀어 그런 해괴한 것은 하나도 없습니다! 나리."

디 공은 냉정하게 말했다.

"그렇다면 아들이 어떻게 방을 나갔는지 설명해 줘야겠소. 단 하나 있는 창문은 굳게 닫혀 있고 방문도 안에서 잠겨 있지 않소?"

박사는 손으로 이마를 탁 치며 화가 난 듯 말했다.

"그 생각을 못했군요!"

"그럼 한번 곰곰이 생각해 보시오! 다른 명이 있을 때까지 이 집을 떠나지 마시오. 이제 나는 사원으로 가 창어의 부검을 실시해야겠소. 사건의 진상을 밝히려면 꼭 필요한 일이니 뭐라 할 생각이라면 꿈도 꾸지 마시오!"

디 공이 딱 잘라 말했다.

장 박사는 매우 화가 나 보였지만 자제하는 듯했다. 그는 뒤로 돌아 아무 말 없이 거실을 나갔다.

가령이 열두 명쯤 되는 사내와 여자들을 데리고 들어왔다. 그가 말했다.

"이게 전부입니다요, 나리."

디 공은 그들을 훑어보았다. 창문 밖에서 그를 지켜보던 남자와 닮은 사람은 없었다. 그는 하녀에게 신혼부부를 깨울 때 상황에 대해 물었고 하녀의 대답은 박사가 한 이야기와 다를 바가 없었다.

디 공이 하인들을 해산시키자 마중과 차오타이가 들어왔다. 마중은 눈썹에 맺힌 땀을 훔쳐내며 말했다.

"동네를 다 뒤졌지만 그런 놈은 없었습니다, 수령님. 수레 옆에 앉아 코를 골고 있는 노점상 주인 하나뿐이었습니다. 한낮의 더위 때문에 거리는 텅 비었습니다. 정원 문 옆에는 행상이 놓고 간 것이 분명한 장작 두 더미가 있었는데, 행상은 보이지 않았고요."

디 공은 창문 밖에서 그를 쳐다보고 있던 이상한 남자에 대해 간단히 설명했다. 그런 다음 가령에게 류페이포와 왕 조합장 집으로 가 그들을 사원으로 불러 오도록 시켰다. 마중도 포졸들이 명령대로 부검 준비를 해 놓았는지 확인하러 갈 참이었다. 디 공이 차오타이에게 말했다.

"자넨 포졸 둘을 데리고 여기 남아 장 박사가 집을 나가지 않게 지키게나! 그리고 나를 지켜보고 있던 그 이상한 작자가 다시 나타나는지 잘 살피고!"

판관은 화가 치밀어 소맷자락을 앞뒤로 펄럭이며 가마로 향했다. 그는 수형리와 함께 가마에 올랐고 가마는 불교 사원으로 향했다.

디 공은 사원 문루의 넓은 계단을 오르며 계단이 길게 자란 잡초로 덮여 있고 높다란 기둥의 붉은 칠이 벗겨져 있는 것을 눈치챘다. 몇 년 전 스님들이 모두 떠나고 지금은 관리인만 남아 사원을 지키고 있다는 말을 들은 기억이 났다.

판관은 홍과 함께 낡아빠진 복도를 지나 별관으로 들어갔다. 그곳엔 마중이 검시관과 포졸들을 데리고 판관을 기다리고 있었다.

또 다른 세 명은 장의사와 그의 조수 둘이라고 하였다. 오른편에는 높은 제단이 아무것도 없이 덩그러니 서 있고 그 앞에는 두 개의 긴 탁자 위에 관이 올려져 있었다. 방 다른 편에는 포졸들이 큰 탁자를 놓아 임시 재판대를 꾸미고 그 옆에는 기사관이 앉을 작은 탁자도 갖추어 놓았다. 재판대에 앉기 전 디 공은 장의사와 조수들을 불렀다. 그들이 무릎을 꿇고 앉자 디 공이 장의사에게 물었다.

"시신을 수습한 신방에 있던 창문이 열려 있었는지, 닫혀 있었는지 기억나는가?"

장의사는 어리둥절한 표정으로 조수들을 보았다. 조수 중 젊은 사람이 즉시 대답하였다.

"창문은 닫혀 있었습니다, 나리! 방 안이 더워 열고 싶었지만 빗장이 어딘가에 걸려 꼼짝하지 않았습니다요."

디 공은 고개를 끄덕이더니 다시 물었다.

"시신을 염할 때 혹시 폭력의 흔적은 보지 못하였는가? 상처나 멍 자국 같은 것 말이다."

장의사는 고개를 저었다.

"출혈이 너무 많아 깜짝 놀랐습니다, 나리. 그래서 더욱 유심히 시신을 살폈지요. 그렇지만 긁힌 자국 하나 없었습니다. 그리고 소녀는 체격이 좋은 편이었습니다. 여염집 규수 치고 힘이 좋았을 것입니다."

디 공이 물었다.

"시신을 씻기고 수의를 입힌 후 바로 관에 넣었는가?"

"그렇사옵니다, 나리. 궁 대인께서 일단 임시 관을 가져오라 하셨지요. 나중에 언제 어디에 매장할 것인지 부모가 결정해야 했으니까요. 그래서 관은 얇은 판자로 만든 것을 썼고 못을 박아 뚜껑을 닫는 데 시간도 얼마 걸리지 않았습니다."

그러는 동안 검시간이 관 앞쪽에 두꺼운 갈대 자리를 펼쳐 놓았다. 뜨거운 물을 담은 구리 대야도 준비해 놓았다.

이때 류페이포와 왕 조합장이 들어왔다. 그들에게 인사를 받은 후 비로소 디 공이 재판대로 가 자리에 앉았다. 그는 주먹으로 탁자를 세 번 두드리고 말했다.

"이 특별 심리는 서생 장후표 부인의 사인에 대하여 석연치 못한 점을 명백히 밝히려 열린 것이다. 관을 열어 검시관이 부검을 실시할 것이다. 시신을 발굴하는 것이 아니라 일차 검시에 이은 후속 검시일 뿐이니 부모의 허락은 필요치 않다. 그러나 죽은 장씨 부인의 아비 류페이포를 증인으로 출석을 요청하였으며 왕 조합장 역시 증인으로 여기 나와 있다. 장웬장 박사는 가택 연금 상태이므로 출석하지 못했다."

디 공이 신호를 보내자 포졸이 향을 두 뭉치 피워 하나는 디 공의 탁자 끝에 두고 다른 하나는 관 옆 바닥에 놓인 병에 꽂았다. 진한 회색 연기가 올라오며 독한 향이 방을 채우자 디 공은 장의사에게 관을 열라 명하였다.

장의사가 관 뚜껑 아래 끌을 끼워 넣자 조수들이 못을 뽑기 시작했다.

마침내 뚜껑이 열리고 안을 들여다본 장의사는 헉 하고 놀라며 뒷걸음 쳤다. 놀란 조수들이 쾅 하고 뚜껑을 바닥에 떨어뜨렸다.

검시관이 재빨리 관으로 다가가 안을 들여다보았다.

"이런 끔찍한 일이!"

그가 외쳤다.

디 공이 벌떡 일어나 검시관 옆으로 달려갔다. 관 안을 들여다본 디 공은 자신도 모르게 한 걸음 뒤로 물러섰다.

관 안에는 완벽히 옷을 차려 입은 남자 시신이 누워 있었다. 머리에는 피가 잔뜩 말라붙은 채로.

새로운 시신이 발견되어 사건은 미궁에 빠지고, 디 공은 두 고을 유지를 만난다.

그들은 관 주변에 조용히 둘러서서 끔찍한 모습을 한 시신을 믿을 수 없다는 듯 쳐다보았다. 이마는 무언가에 맞아 크게 상처가 벌어져 있었다. 말라붙은 피가 뒤덮인 머리는 구역질이 올라오는 형상이었다.

"내 딸은 어디로 간 거야? 딸아이를 내놓아라!"

류페이포가 갑자기 소리를 질렀다. 왕 조합장이 슬픔에 떠는 그의 어깨를 감싸고 자리를 떴다. 류는 미친 듯이 울부짖었다.

디 공은 획 돌아서서 재판대로 갔다. 그는 탁자를 세게 내리치고 화가 나 소리쳤다.

"모두 자기 자리로 돌아가라! 마중, 자네는 가서 사원 안을 샅샅이 뒤져 보게! 장의사, 그대는 시신을 관에서 꺼내라."

장의사 조수들이 뻣뻣하게 굳은 시신을 관에서 천천히 꺼내어 갈대 자리에 내려놓았다. 검시관이 시신 옆에 무릎을 꿇고 조심스럽게 피에 물든 옷을 벗겨내기 시작했다. 윗옷과 바지는 질이 낮은 면으로 된 것이었고 군데군데 엉성하게 기운 자국이 있었다. 그는 옷을 개어 하나로 쌓고 판관을 쳐다보았다.

디 공은 주홍색 붓을 들어 심리 서식 제일 위에 "신원을 알 수 없는 남자"라고 적어 종이를 기사관에게 주었다.

검시관이 수건을 물에 적신 후 머리에 범벅이 된 피를 닦아내자 끔찍하게 벌어진 상처가 나타났다. 그 다음 검시관은 시신의 몸을 머리부터 발끝까지 깨끗이 닦은 후 면밀히 살피기 시작했다. 마침내 검시관이 일어나 판관에게 고했다.

"50세 가량 된 남자로 근육이 잘 발달한 사람의 시신이옵니다. 손톱이 부러져 있고 손이 거칠며 오른손 엄지에 심하게 굳은살이 잡혀 있습니다. 턱수염은 가늘고 짧으며 회색 콧수염이 있고 대머리입니다. 사인은 이마 한가운데 난 상처로, 좁고 깊은 걸 보면 무기는 양날 검이나 도끼인 것 같습니다."

기사관이 이것을 기록하자 검시관이 지장을 찍어 판관에게 제출했다. 그런 다음 디 공은 죽은 남자의 옷을 살피도록 명하였다. 검시관은 윗옷 소매에서 나무로 만든 자와 더러운 종잇조각을 찾아 탁자 위에 올려놓았다.

디 공은 자를 슬쩍 쳐다본 후 종잇조각을 잘 폈다. 그의 눈썹이 치켜 올라갔다. 판관은 종이를 소매 안에 집어넣으며 말했다.

"여기 모인 모든 사람은 차례대로 시신 옆으로 가 그를 알아볼 수 있는지 살피거라. 류페이포와 왕 조합장부터 시작하겠다."

류페이포는 시신의 얼굴을 대충 보더니 고개를 젓고 재빨리 지나갔다. 그의 얼굴은 하얗게 질려 있었다. 왕 조합장도 그를 따라 빨리 지나가려 하다가 갑자기 놀란 비명을 내뱉었다. 그는 두려움을 참으며 시신 위로 몸을 굽혀 쳐다보더니 소리쳤다.

"제가 이자를 아옵니다! 이자는 목수인 마오유안이라 하옵니다. 지난주에 탁자를 고치러 소인 집에 왔었습니다!"

디 공이 물었다.

"사는 곳을 아는가?"

"그것은 모르옵니다, 나리. 하지만 저희 가령에게 물어보겠습니다. 직접 목수를 불렀기 때문에 알고 있을 것입니다."

왕이 대답했다.

디 공은 조용히 수염을 쓰다듬었다. 그러고는 갑자기 장의사에게 소리를 질렀다.

"네 이놈! 너는 장의사라는 작자가 누군가 관에 장난을 친 것을 알고도 수령인 나에게 고하지 않았느냐? 아니면 이것이 네가 여자의 시신을 넣은 그 관이 아니란 말이냐? 당장 사실을 고하렷다!"

두려움에 말을 더듬으며 장의사가 대답했다.

"아, 아닙니다, 나리. 이것은 같은 관이 틀림없습니다! 제가 두 주 전에 제 손으로 사들여 나무에 제 인장을 지져 넣은 관이 맞사옵니다. 하지만 쉽게 열릴 수는 있습니다, 나리! 임시 관이라 못을 아주 튼튼히 박지 않았습니다. 그리고⋯⋯."

디 공은 답답하다는 듯 손짓하며 그의 말을 잘랐다.

"이 시신은 법도대로 수의를 입혀 다시 관에 넣어라. 매장에 관해서는 유가족에게 알릴 터이니. 그때까지는 포졸 둘이 이 방을 지키도록 하라. 또 시신이 없어지면 큰일 아닌가! 이 사원의 관리인을 데려오라. 그놈은 대체 무엇을 하고 있는 겐가? 진작에 여기 와봤어야 하는 것이 아닌가?"

"관리인은 나이가 아주 많사옵니다, 나리. 문루 옆 처소에 살면서 불심 깊은 사람들이 하루에 두 번 가져다주는 밥으로 연명하고 있습니다. 귀머거리에 거의 장님이라고 하고요."

포두가 답했다.

"귀머거리에 장님이라, 그것 참."

판관은 화난 듯 중얼거리더니 류페이포에게 무뚝뚝하게 말했다.

"시신의 행방에 대해서는 곧바로 조사에 착수할 것이다."

그때 마중이 돌아왔다.

"나리, 후원의 정원까지 샅샅이 뒤졌습니다만 시신을 숨기거나 묻은 흔적은 보이지 않습니다."

디 공이 마중에게 명했다.

"왕 조합장과 함께 돌아가서 목수의 주소를 알아내어 바로 그 집으로 가게나. 지난 며칠 간 그가 무슨 일을 했는지 알아내고, 남자 가족이 있으면 내 물을 것이 있으니 관아로 데려오게."

말을 마치자 판관은 탁자를 두드리고 폐정을 선언하였다.

방을 나가기 전 그는 관으로 걸어가 그 안을 자세히 살폈다. 안에는 핏자국이 하나도 없었다. 주변 바닥 역시 자세히 보았으나 발자국만 어지러이 나 있을 뿐 얼룩이나 피를 닦은 흔적은 찾을 수 없었다. 필시 목수는 다른 곳에서 살해되고 흘린 피가 다 말라붙은 후에 이곳으로 옮겨져 관에 들어간 것이었다. 그는 홍 수형리와 함께 방을 나왔다.

디 공은 관아로 돌아가는 내내 아무 말이 없었다. 하지만 집무실에 돌아와 홍의 도움으로 편안한 옷으로 갈아입고 나자 우울한 기분이 조금 나아진 것 같았다. 그는 엷게 웃으며 책상에 앉아 말했다.

"허허, 해결할 사건이 쌓였구먼 그래, 수형리. 그나저나 박사를 가택 연금해 놓길 잘했다는 생각이 드네. 목수가 가지고 있던 이 종이를 보게나."

그는 그 종잇조각을 홍에게 보여 주었다. 홍은 놀라며 말했다.

"장 박사의 이름과 주소가 적혀 있지 않습니까, 나리!"

"그렇지, 우리 학식 높은 박사께서 이건 놓치신 게야! 장 박사가 작성한 것을 보여 주게나, 홍."

수형리가 접힌 종이를 자신의 소매에서 꺼냈다. 그것을 건네며 홍은 낙심하여 말했다.

"제가 보기에는, 나리, 필체가 연서와는 많이 다릅니다."

"자네 말이 맞네. 조금도 비슷한 구석이 없군."

그는 종이를 탁자 위에 던지며 말을 이었다.

"점심 먹고 나서 류, 한, 왕, 수의 필체를 확인할 수 있는 문서가 관아에 있는지 한번 알아보게. 모두들 한두 번쯤은 관아에 서신을 보낸 적이 있을 거야."

그는 커다란 붉은 방문패 두 장을 서랍에서 꺼내 홍에게 주며 덧붙였다.

"이것을 한우 형과 량 고문 어르신 댁에 보내고 내가 오늘 오후에 찾아뵙겠다 전하게."

디 공이 자리에서 일어나자 수형리가 물었다.

"장씨 부인의 시신은 도대체 어떻게 된 것일까요, 나리?"

"수수께끼의 실마리가 모두 모이지 않은 상태에서 고민해 봤자 아무 소용없네, 홍. 지금부터 나는 이 모든 문제들을 잠시 잊으려 하네. 집으로 돌아가 밥을 먹고 아내들과 아이들이 어떻게 지내는지 한번 봐야겠어. 얼마 전 세 번째 아내 말로는 아들 둘이 벌써 글을 꽤 잘 쓴다는군. 말썽은 여전하지만 말이야!"

오후 늦게 디 공이 집무실로 돌아왔을 때 그는 홍 수형리와 마중이 그의 책상 옆에 둘러서서 종이 여러 장을 들여다보고 있는 것을 발견했다. 홍이 고개를 들더니 말했다.

"여기 네 용의자 필적이 있습니다, 나리. 그런데 연서의 필체와 같은 것은 하나도 없습니다."

디 공은 자리에 앉아 여러 편지를 조심스럽게 비교하였다. 잠시 후 그가 말했다.

"그렇군, 하나도 없어! 류페이포의 붓놀림이 죽림서생의 것과 아주 약간 비슷하긴 하군. 류가 연서를 쓸 때는 필체를 바꾸지 않았을까 싶기도 하네. 그런데 붓이란 원래 섬세하여 필체를 숨기려 해도 쉽지 않은 법이고."

홍 수형리가 흥분하여 말했다.

"류페이포는 딸을 통해 장 서생의 필명을 알고 있었을 수도 있습니다, 나리! 그러고는 그걸 자기 편지에 적어 넣은 것이지요!"

"그래, 류페이포에 대해 좀 더 조사를 해 봐야겠군. 한과 고문 어르신을 만나면 그 사람에 대해 물어볼 참일세. 그에 대해 많은 이야기를 들을 수 있겠지. 마중, 목수에 대해 뭐 알아낸 거 있는가?"

마중이 슬픈 듯 그의 큰 머리를 가로저었다.

"별로 알아낸 것이 없습니다, 나리. 마오유안은 호수 근처 어시장 옆의 다 쓰러져 가는 집에 살고 있었습니다. 식구라곤 여편네뿐이었는데, 아, 그렇게 못생기고 못되먹은 할망구는 처음 봤어요! 남편이 없어졌는데 걱정 하나 안 하더라고요. 원래 일거리가 들어오면 며칠씩 집을 비운다고 하더군요. 근데 그럴 만도 하지. 그런 여편네를 끼고 살맛이 나겠어요? 아무튼 사흘 전 아침에 장 박사네 혼인 때문에 가구를 좀 고치러 나갔다고 합니다. 여편네한테는 일이 며칠 걸릴 것 같으니 거기 하인 처소에서 지내겠다고 이야기한 모양입니다요. 그게 마지막으로 남편을 본 것이라고 하였습니다."

마중이 얼굴을 찡그리더니 말을 이었다.

"그래서 제가 이 아낙한테 남편 소식을 전했더니, 이 할망구가 마오루라는 사촌이랑 술집 드나들면서 노름을 일삼더니 결국엔 그리 될 줄 알았다고 하지 뭡니까. 그러더니 이 여편네가 보삼금을 달라고 하지 않습니까?"

디 공이 화나 소리쳤다.

"그런 불손한 아낙을 보았나!"

마중이 말했다.

"그래서 제가 이야기했습니다. 범인이 잡혀 죄가 입증될 때까지는 돈을 못 받는다고. 그랬더니 이 망할 놈의 여편네가 길길이 날뛰면서 저보고 돈을 가로챘다고 악다구니를 쓰지 뭡니까! 그래서 저는 그 길로 나와서 동네에 이것저것 묻고 다녔습니다. 거기 사람들 말로는 마오유안은 착하고 열심히 일하는 사람이고, 가끔 술을 너무 많이 마시긴 하지만 그건 여편네 때문이라 어쩔 수 없다고 하더라고요. 하지만 사촌 마오루는 진짜 나쁜 놈이라고 하였습니다. 그도 직업은 목수이지만 딱히 발붙이고 사는 곳 없이 고을을 떠돌며, 잘 사는 집에 가서 일 좀 거들어 주고 틈만 나면 닥치는 대로 그곳 물건을 빼돌린다고 합니다. 돈은 죄다 술 마시고 노름 하는 데 쓰고요. 그런데 최근에는 동네에서 그를 본 사람이 없답니다. 술이 잔뜩 취해 다른 목수 놈이랑 싸움이 붙어서 그놈을 칼로 찌른 후 목수 조합에서 쫓겨났다는 소문도 있어요. 그놈 말고 다른 남자 일가는 하나도 없습니다."

디 공은 느릿느릿 차를 홀짝였다. 그리고 콧수염에 묻은 차를 닦더니 말했다.

"수고했네, 마중! 이제 적어도 죽은 남자의 소매에서 나온 종잇조각이 무슨 뜻인지는 알겠군. 이제 장 박사의 집으로 가 거길 지키고 있는 차오타이와 함께 알아볼 것이 있네. 마오유안이 언제 장 박사의 집에 왔는지, 무슨 일을 하였고 언제 그곳을 나갔는지 말이야. 그리고 주변도 잘 살펴보게나. 창문으로 나를 훔쳐보던 자를 찾을 수도 있으니."

그는 자리에서 일어나 홍 수형리에게 말했다.

"내가 나간 사이 자네는 류페이포가 사는 동네로 가 주변을 살펴보게. 가게와 동네 사람들한테 류나 그의 가족에 대한 소문을 좀 들어보고. 류는 장을 관아에 고발한 사람이기도 하지만 동시에 기녀 살해 사건의 주요 용의자란 말이지!"

그는 차를 마저 마시고 안마당을 지나 가마가 대기하고 있는 입구로 나갔다.

바깥은 여전히 꽤 더웠다. 다행히도 한의 저택은 관아에서 멀지 않은 곳에 있었다.

한우형은 디 공을 기다리며 대문 안 쪽에 서 있었다. 예의상 인사를 주고받은 후 한은 판관을 어두침침한 거실로 안내했다. 그곳에는 얼음 덩어리가 담긴 구리 대야 두 개가 있어 방의 온도를 조금 낮춰주었다. 디 공은 탁자 옆 널찍한 안락의자에 앉았다. 한이 가령에게 차와 다과를 내오라 명하는 동안 판관은 주위를 둘러보았다. 그가 보기에 집은 지은 지 100년도 넘어 보였다. 거대한 기둥과 대들보는 세월이 지나 색깔이 어두워졌고 벽에 걸려 있는 두루마리 그림은 엷은 노란색으로 변해 있었다. 거실에서 뽐내지 않는 우아한 분위기가 배어나왔다.

얇은 골동품 도자기에 담긴 향기로운 차를 받고 한은 헛기침을 하더니 점잔을 빼며 말했다.

"지난밤 제 처신에 대해 사죄드립니다, 나리."

디 공이 웃으며 말했다.

"범상치 않은 상황이었소. 모두 잊도록 합시다. 혹시 아들이 몇 있소?"

"딸아이만 하나 있습니다."

한이 차갑게 대답했다.

어색한 침묵이 흘렀다. 말을 잘못 꺼낸 듯했다. 하지만 디 공의 잘못은 아니었다. 누구나 부인과 첩을 여럿 거느린 한우형 같은 사람이라면 아들이 몇 명쯤 있을 거라 생각하는 법이다. 그는 당황하지 않고 말을 이었다.

"솔직히 꽃배 일이나 류페이포 딸이 살해된 기묘한 사건 때문에 매우 당황한 것이 사실이오. 그래서 부탁하건대 두 사건에 관계된 사람들의 성품이나 집안 등에 대해 의견을 주면 매우 감사하겠소."

한은 예의바르게 고개를 숙이더니 답했다.

"수령님께서 원하신다면 얼마든지요. 류와 장은 둘 다 제 친구로서 둘의 다툼은 제게도 큰 충격입니다. 둘 다 우리 작은 고을에서 지위가 높은 사람들 아니겠습니까. 나리께서 두 사람이 원만히 일을 처리할 수 있도록 도와주실 것을 믿어 의심치 않습니다. 그렇게 되면……."

디 공이 끼어들었다.

"화해하기 전에 일단 신부가 자연사한 것이 맞는지 결론을 내려야 할 게요. 그게 아니라면 살인자는 벌을 받아야지요. 그럼 죽은 기녀 사건부터 시작합시다."

한은 두 손을 들고 짜증난 목소리로 말했다.

"하지만 이 두 사건은 하늘과 땅처럼 영 딴판입니다. 죽은 기녀는 아름답고 재능이 넘치는 아이였지만 결국은 기녀 아닙니까? 기녀들은 원래 종종 안 좋은 일에 휘말리곤 하지요. 그렇게 죽은 아이가 한둘이겠습니까?"

디 공에게 몸을 기울이며 그는 조용히 말을 이었다.

"그 사건을 약간, 음, 소홀히 처리한다고 해도 이곳의 유력 인사라면 아무도 뭐라 하지 않을 것입니다. 그리고 상급 법정에서도 그런 아이가 죽었다고 크게 흥미를 갖지 않을 것이고요. 하지만 류와 장 사건은, 맙소사! 그 사건에는 우리 고을의 평판이 달려 있습니다, 수령님! 만약 조용히 합의할 수 있게 수령님께서 그들을 설득해 주신다면 우리 모두 진정 깊이 감사드릴 것입니다. 그들에게 이런 제안을 해 보시면……."

디 공이 차갑게 말했다.

"사회 정의에 대한 우리의 견해가 너무나 달라 어떠한 토론도 성과가 나오지 않을 것 같소이다. 짧게 몇 가지만 묻겠소. 먼저, 기녀와 무슨 관계였소?"

한의 얼굴이 붉어졌다. 그는 화를 누르며 떨리는 목소리로 물었다.

"저보고 대답하라는 말씀이십니까?"

"물론이오! 안 그러면 묻지도 않았겠지요!"

"그럼 답변을 거부하겠습니다!"

"지금 여기서라면 그건 당신의 권리요. 하지만 후에 관아에서 똑같은 질문을 받게 될 거요. 법정 모독죄로 채찍을 50대 맞지 않으려면 대답을 해야 할 것이오. 지금 여기서 질문을 한 건 오히려 한 대인을 위해서였소."

디 공이 침착하게 말했다.

한은 화르르 타오르는 눈으로 판관을 쳐다보았다. 그리고 어렵사리 마음을 가다듬더니 조용히 대답했다.

"펜토화는 아름답고 춤 솜씨가 뛰어나며 화술에 능한 아이였습니다. 그래서 손님 접대를 할 때 부르기에 적당한 아이라고 생각했고요. 그것 말고는 저에게는 아무 의미가 없습니다. 그 아이가 살았든 죽었든 저는 아무렇지 않습니다."

디 공이 날카롭게 물었다.

"방금 딸이 있다고 하지 않았소?"

한은 이 질문이 화제를 바꾸려는 것이라고 생각했다. 그는 멀찍이 떨어져 서 있던 가령에게 말린 과일과 설탕 절임을 가져오라 일렀다. 그러고는 우호적인 태도로 말했다.

"예, 나리. 이름은 류화(柳花)라 합니다. 자식 자랑은 하는 법이 아니지만 참 훌륭한 아이입니다. 그림과 서예 솜씨가 뛰어나고, 심지어는……"

그는 정신을 차린 듯 곧 말을 멈추었다.

"하지만 제 식솔 이야기에 무슨 흥미가 있으시겠습니까?"

"그럼 두 번째 질문을 하겠소. 왕 조합장과 수 조합장은 성품이 어떻소?"

디 공이 물었다.

"몇 년 전 조합장 결정 시 왕과 수가 만장일치로 뽑혔습니다. 모두 그들의 높은 성품과 흠잡을 데 없는 처신 덕분이지요. 그것 말고는 더 드릴 말씀이 없습니다."

한은 예의를 갖춰 답했다.

"그럼 류와 장 사건에 대해서요. 박사는 왜 그리 일찍 은퇴를 한 것이오?"

디 공이 다시 물었다.

한은 불편한 듯 앉은 자리에서 몸을 움직였다.

"옛날 일을 다시 거론해야 하는 것입니까? 그때 고발장을 올린 여학생은 정신이 약간 이상하다고 명백히 밝혀졌습니다. 결백하다는 사실이 밝혀진 후에도 장 박사는 서원의 교수라면 남의 입에 오르내려서는 안 된다며 끝내 고집을 부려 사직한 것입니다. 이는 칭찬받아 마땅한 일 아닙니까."

"그 사건에 대해서는 내 관련 문서를 참고하겠소."

디 공이 말했다. 한이 재빨리 말했다.

"아, 그에 관한 문서는 없을 것입니다. 다행히 그 일은 관아까지 가지 않았습니다. 한위안의 유지들과 서원 원장이 연루된 사람들의 증언을 듣고 사건을 마무리 지었습니다. 꼭 필요한 것이 아니라면 관아의 노고를 덜어드리는 것이 우리의 의무 아니겠습니까, 수령님."

"그렇군요!"

디 공이 무뚝뚝하게 말했다. 그는 자리에서 일어나 한에게 감사의 말을 전했다. 한이 판관을 가마로 안내하는 동안 판관은 이제 한과 허물없는 사이가 되길 바라긴 어렵겠다고 생각했다.

디 공이 새와 물고기에게 말을 걸고,
수하들에게 그의 의견을 간추려 이야기한다.

디 공이 가마에 오르자 가마꾼이 고문 나리 댁은 바로 근처라고 고했다. 디 공은 량 대인에게서는 긴요한 정보를 좀 더 많이 얻을 수 있기를 바랐다. 황실 고문이었던 량 대인 역시 한위안에서는 외부인이나 다름없으니 이곳 사람들에 대해 이야기하기를 그리 꺼리지 않을 것이다.

량 대인 저택의 문은 거대했다. 육중한 기둥 두 개가 쌍대문을 옆에서 받치고 있고, 문에는 구름과 아름다운 새의 문양이 복잡하게 새겨져 있었다.

오래된 나무로 그늘이 드리워진 안마당에 슬픈 얼굴을 한 젊은 남자가 손님을 맞으러 나와 있었다. 그는 자신이 량 대인의 조카이자 비서로 일하고 있는 량펜이라고 하였다. 그는 대인이 수령을 맞으러 직접 나오지 못한 것에 대해 구구절절 변명을 늘어놓기 시작했다. 디 공이 그의 말을 끊고 말했다.

량펜이 디 공을 맞이하다

"대인께서 건강이 좋지 못하신 걸 잘 알고 있네. 다급한 공무가 아니었다면 대인께 불편을 끼칠 까닭도 없었을 텐데."

비서는 깊이 머리를 조아리고는 판관을 넓고 구석진 복도로 안내했다. 하인은 눈에 띄지 않았다.

작은 정원을 가로지르던 차에 량펜이 갑자기 멈춰서더니 불안한 듯 양손을 한데 비비며 말했다.

"원래 이러는 법이 아니라는 것은 잘 알지만, 수령님, 급작스레 이런 부탁을 드려 송구합니다. 어르신을 뵙고 나서 제게 잠시 시간을 내어 주실 수 있으시겠습니까? 제가 곤경에 처해 있는데 어찌 해야 할지……."

그는 차마 말을 끝맺지 못했다. 디 공은 그를 찬찬히 뜯어보고는 고개를 끄덕였다. 그러자 그는 조금 안심하는 듯했다. 그는 정원을 지나 넓은 현관으로 디 공을 데려가더니 무거운 문을 열었다.

"나리께서 곧 납실 것입니다!"

그가 소리 높여 외치더니 뒤로 물러서서 등 뒤로 조용히 문을 닫았다.

디 공은 눈을 깜빡였다. 널찍한 방 안은 흐릿한 불빛이 넓게 퍼져 있을 뿐이어서 처음에 보이는 것이라고는 뒷벽에 붙은 커다란 흰색 네모밖에 없었다. 자세히 보니 그것은 낮고 넓은 창문에 붙은 회색빛이 도는 종이였다.

디 공은 가구에 정강이를 부딪칠까 두려워 조심스럽게 두꺼운 카펫 위를 천천히 걸었다. 하지만 눈이 어둠에 익숙해지자 그런 걱정은 할 필요가 없었다는 것을 깨달았다. 방에는 가구가 거의 없었다. 창문 앞에 높은 책상과 커다란 안락의자가 있고 옆 벽에는 책이 빽빽하게 꽂힌 선반 아래 등이 높은 의자 네 개가 늘어서 있을 뿐이었다. 텅 빈 방에는 마치 아무도 살지 않는 것처럼 기묘하고 적막한 분위기가 감돌았다.

책상 옆 자단나무로 만든 작은 탁자 위에 커다란 어항이 있는 것을 보고 디 공이 그쪽으로 다가갔다.

"앉아!"

갑자기 귀에 거슬리는 쇳소리로 누군가 외쳤다.

디 공은 깜짝 놀라 뒷걸음질 쳤다.

창문가에서 새된 웃음소리가 들려왔다. 디 공은 당황하여 그쪽을 쳐다보았으나 이내 웃음 지었다. 은으로 만든 작은 새장이 창가에 매달려 있고 구관조 한 마리가 날개를 푸드덕거리며 위 아래로 신나게 날고 있었다.

디 공은 그리로 다가가 새장을 가볍게 두드리며 나무라듯 말했다.

"깜짝 놀랐구나, 이 짓궂은 놈 같으니!"

"짓궂은 놈!"

구관조가 꽥꽥거리는 소리로 따라했다. 새가 조그만 머리를 갸우뚱하더니 한 눈으로 디 공을 날카롭게 쳐다보았다.

"앉아!"

새가 다시 소리쳤다.

"알겠다, 알겠어. 하지만 괜찮다면 저기 물고기들을 먼저 봐야겠구나!"

디 공이 말했다.

그가 어항 위로 몸을 굽히자 검정색과 금색 무늬에 긴 지느러미와 꼬리가 달린 작은 물고기 여섯 마리가 수면으로 올라오더니 툭 튀어나온 커다란 눈으로 디 공을 물끄러미 쳐다보았다.

"너희들에게 줄 것이 아무것도 없구나!"

디 공이 말했다. 어항 한가운데에는 바위 모양 받침대가 물 위로 올라와 있고 그 위에 작은 꽃 선녀 조각이 서 있었다. 색을 입힌 도자기로 정교하게 만든 조각상이었다. 선녀의 빙그레 웃는 얼굴과 밀짚으로 만든 모자는 마치 진짜 같았다. 디 공이 손을 뻗어 그것을 만지려 하자 물고기들이 흥분하여 수면 위로 물을 튀기며 팔딱거리기 시작했다. 디 공은 이 비싼 물고기들이 얼마나 예민한지 잘 알고 있었기 때문에 혹여 긴 지느러미가 다칠까 걱정이 되었다. 그래서 재빨리 손을 거둬들이고 책장 쪽으로 갔다.

그때 문이 열리며 량펜이 늙고 등이 굽은 노인을 부축하며 안으로 들어왔다. 디 공은 깊이 머리 숙여 인사하고 비서가 대인을 한 걸음씩 안락의자로 모시고 가는 동안 조용히 서서 기다렸다. 황실 고문 량 대인은 왼팔은 젊은이의 팔에 기대고 오른팔에는 붉게 칠한 나무로 만든 길고 구부러진 지팡이를 짚었다. 그는 뻣뻣한 갈색 문직으로 만든 폭이 넓은 옷을 입고, 커다란 머리에는 금색 실 무늬가 짜인 높은 검은색 모자를 썼다. 이마에는 초승달 모양의 검은색 가리개를 쓰고 있어 디 공은 그의 눈을 볼 수 없었다. 디 공은 노인의 숱 많은 회색 콧수염과 긴 구레나룻, 그리고 두껍게 세 갈래로 나뉘어 가슴을 가득 덮고 있는 흰 수염을 보고 깊은 인상을 받았다. 늙은 황실 고문이 천천히 책상 뒤 의자에 몸을 앉히자 은새장 안에 있던 구관조가 다시 퍼덕이며 날기 시작했다.

"현찰 5000냥!"

새가 갑자기 소리쳤다. 량 대인이 손짓을 하자 비서가 재빨리 손수건으로 새장을 덮었다.

량 대인이 팔을 책상 위에 올려놓더니 목을 쭉 빼어 큰 머리를 앞으로 내밀었다. 두꺼운 옷이 날개처럼 양 어깨 옆으로 튀어나왔다. 구부정한 그 모습이 창문에 비치자 그림자는 마치 큰 새가 둥지에 앉은 형상과 흡사했다. 하지만 중얼대는 그의 목소리는 매우 약하고 무슨 말인지 잘 알아들을 수 없었다.
"앉게, 디! 죽은 내 동료 디 자사의 아들이 맞지, 엉?"
"예, 그렇습니다!"
디 공은 예의바르게 대답했다. 그는 벽 앞에 놓인 의자 가장자리에 엉덩이를 붙이고 앉았다. 량펜은 대인 옆에 서 있었다.
"내 나이가 아흔이야, 디! 눈도 나쁘고 관절염이 심해져서······ 하지만 이 나이가 되면 다 그렇지 않나?"
그의 턱이 점점 가슴을 향해 내려갔다.
"대인을 방해하여 송구스럽기 짝이 없습니다. 찾아뵌 용건을 최대한 간단하게 아뢰겠습니다. 도통 풀리지 않는 사건 두 가지를 맡았습니다. 대인께서는 한위안 백성들이 매우 수다스러운 족속이라는 것을 잘 알고 계시겠지요? 이들은······."
디 공이 말했다.
그때 량펜이 그를 향해 고개를 심하게 흔들었다. 그가 재빨리 다가오더니 속삭였다.
"대인께서 잠이 드셨습니다! 요즘 자주 이러십니다. 이제 깨지 않고 몇 시간은 주무실 겁니다. 제 서재로 가시지요. 하인들에게는 제가 이야기하겠습니다."
디 공은 이제 팔에 머리를 묻고 탁자에 엎드려 누워 있는 늙은이를 측은한 표정으로 쳐다보았다. 불규칙적인 숨소리가 들려왔다.
디 공은 량펜을 따라 집 후원의 작은 서재로 갔다. 열린 문 사이로 높은 담에 둘러싸인 작지만 잘 정돈된 정원이 보였다.
비서는 각종 대장과 책이 쌓여 있는 책상 옆 안락의자에 디 공을 앉혔다.

"나가서 대인을 보살피고 있는 늙은 부부를 부르겠습니다. 그들이 대인을 침실로 모시고 갈 것입니다."

그가 다급히 말했다.

조용한 서재에 혼자 남겨진 디 공은 천천히 턱수염을 쓰다듬었다. 디 공은 낙담하여 오늘은 운이 좋지 못하다고 생각했다.

량펜이 돌아와 부지런히 차를 준비했다. 디 공에게 뜨거운 차를 한 잔 대접하고 나서 그는 낮은 의자에 앉아 슬픈 표정으로 말했다.

"하필 나리께서 찾아오실 때 대인께서 그렇게 잠이 드시다니 송구합니다. 저라도 도와드릴 일이 없는지요?"

"아, 아닐세. 대인께서 언제부터 저리 되셨나?"

"한 반년 되었습니다. 나리. 수도에 계신 첫째 아드님이 저를 량 대인의 개인 비서로 이리 보내신 지도 8개월이 되었습니다. 저에게는 하늘이 내려주신 자리였죠. 사실 저는 량씨 일가 중에서 가난한 집안 출신이라서요. 여기에 오니 끼니나 처소 걱정이 없고 2차 문과 시험을 준비할 시간도 넉넉합니다. 첫 두 달은 모든 일이 잘 풀렸습니다. 대인께서 저를 아침에 서재로 부르셔서 한 시간 정도 편지를 받아 적게 하기도 하고, 기분이 좋으실 땐 관직에 계실 때 일어났던 흥미로운 이야기들을 해 주시곤 하셨습니다. 매우 심한 근시이셔서 다리를 부딪칠까 그 방에 있던 가구를 모두 치우게 하셨지요. 관절염도 심했지만 언제나 정신은 맑으셨습니다. 그 넓은 토지를 직접 관리하셨거든요.

그런데 여섯 달 전쯤 밤사이 발작을 일으키셨던 것 같습니다. 갑자기 말씀을 잘 못하시고, 종종 멍하게 계실 때가 많아졌습니다. 저를 일주일에 한 번 정도밖에 부르시지 않더니 그것도 말씀 중간에 잠이 들어 버리곤 하셨지요. 거기다가 차와 잣에 직접 만드신 약초 달인 물만 드시며 연달아 며칠씩 침실에서 계시곤 하셨습니다. 대인을 모시고 있는 늙은 부부는 대인께서 불사의 명약을 만들고 계신 것 같다고 생각할 정도였으니까요!"

디 공이 고개를 절레절레 저었다. 그는 한숨을 내쉬며 말했다.

"오래 산다고 늘 좋은 것은 아니지!"

"큰 불행입니다, 수령님! 그래서 수령님께 조언을 여쭈어야 한다고 생각했습니다. 량 대인께서는 병약하시지만 늘 당신의 재정 문제를 직접 처리하기를 고집하셨습니다. 쓴 편지를 제게 보여 주시지 않는가 하면 일전에는 류페이포 씨가 소개해 준 완이판이라는 거간 상인과 길게 말씀을 하셨습니다. 저는 참석하지 못하게 하시고요. 하지만 저는 장부를 계속 기록했고 최근에 대인께서 엄청난 금액의 거래를 하고 계시다는 걸 알았습니다. 그것도 경작 가능한 좋은 농토를 말도 안 되는 가격에 팔고 계신 것이 아니겠습니까! 나리, 지금 대인께서는 터무니없는 금액에 전 재산을 팔아넘기고 계십니다! 가족들이 알면 제게 책임을 물을 것입니다. 그런데 제가 무슨 일을 할 수 있겠습니까? 제가 량 대인께 이래라저래라 말씀드릴 수도 없는 노릇 아닙니까!"

디 공은 젊은 비서의 처지가 이해되었다. 이것 참 까다로운 문제였다. 잠시 후 그가 말했다.

"쉬운 일은 아닐 것이네. 하지만 량 대인의 장남에게 이 상황을 알려야 하지 않겠나. 다만 몇 주라도 여기 와 머무르라 하면 어떨지. 그러면 아버지가 노쇠하신 것을 알아볼 것 아닌가."

량펜은 그 생각이 달갑지 않았다. 디 공은 그가 안됐다고 생각했다. 가난한 친척 나부랭이가 일가의 장남에게 어르신께서 노망이

났다는 소식을 전하는 일이 얼마나 힘들지 짐작이 되었다. 디 공이 말을 이었다.

"량 대인이 잘못된 거래를 하고 있다는 증거를 몇 가지 보여 준다면 대인께서 직접 재정 업무를 맡아 보시는 게 힘들다는 것을 수령으로서 동의하는 서신을 써 주겠네."

젊은이의 표정이 밝아졌다. 그는 감복하여 말했다.

"그렇게 해 주신다면 정말로 큰 도움이 될 것입니다, 수령님! 여기 제가 작성해 둔 대인의 최근 거래 기록이 있습니다. 그리고 이것은 여백에 대인께서 직접 지시 사항을 써 주신 거래 장부고요. 근시이셔서 글씨는 아주 작지만 뜻은 명확히 이해할 수 있습니다. 이 땅을 사겠다고 제안한 금액이 실제 가치에 비해 형편없이 낮다는 것을 나리께서도 아시겠지요. 대금을 금괴로 치르는 건 알지만 그래도……."

디 공은 량펜이 건넨 기록을 골몰히 쳐다보고 있었다. 하지만 판관의 시선을 끈 건 기록의 내용이 아니었다. 그건 바로 량펜의 글씨체였다. 그것은 죽림서생이 죽은 기녀에게 보낸 연서의 글씨체와 매우 흡사했다.

디 공은 종이를 말아 소매에 넣으며 말했다.

"이 기록을 가져가 좀 더 자세히 살펴보겠네. 장후표의 죽음에 크게 놀랐겠군."

"제가요? 사람들이 그 이야기를 하는 것은 들었습니다만 그 불쌍한 사람을 직접 만난 적은 없습니다. 저는 이 고을 사람들은 거의 알지 못합니다, 수령님. 가끔 공자 사당에 책을 살피러 갈 뿐, 거의 바깥출입을 하지 않습니다. 남는 시간에 주로 글공부만 하거든요."

디 공이 차가운 목소리로 물었다.

"그래도 버드나무 거리에 갈 시간은 있지 않나?"

량펜이 분개하여 외쳤다.

"누가 그런 중상모략을 퍼뜨렸단 말입니까! 저는 밤에는 절대 바깥에 나가지 않습니다, 수령님. 여기 하인 부부가 그 사실을 증명해 줄 것입니다. 저는 그런 천박한 여자들에게는 눈곱만치도 관심이 없습니다, 저는……. 게다가 제가 그런 놀음을 할 돈이 어디 있겠습니까?"

디 공은 아무 말도 하지 않았다. 그는 자리에서 일어나 정원 문으로 다가가 물었다.

"량 대인께서 건강이 좋으셨을 때 저리로 나오곤 하셨나?"

량펜은 재빨리 판관을 쳐다보더니 대답했다.

"아니오, 수령님. 여기는 뒷마당이고, 저기 작은 문으로 나가면 집 뒤로 난 골목이 나옵니다. 큰 정원은 집 저쪽 편에 있습니다. 저에 대한 그런 몹쓸 소문을 수령님께서 믿지는 않으시겠죠? 정말 누가 그런 소문을……."

"걱정 말게. 방금 받은 기록은 시간이 날 때 살펴보고 나중에 알려주겠네."

젊은이는 거듭 감사의 말을 올리고 나서 디 공을 대문 앞으로 안내한 뒤 가마에 오르는 것을 도왔다.

디 공이 관아로 돌아오자 홍 수형리와 차오타이가 집무실에서 그를 기다리고 있었다. 홍이 신나서 말했다.

"차오타이가 장 박사의 집에서 중요한 것을 찾아냈습니다, 나리!"

"그거 듣던 중 반가운 소리군! 말해 보게나. 무엇을 찾아냈는가, 차오타이?"

디 공이 책상 앞에 앉으며 말했다.

"별 것은 아닙니다. 원래 하려던 일은 별 수확이 없었습니다. 사원에서 돌아온 마중과 함께 수령님을 훔쳐보던 놈을 찾아 다시 주변을 뒤졌지만 놈이 누구며 어디에 있는지 아무 단서도 찾지 못했습니다. 거기다 그 마오유안이란 목수에 대해서도 특별히 알아낸 바가 없습니다. 가령이 혼인 이틀 전에 그를 불렀다고 합니다. 목수는 첫날에는 악단이 앉을 나무 단상을 만들고 문지기 처소에서 잤다고 합니다. 두 번째 날엔 신방에 있는 가구와 새고 있던 지붕을 고치고, 부엌에서 일을 거들다가 하인들과 함께 남은 술을 마셨고요. 술이 완전히 머리끝까지 취해 자러 갔다고 합니다. 다음날 아침 신부가 죽은 채로 발견되었는데 목수는 호기심이 발동했는지 장 박사가 아들을 찾다 허탕을 치고 돌아올 때까지 그 집에 머물렀나 봅니다. 목수가 장 서생의 허리띠를 발견한 어부와 집 밖 거리에서 이야기하는 것을 그 집 가령이 보았습니다. 그러고 나서 목수는 연장통과 도끼를 챙겨 집을 나갔고요. 머무는 동안 장 박사는 목수와 이야기를 나눈 적이 없고, 이것저것 지시를 내리고 돈을 치른 것은 집사였다고 합니다."

차오타이는 짧은 콧수염을 잡아당기며 말을 이었다.

"오늘 오후 박사가 낮잠을 자는 동안 그의 책을 훑어보았습니다. 궁술에 대한 좋은 책이 한 권 있더군요. 그것을 다시 꽂아놓으려는데 그 뒤에 쓰러져 있던 오래된 책 한 권이 보이지 뭡니까. 바둑책이었죠. 책장을 넘겨 보다가 맨 마지막 장에서 죽은 기녀가 소매에 품고 있던 문제를 찾았습니다."

"잘됐군! 그 책을 가지고 왔는가?"

디 공이 물었다.

"아닙니다, 수령님. 그 책이 없어진 걸 알면 장 박사가 의심을 할 것 같아서요. 저는 마중더러 집을 감시하라 하고 공자 사당 맞은편에 있는 서점에 갔습니다. 이 책 이름을 대자 주인이 아직 한 권이 남아 있다며 다짜고짜 마지막 문제에 대해 이야기를 늘어놓기 시작하지 뭡니까! 그 책은 70년 전에 한우형의 증조부가 지은 것이라고 했습니다. 그 늙은이가 꽤 괴짜였는지 사람들이 그를 도인이라 불렀다고 합니다. 그 사람은 유명한 바둑 고수였고 그 책은 아직도 널리 읽히는 것 같습니다. 두 세대에 걸쳐 바둑 애호가들이 마지막 문제를 풀려 애썼지만 그 뜻을 알아낸 자가 없다고 합니다. 책에는 설명이 나와 있지 않아서 사람들은 대체로 책을 만든 사람이 실수로 마지막 문제를 끼워 넣은 것이 아니냐고 한답니다. 한 도인은 책이 출판되는 도중에 갑자기 죽어 완성된 책을 보지 못하였고요. 여기 책을 사 왔으니 수령님께서 직접 보시지요."

그는 오래되어 가장자리가 접히고 노랗게 변한 책 한 권을 디 공에게 건넸다.

"흥미로운 이야기일세!"

디 공이 외쳤다. 그는 재빨리 책을 펴고 서문을 읽어 나갔다.

"한의 조상은 뛰어난 학자였던 것이 틀림없네. 서문이 참신하고 훌륭하군."

그가 말했다. 그는 책장을 넘기다가 마지막 장에 이르렀다. 그러고는 서랍에서 바둑 문제가 그려진 종이를 꺼내 책 옆에 펼쳤다.

"그렇지, 펜토화가 같은 책에서 이 문제를 찢어낸 것이 맞네. 하지만 왜? 70년 전에 나온 바둑 문제가 지금 이 고을에서 벌어지고 있는 음모와 무슨 관련이 있을까? 참 이상한 일이로구나!"

그는 고개를 흔들며 책과 종이를 서랍에 집어넣었다. 그러고는 홍 수형리에게 물었다.

"류페이포에 관해 더 알아낸 것이 있는가?"

홍이 말했다.

"이 사건과 직접적으로 연관되어 있는 것은 없습니다, 수령님. 물론 딸이 죽고 시신이 사라진 일로 온 마을이 떠들썩하지요. 사람들은 류가 이 혼인에 재앙이 따를 거라는 예감이 들어 혼인을 물리려 했던 것이 틀림없다고 이야기하고 있습니다. 제가 류의 가마꾼한 놈과 류의 집 근처에서 술을 한잔했습니다. 이자가 말하길 류는 부리는 사람들에게 인기가 좋다고 합니다. 약간 엄격하긴 하지만 여기저기 여행을 많이 다니는 편이라 하인들은 대체로 편히 지내는 것 같습니다. 그런데 하인이 이상한 이야기를 하나 해 주긴 했습니다. 류가 무슨 도술을 써 가끔 감쪽같이 사라지곤 한다고 마구 우기지 뭡니까!"

디 공이 놀라 물었다.

"사라져? 그게 무슨 소린가?"

"몇 차롄가, 류가 서재로 들어간 다음에 가령이 무언가를 여쭈러 방에 들어가 보면 안이 텅 비어 있었던 적이 있었나 봅니다. 그래서 가령이 온 집 안을 뒤져 주인어른을 찾아 다녔는데도 주인은 아무데도 보이지 않았답니다. 그가 나가는 것을 본 사람도 하나 없고요. 그러고는 저녁 식사 시간쯤 갑자기 복도나 정원에서 주인어른이 나타나더라는 겁니다. 처음 그런 일이 있었을 때 가령이 류에게 어른을 찾아 온 집 안을 헤맸다 말하자 류가 눈먼 장님이라 욕하며 불같이 화를 내더랍니다. 자신은 내내 정원이 있었노라면서요. 같은 일이 계속 반복되자 가령은 나중에는 그 일을 차마 입에 올리지 못했다고 합니다."

"그 하인의 술이 과했던 것 아닌가! 그건 그렇고, 내가 오후에

126

두 집을 방문하지 않았겠나. 한우형에게서 여 제자 하나가 장 박사의 부도덕함을 고발하여 그가 일찍 퇴직하게 된 사연을 들었네. 한은 박사가 결백하다고 고집했지만 그의 말을 믿자면 한위안의 모든 인사들은 모두 다 티끌 하나 없는 대쪽같은 사람들이겠지! 그러니 장 박사가 자기 딸을 범했다는 류의 주장이 처음처럼 헛소리로 들리진 않더군. 두 번째로 량 대인의 집에는 조카가 함께 살고 있는데 이자의 필체가 미꾸라지 같은 죽림서생과 아주 비슷한 것 같네. 그 연서를 하나 줘 보게!"

디 공은 량펜이 준 기록을 소매에서 꺼내어 홍 수형리가 앞에 내놓은 연서와 함께 꼼꼼히 살펴보았다. 그러고는 화가 나 탁자를 주먹으로 내리치며 말했다.

"아니군, 또 막다른 골목이야! 같지가 않잖아! 보게, 같은 서체에 먹이나 붓은 같지만 필체가 다르군!"

고개를 흔들며 디 공이 말을 이었다.

"하지만 맞아 들어가긴 해. 노쇠한 량 대인은 망령이 났고 그렇게 큰 저택에 늙은 부부를 빼곤 다른 하인은 아무도 없네. 량펜은 작은 뒷마당에 처소가 있는데 거기엔 집 뒤에 있는 골목으로 난 문이 있지. 바깥에서 온 여자와 몰래 만나기엔 안성맞춤 아닌가! 기녀가 오후에 시간을 보낸 곳은 거기가 틀림없어. 상점이나 다른 곳에서 그 기녀를 알게 되었는지도 모르네. 량펜은 장 서생을 모른다고 했지만 우리가 그 말이 맞는지 확인할 수 없다는 것도 잘 알고 있겠지. 장 서생은 이미 죽지 않았나! 박사가 써 올린 장 서생의 지인 목록에 량이란 이름이 있는가, 홍?"

홍 수형리가 고개를 저었다. 그때 차오타이가 말했다.

"량펜이 펜토화와 정을 통했다 하더라도 살인을 하지는 못했을 겁니다. 그는 배에 없지 않았습니까! 그건 장 박사도 마찬가지고요."

디 공은 팔짱을 꼈다. 그는 턱을 가슴에 파묻고 깊은 생각에 잠겼다. 마침내 그가 입을 열었다.

"솔직히 나도 통 이해할 수가 없네! 이제 둘 다 가서 저녁을 들게. 그러고 나서 차오타이는 장 박사의 집으로 가 마중과 교대를 하지. 수형리는 나가는 길에 하인에게 내 식사를 집무실로 가져오라 이르게. 오늘 밤에는 두 사건에 관계된 문서를 모두 다시 읽고 실마리를 찾을 수 있을지 살펴보겠네."

그는 화가 난 듯 콧수염을 잡아당기고는 말을 이었다.

"지금 당장은 우리 이론이 그리 맞아 들어가는 것 같지 않아. 첫 번째는 꽃배에서 일어난 살인 사건. 내게 흉악한 음모가 알려지는 것을 막기 위해 기녀가 살해당했다. 기회가 있었던 것은 네 명. 한과 류, 수, 그리고 왕이지. 이 음모는 70년이나 된 풀리지 않은 바둑 문제와 관련이 있고. 이 기녀는 누군가와 몰래 정을 통했는데, 참, 이것은 살인과 아무 관계가 없을지도 모르지. 정을 통한 자는 연서에 나와 있는 필명을 잘 알고 있는 장 박사거나, 같은 이유에다 필체까지 비슷한 류페이포거나, 그것도 아니면 필체가 비슷한데다 몰래 기녀를 만나기 안성맞춤인 처소에 살고 있는 량펜이거나!

그리고 두 번째 사건, 학식이 높지만 도덕적으로 문제가 있는 교수가 며느리를 범하여 그 아이가 자결을 한다! 신랑 역시 자결을 택했고. 박사는 부검도 하지 않고 시신을 매장하려 했지만 어부와 이야기를 나눈 목수가 이를 수상히 여긴다. 홍, 그 어부를 찾아야 한다고 기록해 놓게. 그러고 나서 목수가 바로 살해당한다, 그것도 자기 도끼로! 그리고 박사는 신부의 시신이 자취도 없이 사라지게 만든다.

 여기까지구먼. 이쯤 되면 이 고을에 뭔가 수상한 일이 일어나고 있다고 생각하지 않을 수 없겠지? 아니야, 말도 안 되지. 여기는 생전 아무 일도 일어나지 않는 조용한 작은 고을 아닌가! 한우형이라는 작자의 말을 빌자면 말이야, 홍! 자, 여기까지 하자고. 다들 들어가 보게."

**디 공이 대리석 노대에 서서 달을 즐기고,
야행을 나갔다가 기묘한 이야기를 듣는다.**

저녁 식사를 마친 디 공은 차를 노대로 내오라 하인에게 일렀다. 판관은 천천히 넓은 돌계단을 올라 편안한 안락의자에 자리를 잡았다. 시원한 저녁 바람이 구름을 몰아내자 휘영청 밝은 달이 넓은 호수에 음산한 빛을 드리웠다.

디 공은 뜨거운 차를 마셨다. 하인이 조용히 자리를 뜨자 이제 넓은 노대에 판관 혼자 남았다. 만족스러운 듯 한숨을 내쉬며 그는 관복 앞자락을 풀고 의자에 기대어 달을 올려다보았다.

그는 지난 이틀간 벌어진 일들을 다시 떠올리려 했지만 애석하게도 정신을 집중할 수가 없었다. 아무 상관없는 장면들이 마음속을 떠돌았다. 수면 아래서 그를 올려다보던 죽은 기녀의 얼굴, 끔찍하게 망가져 버린 목수의 머리, 신방 바깥에서 그를 쳐다보던 수척한 얼굴…… 이 모두가 서로 꼬리를 물고 돌고 돌았다.

디 공은 견딜 수 없어 자리에서 일어났다. 그는 대리석 난간 옆으로 가 섰다. 아래 보이는 마을은 사람들의 움직임으로 생기가 넘쳤다. 공자 사당 맞은편에 있는 어시장에서 나오는 소음이 희미하게 들렸다. 여기가 바로 수천 명의 안위가 그의 손에 달려 있는, 자신의 고을이다. 그런데 흉악한 살인범들이 다음에는 무슨 일을 벌일지도 모르는 상태로 버젓이 돌아다니고 있다. 고을 수령인 자신이 그들을 막을 도리가 없다니!

디 공은 너무나 화가 나 손을 등 뒤로 하고 노대 위를 서성였다.

그는 갑자기 우뚝 멈춰 섰다. 그러고는 잠시 생각하더니 뒤로 돌아 급히 노대를 빠져나갔다.

아무도 없는 집무실에서 판관은 오래된 옷가지가 들어 있는 상자를 열었다. 그러고는 빛이 바랜 푸른 면으로 된 낡아빠진 옷을 골랐다. 그 초라한 옷 위에 그는 군데군데 기운 낡은 윗옷을 덧입고 허리에 끈을 묶었다. 그는 관모를 벗고 상투를 느슨하게 푼 후 더러운 천으로 머리를 묶었다. 마지막으로 소매에 엽전 두 꾸러미를 넣고 밖으로 나가 발소리를 죽이고 어두운 안마당을 가로질렀다. 그러고는 옆문을 통해 관아를 빠져나갔다.

바깥의 좁은 골목에 이르자 그는 흙을 한 움큼 쥐어 턱수염과 구레나룻에 대고 문질렀다. 그리고 거리를 지나 시내로 가는 계단을 걸어 내려가기 시작했다.

시장에 이르자 그는 곧 엄청난 인파에 휩싸였다. 그는 겨우 사람들 틈을 헤집고 한 노점으로 가 악취가 풀풀 나는 기름으로 튀긴 빵을 하나 샀다. 그는 억지로 그것을 한 입 베어 문 뒤 기름을 콧수염과 볼에 잔뜩 묻혔다.

그는 이리저리 다니며 시장에 죽치고 있는 부랑자들과 말을 터보려 했지만 그들은 남의 일에는 도통 관심이 없었다. 그래서 그는 한 고기 완자 상인에게 말을 붙이려 했다. 그러나 판관이 입을 채 열기도 전에 상인은 엽전 한 닢을 그의 손에 쥐어주더니 "맛있는 고기 완자요, 하나에 겨우 엽전 다섯 냥!" 하고 외치며 서둘러 길을 갔다.

디 공은 사람들을 만나기에는 싸구려 식당이 차라리 더 나을 것 같다는 생각이 들었다. 그래서 그는 빨간 등에 국수라고 써 붙인 한 식당이 생각나 좁은 옆 골목으로 들어갔다. 그리고 식당에 이르러 출입구에 쳐 있는 더러운 발을 제치고 안으로 들어갔다.

기름 타는 냄새와 싸구려 술 냄새가 코를 찔렀다. 막노동꾼 열댓 명이 나무 식탁에 앉아 시끄러운 소리를 내며 허겁지겁 국수를 먹고 있었다. 디 공은 구석에 자리를 잡았다. 지저분한 종업원 한 명이 다가오자 그는 국수를 한 그릇 시켰다. 디 공은 전에 하층 계급 사람들을 잘 관찰하여 그들이 쓰는 말을 잘 구사할 수 있었지만 종업원은 그에게 의심의 눈초리를 보냈다.

"어디서 왔수, 뜨내기 양반?"

종업원이 퉁명스럽게 물었다.

디 공은 이렇게 외진 고을에서 타지 사람들은 쉽게 눈에 띈다는 사실을 잠시 잊었다는 생각에 아차 하는 마음이 들었다. 그래서 다급히 대답했다.

"창페이에서 오늘 낮에 왔수다. 근데 댁이 무슨 상관이우? 댁은 가서 국수 내오고 나는 돈을 내면 될 거 아니야! 얼른 국수나 가져 오쇼!"

종업원이 어깨를 으쓱 하더니 뒤에 있는 부엌에 대고 국수 한 그릇을 외쳤다.

갑자기 입구의 발이 확 열리더니 남자 두 명이 들어왔다. 첫 번째 남자는 키가 크고 덩치가 좋았고, 헐렁한 바지에 위에는 소매 없는 윗옷만 입어 근육이 불거진 기다란 팔이 고스란히 드러나 보였다. 얼굴은 거의 삼각형에 뻣뻣하고 짧은 턱수염과 콧수염을 기르고 있었다. 다른 한 남자는 군데군데 기운 옷을 입은 마른 체격의 사내였다. 그의 왼쪽 눈은 검은 천이 덧대어 있었다. 그가 다른 남자의 옆구리를 쿡쿡 찌르더니 디 공을 가리켰다.

그들은 재빨리 디 공의 자리로 다가와 그의 양쪽에 앉았다.

"누가 여기 앉으래, 이 자식들아!"

디 공이 으르렁거렸다.

"조용히 못해, 허락도 없이 구걸을 하는 놈이 어디서!"

키 큰 남자가 내뱉었다. 디 공은 칼끝이 옆구리를 찌르는 것을 느꼈다. 애꾸눈 사내가 가까이 다가앉았다. 그에게서는 역겨운 마늘 냄새와 퀴퀴한 땀 냄새가 풍겨 나왔다. 놈이 콧방귀를 뀌며 말했다.

"이 몸이 네가 시장에서 엽전을 챙기는 걸 직접 보았다 이 말씀이야. 너 같은 놈이 우리 밥그릇을 뺏어가는 걸 가만히 놔둘 것 같아?"

순간 디 공은 자신이 어떤 실수를 했는지 깨달았다. 걸인들의 조합에 가입하지 않고 구걸을 하여 예부터 내려오는 이 세계의 무언의 규칙을 깨 버린 것이다.

칼날이 점점 옆구리를 파고 들어왔다. 키 큰 남자가 쉰 목소리로 속삭였다.

"밖으로 따라 나오시지! 뒤에 조용한 곳이 있다. 네 놈이 여기서 굴러먹을 수 있을지 없을지 칼로 결정을 보자고!"

디 공은 재빨리 머리를 굴렸다. 그는 몸싸움에 능했고 검술이 뛰어났지만 이 세계에서 일어나는 칼싸움에 대해서는 아는 바가 없었다. 그리고 지금 그의 정체를 밝히는 것은 물론 당치 않은 일이었다. 고을 전체의 웃음거리가 되느니 차라리 죽는 게 낫다! 가장 좋은 방법은 바로 지금, 여기서 이놈들에게 싸움을 거는 것이었다. 주변의 다른 손님들도 아마 싸움에 끼어들 것이고 그것이 판관에게는 훨씬 유리할 터였다. 그는 애꾸눈 사내를 힘껏 밀어 바닥에 쓰러뜨렸다. 동시에 오른쪽 팔꿈치를 뒤로 세차게 내질러 칼을 밀어냈지만 동시에 옆구리에서 날카로운 고통이 느껴졌다. 하지만 고통을 무시하고 벌떡 일어나 칼을 쥔 놈의 얼굴을 주먹으로 세게 갈겼다. 그는 의자를 발로 차 넘어뜨리고 식탁을 돌아 달려갔다. 그러고는 등받이가 없는 의자의 다리를 하나 부러뜨려 한 손에 들고 다른 한 손으로는 의자를 방패삼아 들었다. 두 사내는 큰 소리로 욕설을 내뱉으며 비척비척 일어나더니 이제는 드러내놓고 칼을 휘두르며 디 공을 향해 달려들었다. 옆에서 국수를 먹고 있던 남자들이 돌아보았지만 소동에 한 몫 끼는 대신 공짜 싸움 구경을 즐기기 시작했다.

키 큰 남자가 칼을 들고 뛰어 올랐다. 디 공은 걸상으로 공격을 받아 넘긴 후 그자의 머리를 향해 손에 쥐고 있던 의자 다리를 내리쳤다. 놈이 교묘히 피한 순간 입구에서 거친 사내 목소리가 들려왔다.

"어떤 놈들이 이 소동을 피우느냐?"

송장같이 빼빼 마르고 등이 약간 굽은 남자 하나가 다가왔다. 그러자 두 건달 놈들이 서둘러 칼을 치우더니 머리를 숙였다. 끝이 둥근 곤봉을 양 손으로 잡고 노인은 가만히 서서 덥수룩한 회색 눈썹 아래 교활한 눈으로 그들을 쳐다보았다. 낡은 갈색 옷에 지저분한 모자 차림이긴 했지만 그에게는 분명 거스를 수 없는 위엄이 느껴졌다. 쉰 목소리의 귀 큰 남자를 쳐다보며 그가 심술궂게 물었다.
"지금 뭐 하는 짓이냐, 마오루? 시내에선 사람을 죽이지 말라고 했잖아?"
마오루가 대답했다.
"허락도 없이 구걸을 하는 놈들은 죽여도 되는 거 아닙니까!"
노인이 거칠게 말했다.
"그건 내가 결정할 일이야! 걸인 조합장으로서 나한테도 책임이 있는 법. 사연을 들어보기도 전에 사람을 죽일 수는 없지. 이봐, 네 놈 뭐 할 말 있느냐?"
디 공이 대답했다.
"조합장 어른을 만나러 가기 전에 끼니나 때울 생각이었수다. 이 망할 놈의 동네에는 몇 시간 전에 막 도착했을 뿐인데 국수 한 그릇 편하게 못 먹을 바엔 차라리 고향으로 돌아가는 게 낫겠소!"
종업원이 끼어들었다.
"저 말은 사실이에요, 두목! 방금 들어보니까 창페이에서 왔다고 했어요."
회색 수염 사내가 이것저것 재어 보다가 디 공에게 물었다.
"가진 돈은 좀 있느냐?"
디 공이 소맷자락에서 엽전 한 꾸러미를 꺼냈다. 노인이 번개같이 그것을 채어가더니 만족하여 말했다.
"가입비는 엽전 반 꾸러미야. 하지만 성의 표시로 한 꾸러미를 받겠다. 매일 밤 적리관(赤鯉館)으로 와서 벌어들인 돈의 1할을 내야 한다."
그는 숫자와 알 수 없는 표시가 적힌 더러운 나무 패 하나를 식탁에 던지더니 말을 이었다.

"이게 네 신표(信標)다. 그럼 잘해 봐라!"

키 큰 사내가 디 공을 날카롭게 노려보았다. 그가 디 공에게 말했다.

"나 같으면 네 놈을⋯⋯."

걸인 조합장이 그에게 쏘아 붙였다.

"너 같은 놈이 무서울 리 있느냐? 네놈이 목수 조합에서 쫓겨났을 때 널 받아준 것이 나란 사실을 잊지 말아라! 근데 대체 여기서 뭘 하고 있는 거야? 삼곡도(三槲島)에 갔다고 들었는데!"

마오루는 가기 전에 친구를 봐야 한다며 알아듣기 어려운 소리로 중얼거렸다. 애꾸눈 사내가 비웃으며 말했다.

"치마 두른 친구 말이냐! 그 갈보년을 데리러 왔는데 고것이 꾀병을 부리지 뭡니까! 그래서 이렇게 툴툴거리고 있는 것입죠!"

마오루가 욕설을 지껄이더니 친구에게 툭 내뱉었다.

"바보 같은 놈, 따라와!"

두 남자가 두목에게 인사하고 식당을 나갔다.

디 공은 회색 수염 노인과 더 이야기를 하고 싶었지만 그자는 이미 디 공에게 흥미를 잃어 버린 것 같았다. 노인은 뒤로 돌더니 종업원의 안내를 받아 식당을 나갔다.

디 공이 다시 자리에 앉았다. 종업원이 국수 한 그릇과 술잔을 앞에 놓더니 친근한 말투로 말했다.

"운 나쁘게 서로 오해가 있었구먼, 형씨! 자, 여기 공짜 술이우. 종종 들르쇼!"

디 공은 조용히 국수를 먹기 시작했다. 놀랍게도 국수는 맛이 있었다. 디 공은 좋은 교훈을 얻었다고 생각했다. 앞으로 혹여 변장을 하고 혼자 나갈 일이 있다면 순회하는 의사나 점쟁이 노릇을 해야지. 이런 사람들은 본래 한 곳에 며칠 이상 머무르지 않는데다가, 어느 조합에도 속하지 않는 법. 국수를 다 먹고 나니 옆구리 상처에서 피가 나는 것을 발견했다. 그는 국수 값을 치르고 식당을 나왔다.

그는 시장에 있는 약방으로 갔다. 약방 종업원이 상처를 닦아 주며 말했다.

"형씨, 운이 좋구먼. 다행히도 상처가 얕아. 그래, 상대편 놈은 반쯤 죽여 놨소?"

그는 상처에 고약을 붙였다. 디 공은 다섯 냥을 내고 다시 윗동네로 갔다. 그가 천천히 관아로 가는 계단을 오르고 있자니 상점 주인들은 이미 문을 닫고 있었다. 관아 앞의 평평한 도로에 이르자 안도의 한숨이 절로 나왔다. 주변에 보초가 없는 것을 확인한 다음 그는 재빨리 길을 건너 옆문이 있는 좁은 골목으로 들어갔다. 그러고는 갑자기 멈춰 서서 벽에 바짝 몸을 붙였다. 검은 옷으로 차려 있은 사람 하나가 문 앞에 서 있는 게 아닌가. 자세가 구부정하니 자물쇠를 보고 있는 것이 분명했다.

디 공은 눈을 크게 뜨고 그가 무슨 짓을 하는지 지켜보았다. 갑자기 그가 몸을 일으켜 세우더니 골목 입구를 쳐다보았다. 머리에 두른 검은 수건 때문에 그의 얼굴을 볼 수 없었다. 그가 디 공을 보더니 재빨리 돌아서서 도망치기 시작했다. 하지만 디 공이 달려가 세 걸음 만에 그의 팔을 붙잡았다.

"이것 놓아라! 놓지 않으면 소리를 지르겠다!"

검게 차린 사람이 소리쳤다.

놀란 디 공이 잡은 팔을 놓았다. 상대는 여자였다. 디 공이 재빨리 물었다.

"겁내지 마시오. 관아에서 나왔소. 당신은 누구요?"

여자는 잠시 주저하다가 떨리는 목소리로 말했다.

"노상강도처럼 보이는데……."

"업무 상 변장을 하고 나왔소. 이제 말해 보시오. 여기서 무얼 하는 게요?"

여자가 얼굴을 가린 수건을 풀었다. 총명하고 아름다운 얼굴을 한 어린 소녀였다. 그녀가 말했다.

"급한 용무로 수령 나리를 뵈어야만 해요."

"그럼 대체 왜 정문으로 오지 않은 것이오?"

"여기 사람들 중 아무도 제가 수령 나리를 뵈러 온 것을 알면 안 됩니다. 여기서 지나가는 하녀를 붙잡아 판관 나리가 계신 집무실로 데려다 달라고 할 참이었어요."

디 공을 살피며 그녀가 물었다.

"당신이 관아 사람인지 내가 어떻게 믿지요?"

디 공은 소매에서 열쇠를 꺼내어 문을 열었다. 그러고는 퉁명스럽게 말했다.

"내가 수령이오. 나를 따라오시오!"

소녀는 헉 하고 숨을 들이켰다. 그러고는 그에게 다가와 다급한 목소리로 속삭였다.

"저는 류화라고 하옵고, 한우형의 여식이옵니다, 나리. 아버지께서 저를 보내셨습니다. 아버지께서 공격을 받아 몸을 다치셨습니다. 수령 나리께서 빨리 와 주시길 간청하셨습니다. 나리께서만 이 사실을 아셔야 하며, 촌각을 다투는 매우 중요한 일입니다!"

디 공이 놀라 물었다.

"도대체 누가 아버지를 공격했다는 것이오?"

"바로 기녀 펜토화의 살인범입니다. 지금 저희 집으로 같이 가 주세요, 나리. 여기서 멀지 않습니다."

디 공이 안으로 들어가 정원에서 장미 두 송이를 꺾었다. 그리고 다시 골목으로 나가 문을 잠그고 장미를 소녀에게 주었다.

"이것을 머리에 꽂으시오. 집으로 가 봅시다."

소녀는 디 공이 시킨 대로 하고 골목 입구를 향해 걸어갔다. 디 공은 약간 뒤에서 그녀를 따랐다. 야경꾼이나 행인을 만나더라도 손님과 함께 가는 창기라고 생각할 것이다.

잠깐 걸으니 한우형의 거대한 저택 대문이 보였다. 소녀는 재빨리 집 옆으로 돌아 디 공을 부엌문으로 안내했다. 소녀는 품에서 꺼낸 작은 열쇠로 문을 열고 안으로 들어갔다. 디 공은 소녀를 따라 작은 정원을 지나 별채로 들어갔다. 류화가 문을 하나 열더니 디 공더러 안으로 들어가라 손짓했다.

작지만 화려하게 꾸며 놓은 방 안에는 백단 나무를 조각하여 만든 커다랗고 높은 침대가 뒷벽을 차지하고 있었다. 침대 위 비단 베개 더미 사이에 한이 누워 있었다. 창문 옆 작은 탁자에 놓인 은색 초가 그의 창백하고 수척한 얼굴을 비추었다. 요상하게 차린 판관을 보자 그는 놀란 듯 소리를 지르더니 일어나려고 했다.

디 공은 재빨리 말했다.

"겁내지 마시오. 나, 수령이오. 어디를 다친 것이오?"

류화가 말했다.

"아버지는 관자놀이를 세게 맞으셨습니다, 수령님!"

디 공이 침대 옆 의자에 앉자 그녀는 옆 탁자로 가 뜨거운 물이 담긴 대야에서 수건을 꺼냈다. 그러고 나서 그것으로 아버지의 얼굴을 닦더니 그의 오른쪽 관자놀이를 가리켰다. 디 공이 앞으로 몸을 숙였다. 그것은 진정 검푸르게 변한 흉측한 상처였다. 류화가 조심스럽게 뜨거운 수건을 상처에 대었다. 검은 망토를 벗으니 그녀가 매우 우아하고 아름다운 소녀인 것을 한눈에 알 수 있었다. 걱정스러운 눈으로 아버지를 쳐다보는 것을 보니 소녀는 아버지를 무척 사랑하는 것이 분명했다.

한은 겁에 질린 눈으로 디 공을 쳐다보았다. 같은 날 오후 디 공이 만났을 때와는 딴판이었다. 도도한 기색은 온데간데없고, 흐릿한 눈 밑에는 검은 그늘이 드리우고, 입가에는 깊은 주름이 패어 있었다. 그는 쉰 목소리로 속삭였다.

"와 주셔서 정말로 감사합니다! 저는 오늘 밤에 납치를 당했었습니다, 수령님!"

그는 두려운 눈초리로 문과 창문을 훑어보더니 낮은 목소리로 덧붙였다.

"백련회 일당한테요!"

디 공은 앉은 자리에서 몸을 곧추세웠다.

"백련회라니요! 그런 말도 안 되는 소리를! 그 일당은 오래 전에 다 일망타진되지 않았습니까!"

판관은 믿지 못하겠다며 소리쳤다.

한이 천천히 고개를 저었다. 류화는 차를 준비하러 갔다.

판관은 한을 꼼꼼히 뜯어보았다. 백련회란 과거에 황실을 전복시키고 새로운 왕조를 세우려 전국적인 음모를 펼친 집단이었다. 불만을 품은 고위 관리들이 모여 왕조가 망할 조짐이 보이니 하늘의 신력을 받은 자신들이 다른 왕조를 세워야 한다고 주장했다. 야망이 넘치는 사악한 관리들과 산적 두목들, 탈영병과 전과자들이 이 비밀 단체에 합류했다. 이 음모는 나라 전체에 퍼져 나갔다. 그러나 음모는 시작되기도 전에 탄로 났고 정부의 강력한 단속으로 계획은 싹이 잘리게 되었다. 음모를 이끌던 자들은 가족까지 몰살당했고 단순히 가담한 사람들도 가차 없이 죽음을 당했다. 이 모두가 예전에 일어난 일이지만 이 난(亂)은 나라 전체를 뿌리까지 뒤흔들어 놓았기 때문에 아직도 그 끔찍한 이름을 입에 올리는 사람들이 거의 없었다. 그리고 디 공은 황실에 대항하는 이러한 난을 다시 일으키려는 조짐이 있다는 말은 들어 보지도 못했다. 그는 어깨를 으쓱하고 물었다.

"그래, 무슨 일이 일어났소?"

류화가 판관과 아버지에게 차를 가져왔다. 한은 차를 벌컥벌컥 들이키더니 말했다.

"저녁을 먹고 저는 종종 바람을 쐬러 절 앞에 나가곤 합니다. 하인을 데려가지는 않지요. 평소처럼 오늘 밤에도 그곳에는 사람이 별로 없었습니다. 절 앞에 사방이 막힌 가마 한 대가 있을 뿐이었지요. 가마꾼은 여섯이었고요. 그런데 갑자기 누가 뒤에서 머리에 두꺼운 천을 덮어씌우더니 어쩔 틈도 없이 손을 뒤로 묶었습니다. 그러더니 놈들이 저를 번쩍 들어 가마 안으로 던져 넣고 발까지 묶더니 빠른 속도로 가마가 달려가기 시작했습니다.

두꺼운 천 때문에 아무 소리도 들리지 않았고 저는 거의 숨이 막혀 죽을 뻔 했습니다. 저는 묶인 발로 가마 벽을 차기 시작했고 누군가가 얼굴에 씌워진 천을 조금 느슨하게 해 주어 겨우 숨을 쉴 수 있었습니다. 그렇게 얼마나 갔는지 모르겠습니다. 하지만 적어도 한 시간은 걸린 것 같습니다. 가마가 서자 두 사내가 저를 거칠게 가마에서 끌어 내렸습니다. 그러고는 계단을 몇 개 올라갔습니다. 그때 문이 열리는 소리가 났습니다. 그들은 나를 내려놓고 발목에 묶인 줄을 끊더니 안으로 들어가라고 했습니다. 그리고 나를 의자에 앉히고 머리에 씌운 천을 풀어 주었습니다."

한은 한숨을 쉬고는 다시 말을 이었다.

"눈을 떠 보니 작은 방 안에 있는 검은 사각형 탁자 앞에 앉아 있더군요. 반대편에는 한 남자가 초록색 옷을 입고 앉아 있었습니다. 그의 머리와 어깨는 흰 덮개로 완전히 가려져 있고 찢어진 틈으로 눈만 보였습니다. 얼떨떨한 상태에서 저는 마구 소리를 지르기 시작했습니다. 그랬더니 그자가 화가 난 듯 탁자를 주먹으로 내리치면서……."

디 공이 끼어들었다.

"그자의 손이 어떻게 생겼소?"

한이 머뭇거렸다. 그는 잠시 생각하더니 대답했다.

"잘 모르겠습니다, 나리! 그자는 두꺼운 사냥용 장갑을 끼고 있었어요. 겉모습으로는 그자를 알아볼 방도가 전혀 없었습니다. 입고 있던 초록색 옷은 아주 헐렁하여 체격을 알 수 없었고 머리에 쓴 덮개 때문에 목소리가 분명치 않았습니다. 제가 어디까지 말씀드렸죠? 아, 그렇지요. 그자가 제 말을 끊더니 '이건 경고다, 한우형! 얼마 전 밤에 기녀가 네게 하지 말았어야 할 말을 했다. 그 계집이 어찌 되었는지는 말 안 해도 잘 알겠지? 네가 수령에게 이야기하지 않은 것은 현명한 판단이었다, 아주 똑똑해! 백련회는 아주 강력하다. 네 계집 펜토화를 없앤 것만 보아도 알겠지?'라고 했습니다."

한은 잠시 손가락으로 관자놀이의 상처를 만졌다. 류화가 달려왔지만 한은 고개를 젓더니 조용히 말을 이었다.

"저는 그자가 무슨 말을 하는지 도대체 알 수 없었습니다! 기녀가 제 계집이라니요, 세상에! 나리께서도 그날 연회에서 펜토화가 제게 거의 말을 하지 않는 것을 보시지 않았습니까? 저는 화가 나서 대체 무슨 소리를 하는 거냐 말했습니다. 그랬더니 그자가 웃더군요. 얼굴을 가린 채 웃는 소리가 어찌나 끔찍한지! 그자가 다시 말했습니다. '거짓말 하지 마라! 그래봤자 아무 소용없다! 그 계집이 무슨 말을 했는지 소상히 알려줄까? "이따가 나리를 뵈어야만 합니다. 이 고을에서 위험한 음모가 벌어지고 있어요." 이렇게 말했지?' 제가 무슨 소린지 몰라 그자를 쳐다보고 있으려니 놈이 저를 비웃으며 말했습니다. '할 말 없지, 엉? 백련회는 무엇이든지 다 알고 있다! 그리고 오늘 밤 보았겠지만 우리는 전지전능하다! 나의 명령이니 계집이 한 말을 모두 깡그리 잊어 버려라!' 그자가 제 뒤에 있던 놈에게 신호를 보내더니 말했습니다. '저놈이 잊어 버리도록 도와줘. 너무 살살 다루지는 말고!' 저는 머리를 세게 얻어맞고 정신을 잃었습니다."

한이 깊은 한숨을 내쉬고는 말했다.

"정신이 드니 저희 집 뒷문 앞에 누워 있더군요. 다행히 주위에는 아무도 없었습니다. 저는 겨우 일어나 여기 서재로 왔습니다. 딸아이를 불러오라 일러 수령님께 바로 달려가도록 했지요. 하지만 제가 나리께 이것을 말씀드렸다는 사실이 알려지면 안 됩니다! 제 목숨이 달려 있어요! 백련회 첩자가 사방에 손을 뻗치고 있는 것이 분명합니다. 관아까지도요!"

그는 다시 베개에 몸을 기대고 눈을 감았다.

디 공은 생각에 잠겨 구레나룻을 천천히 쓰다듬었다. 그러고 나서 물었다.

"방은 어떻게 생겼소?"

한이 눈을 떴다. 그는 얼굴을 찡그리며 잠시 생각하더니 말했다.

"정면밖에 볼 수 없었지만 방은 작은 육각형 모양이었던 것 같습니다. 정원에 지은 별채 같기도 했지만 그러기엔 공기가 너무 답답했지요. 사각 탁자 말고 다른 가구라곤 얼굴을 가린 자 뒤에 있던 검게 칠한 장롱뿐이었습니다. 아, 그리고 벽에는 빛이 바랜 초록색 벽걸이가 둘러쳐져 있었던 것 같습니다."

"어느 방향으로 끌려갔는지 혹시 알 수 있겠소?"

디 공이 다시 물었다.

"조금 감이 올 뿐입니다. 처음에는 공격을 받고 너무 놀라 경황이 없었지만 동쪽으로 간 것은 확실합니다. 그리고 나서 비탈을 내려갔고 마지막 사분의 삼 정도는 평지를 걸었던 것 같습니다."

한이 대답했다.

디 공이 자리에서 일어섰다. 옆구리에 난 상처가 쑤시기 시작했다. 얼른 집으로 돌아가고 싶었다.

"이 일을 재빨리 내게 알려줘서 고맙소. 그런데 누군가 장난을 친 것 같구료. 이렇게 좋지 않은 때에 이런 무책임한 장난을 칠 만한 사람이 있소?"

한이 분개하며 말했다.

"저는 적이 없습니다! 그리고 장난이라니요? 놈들은 정말 진지했단 말입니다!"

디 공이 차분히 말했다.

"나는 기녀를 살해한 건 분명 노잡이들 중 하나라고 이미 결론을 내렸소. 그러니 이게 장난이 아니고 무엇이란 말이오. 신문할 때 무척 불안해 하는 놈이 하나 있었소. 아무래도 그놈을 관아로 데려다가 모질게 신문하는 게 좋을 것 같군."

한의 얼굴이 밝아졌다.

"제가 그렇게 말씀드리지 않았습니까, 수령님! 살인 소식을 듣자마자 저희들은 살인범이 노잡이 중에 있다는 것을 알았습니다! 그렇군요! 이제 와서 생각해 보니 납치도 나쁜 장난이었던 것 같습니다. 누가 그런 짓을 저지를 만한지 제가 한번 곰곰이 생각해 보겠습니다."

디 공이 말했다.

"나도 몇 가지 알아보겠소, 물론 아주 조용히. 무언가 얻게 되면 알려드리겠소."

한은 만족스러워 보였다. 그는 웃음을 띠고 딸에게 말했다.

"문지기는 잠이 들었을 것이다. 수령 나리를 정문으로 안내해 드리거라. 나리께서 도둑처럼 뒷문으로 드나드실 수는 없는 노릇 아니냐!"

그는 통통한 손을 한데 포개더니 깊은 한숨을 내쉬며 베개에 몸을 묻었다.

디 공은 매력적인 소녀의 안내로 조상의 유물을 보고, 부처상 아래서 은밀한 대화를 나눈다.

류화가 디 공에게 손짓을 했다. 그는 소녀를 따라 아무것도 보이지 않는 깜깜한 복도로 나갔다.

소녀가 속삭였다.

"아버지의 부인들 처소가 바로 근처라 초를 켜지 못하겠어요. 제가 안내해 드릴게요!"

디 공은 류화의 작은 손이 더듬더듬 자신의 손을 잡는 것을 느꼈다. 이끄는 대로 따라가고 있자니 소녀의 비단 옷이 판관의 윗옷 자락을 스치며 부스럭 소리를 냈다. 판관은 소녀의 흐릿한 난초 향수 냄새를 맡을 수 있었다. 참으로 별난 상황이라고 생각했다.

그들이 넓은 안마당으로 나오자 류화가 그의 손을 놓았다. 그곳은 달빛이 밝아 사방을 잘 볼 수 있었다. 오른편으로 문이 하나 열려 있었다. 그 틈으로 빛이 새어 나오고 강한 인도 향 냄새가 공기 중에 퍼졌다. 그는 가만히 서서 조용히 속삭였다.

"사람들 눈에 띄지 않고 이곳을 빠져나갈 수 있겠소?"

"그럼요! 여기는 증조부께서 지으신 불교 사당이에요. 할아버지는 독실한 불교 신자셔서 밤낮으로 제단에 불을 밝히고 절대 문을 닫지 말라는 말씀을 남기셨지요. 사실 저 안에는 아무도 없어요. 한번 들어가 보시겠어요?"

디 공은 매우 피곤했지만 흔쾌히 고개를 끄덕였다. 그 기묘한 바둑 문제를 만든 사람에 대해 더 알아낼 수 있는 기회를 놓칠 수는 없었다.

작은 사당 안에는 벽돌로 만든 높은 사각 제단이 공간의 반 이상을 차지하고 있었다. 제단 앞에는 글귀가 새겨진 옥판이 있었는데 그 크기는 사방으로 넉 자가 넘었다. 제단 위에는 거대한 금 부처상이 연꽃 위에 앉아 있었다. 어스름한 어둠 속에서도 천장 가까이 솟아 있는 부처의 웃는 얼굴이 보였다. 사당 벽에는 부처의 삶을 담은 벽화가 그려져 있고 제단 앞바닥에는 절할 때 사용하는 둥근 방석이 놓여 있었다. 기름 등은 쇠로 만든 대 위에 놓여 있었다. 류화가 자부심을 드러내며 말했다.

"이 사당을 지을 때 제 증조부님께서 직접 감독을 하셨답니다. 할아버님은 아주 현명하고 좋으신 분이었다고 해요! 저희 집안에서는 전설과도 같은 인물이죠. 한 번도 과거에 응시하신 적이 없었고, 이곳에서 다양한 흥밋거리를 즐기며 조용히 사신 분이었어요. 그래서 여기 사람들이 그분을 한 도인이라고 불렀답니다!"

디 공은 그러한 류화의 말을 듣고 즐거운 기분이 들었다. 요즘엔 가족의 전통을 잘 이해하고 있는 젊은 처자들이 드문 법이거늘. 디 공이 물었다.

"한 도인께서 바둑도 즐기셨다는 얘길 들었소. 아버지나 아가씨도 바둑을 좋아하오?"

"아니오, 나리. 바둑은 시간이 너무 오래 걸리고 두 사람밖에 할 수 없잖아요. 저기 새겨진 글씨가 보이세요? 증조부님은 손재주가 아주 좋으셨고 특히 조각을 잘 하셔서 저것을 직접 새기셨어요!"

디 공은 제단으로 한 걸음 다가섰다. 그는 새겨진 글귀를 소리 내어 읽었다.

> 그러자 깨달은 이께서 이렇게 말씀하셨다. 만약 너희가 나를 따르는 것을 원한다면 너희가 그 위대한 진리를 모든 중생에게 널리 알리고 설파하여야 한다. 만약 그들이 나의 뜻을 이해한다면 위대한 진리를 대변하는 말들을 통해 자신들을 누르고 있는 번뇌가 존재하지 않는다는 것을 깨달으리라. 그리하여 이 다른 중생을 구원하는 자만이 열반의 문에 들어갈 것이다. 너희를 통해서 나의 뜻이 전해질 수 있다. 그리고 열반에 들어서면 영원한 평화를 얻으리라, 내 말하노니."

그는 고개를 끄덕이며 말했다.

"한 도인께서 아주 훌륭한 작품을 만드셨군요. 조각하신 글귀도 매우 고귀한 생각을 담고 있고. 나는 위대한 공자의 가르침을 따르는 사람이지만 불교 교리 역시 배울 점이 많다고 생각하오."

류화는 경건한 자세로 옥판을 잠시 쳐다보더니 말했다.

"물론 저만 한 옥을 구하지는 못하셨죠. 그래서 할아버지께서는 모든 글자를 작은 옥 조각에 하나하나 새겨 넣으신 후 나중에 한 데 모아 모자이크처럼 만드셨다고 해요. 정말 대단하신 분이죠! 엄청난 재산이 있었지만 갑작스럽게 돌아가시고 난 후에 보니 금괴를 모아 놓은 창고가 텅텅 비어 있었다고 하네요. 살아계신 동안 그 금을 몰래 여러 자선 단체에 나눠주셨다고 해요. 저희 가족은 땅이 아직도 많으니 금은 필요 없지 않겠어요. 땅에서 나오는 것만으로도 쓰고 남지요."

디 공은 흥미롭게 그녀를 쳐다보았다. 진정 매력적인 젊은 처자

---

*원문은 아래와 같다.

Thus spoke the Enlightened One : If ye wish to follow Me, ye must promulgate the Supreme Truth to all beings to make them understand My Message that all pain and sorrow that depress them are essentially non-existent. For these words express the Supreme Truth. Thus ye shall, by saving all others, also yourselves enter this Gate of Nirvana, and find peace ever-lasting.

원문에 충실하게 번역하게 되면, 본문 중의 내용과는 조금 다른 내용이 된다. 그러나 이 글귀가 디 공이 사건을 해결하는데 매우 중요한 단서가 되고, 또 이때 단어의 순서와 수가 매우 중요한 영향을 미치기에 국내 독자들도 디 공과 함께 추리해 볼 수 있도록 하기 위해서 의도적으로 번역을 조금 고쳤다. 원문의 의미는 다음과 같다. "그러자 세존께서 말씀하셨다. 만약 나를 따르고자 한다면 너희는 그 위대한 진리를 모든 중생에게 설파하여 나의 뜻을 깨닫게 해야 한다. 그들을 누르는 모든 번뇌와 슬픔은 본래 존재하지 않으니. 이러한 말이 위대한 진리를 대변할지니. 다른 중생을 구원하는 자만이 열반의 문에 들어 영원한 평안을 얻으리라." ─옮긴이

가 아닌가. 깎아놓은 듯 섬세한 얼굴에는 자연스러운 아름다움이 넘쳤다. 그는 말했다.

"소저가 역사 공부에 관심이 많은 듯하니 류페이포 씨의 딸 창어를 알고 있었겠지요? 류 소저의 아버지는 딸이 공부를 좋아했다고 하던데."

류화가 조용히 말했다.

"예, 창어를 잘 알았어요. 여기 자주 놀러오곤 했습니다. 그 애 아버지가 자주 집을 비우셔서 외로움을 탔거든요. 그렇게 기운 좋고 활동적인 소녀는 보기 힘들 거예요, 나리! 그 애는 사냥과 승마에 아주 능했어요. 사내로 태어났어야 하는 애였죠. 그리고 그 애 아버지께서도 그 아이를 사랑하셔서 늘 하고 싶은 일을 할 수 있게 해 주셨어요. 어쩌다 그렇게 죽었는지 정말 알 수가 없어요. 아직 너무 어린데!"

"진상을 밝히기 위해 최선을 다하고 있다오. 그 처자에 대해 좀 더 이야기해 줄 수 있소? 운동을 좋아했다고 했는데, 창어는 장 박사 댁에서 수업을 듣지 않았소?"

소녀가 살짝 웃음 지었다.

"그것이…… 이제는 말씀드려도 해가 될 것은 없겠죠. 어차피 여자들은 거의 다 알고 있었으니. 창어가 글공부를 좋아하기 시작한 건 장 서생을 만난 날부터예요! 첫눈에 그에게 빠져서 좀 더 그를 자주 보려고 수업을 듣기 시작한 것이지요. 둘은 정말 서로를 사랑했는데 이제 둘 다……."

그녀는 슬퍼하며 고개를 저었다. 디 공은 잠시 기다렸다가 말했다.

"창어가 어떻게 생겼소? 시신이 사라졌다는 이야기는 들었겠지요."

불교 사당에서의 대화

"오, 인물이 아주 좋았어요! 저처럼 마르지는 않았고요. 체격이 좋았지요. 기녀 펜토화를 약간 닮았었어요."

디 공이 놀라 물었다.

"그 기녀를 알고 있었소?"

"아니요. 직접 이야기한 적은 없었어요. 하지만 아버지께서 연회장에서 손님들을 접대할 때 그 사람을 종종 불렀고 저는 창 너머로 몰래 훔쳐보곤 했어요. 그녀는 춤솜씨가 매우 좋았거든요. 펜토화나 창어 모두 똑같이 계란형 얼굴에 눈썹이 둥글게 휘어져 있었지요. 몸매도 비슷했고요. 자매라고 해도 믿을 거예요! 다만 기녀의 눈만 좀 달랐죠. 그 눈 때문에 가끔 놀란 적도 있어요, 나리. 제가 바깥의 어두운 복도에 서 있어서 분명 안에서 보이지 않았을 텐데, 춤추며 창가를 지나갈 때면 제가 있는 걸 알고 있다는 듯 제 눈을 똑바로 쳐다보곤 했어요. 그 으스스하고 꿰뚫어보는 듯한 눈빛이라니. 하지만 너무 불쌍해요. 그렇게 살다 죽다니. 늘 남자들에게 자신을 내보여야 하고…… 이제는 그렇게 끔찍하게 생을 마감했잖아요. 나리께서도 그 사건이 호수와 어떤…… 관련이 있다고 생각하세요?"

"그렇지 않소. 그건 그렇고 기녀가 죽어 수 조합장이 큰 충격을 받았겠지요? 기녀를 꽤 좋아하는 것 같던데."

"수는 먼발치에서만 그녀를 바라보았어요. 제 기억으로 그는 까마득한 예전부터 저희 집에 드나들었어요. 아주 내성적인 사람이죠. 게다가 자신이 힘이 센 것을 늘 부끄러워했어요. 한번은 실수로 아버지의 고급 골동품 찻잔을 손으로 부순 적도 있었죠! 그는 아직도 결혼을 하지 않았어요. 사실 여자를 굉장히 두려워한답니다. 하지만 왕 조합장, 이 사람은 정반대예요. 여자를 무척 좋아한다고 하더군요. 이제 그만 하는 게 좋겠네요. 나리께서 제가 엄청난 수다쟁이라고 생각하시겠어요. 그리고 더 이상 나리를 붙잡아 두어서도 안 되고요."

"오히려 그 반대요! 소저의 이야기를 듣고 많은 걸 알게 되었소. 사건을 조사할 때는 관련된 모든 사람들의 배경을 캐내려고 늘 애쓰지요. 류페이포에 대해서는 아직 이야기를 하지 않았소. 그 사람이 죽은 기녀에 대해 아는 것이 많을까요?"

"그렇지는 않을 거예요, 나리. 물론 연회에서 춤을 자주 추었으니 류 대인도 그녀를 잘 알았겠죠. 하지만 류 대인은 아주 진지하고 조용한 사람이라 경박한 일에는 관심을 두지 않았어요. 류 대인이 한위안에 여름 별장을 짓기 전에 저희 집에서 한 주 정도 머무른 적이 있어요. 그때 알았는데 연회가 벌어질 때마다 그는 조금 지루하다는 표정으로 앉아만 있더군요. 자신의 사업을 빼고는 옛 책과 글에만 관심이 있었어요. 수도의 그의 집에는 옛 책이 엄청나게 많이 수집되어 있다더군요. 아, 그리고 아버지께서 딸 이야기를 물으면 표정이 밝아지곤 했답니다. 두 분 사이를 이어주는 고리 같은 것이라고 할까요? 아시다시피 저희 아버지도 딸 하나뿐이니까요. 창어가 죽고 나서 류 대인이 큰 충격을 받았다고 해요. 아버지께서는 그분이 아예 다른 사람이 되었다고 하셨어요."

소녀가 등불을 세워 놓은 곳으로 다가가 아래 있던 항아리에서 기름을 꺼내 등불을 채웠다. 디 공은 그려 놓은 듯 섬세한 소녀의 옆모습과 우아하게 움직이는 가느다란 손을 가만히 쳐다보았다. 분명 소녀는 아버지와 매우 가까운 것 같았다. 하지만 한이 자신의 사악한 마음을 소녀에게 드러내지 않으려 갖은 노력을 했을 터. 판관은 한우형이 살인자일 뿐만 아니라 그것을 숨기고 거짓말로 판관을 위협하려는 더러운 시도까지 하고 있다고 생각했다. 그는 터져 나오는 한숨을 억누르며 말했다.

"마저 질문하겠소. 황실 고문이신 량 대인이나 그의 조카를 만난 적이 있소?"

갑자기 류화가 얼굴을 붉히더니 재빨리 대답했다.

"아니요, 아버지께서는 량 대인을 찾아뵌 적이 있지만 대인께서 이리로 직접 오신 적은 없어요. 물론 그러실 필요가 없지요. 매우 높은 지위에 계신 분이니……."

디 공이 슬쩍 말했다.

"내가 듣기로 그 조카라는 사람이 꽤나 방종한 젊은이라던데."

"그런 말도 안 되는 중상모략이! 량펜은 아주 생각이 깊은 사람이에요. 사당의 서원에서 늘 공부하는 걸요!"

류화는 화가 나서 말했다. 디 공이 그녀를 뚫어지게 쳐다보았다.

"그걸 어떻게 아시오?"

"오, 어머니와 함께 사당 정원에 산책을 가곤 하거든요. 량 서생을 거기서 보았어요."

소녀가 대답했다.

디 공은 고개를 끄덕였다.

"한 소저, 이렇게 유용한 정보를 알려주어 매우 고맙소."

그가 몸을 돌려 문 쪽으로 향하는데 류화가 재빨리 다가와 조용히 말했다.

"아버지께 해코지를 한 자들을 하루라도 빨리 잡아 주시기를 간절히 부탁드립니다. 저는 그것이 장난이라고는 생각지 않아요. 아버지가 좀 융통성이 없고 격식을 차리긴 하지만 아주 좋은 분입니다, 나리. 다른 사람을 헐뜯는 법이 없으신 분이에요. 저는 너무나 걱정이 되어요. 아버지는 모르시지만 적이 있는 것이 틀림없어요. 그 자들이 아버지를 해치려고 해요, 나리!"
"내 그 문제에 전념할 테니 너무 염려 마시오."
류화는 감사의 표정으로 그를 쳐다보며 말했다.
"증조부 한 도인의 사당을 방문하신 기념으로 무언가 작은 선물을 드리고 싶어요. 하지만 이걸 아버지께 말씀하진 말아 주세요. 이것은 가족 말고 다른 사람에게는 주지 않도록 되어 있거든요!"
소녀는 재빨리 제단으로 가 뒤의 빈틈에서 둘둘 말린 종이를 꺼냈다. 그리고 그중 한 장을 빼어 정중하게 고개를 숙이며 디 공에게 건넸다. 그것은 제단에 있던 옥판의 본을 뜬 것이었다.
디 공은 그 종이를 잘 접어 소맷자락 안에 넣었다. 그러고는 정중히 대답했다.
"이런 선물을 받다니, 영광이오!"
그는 소녀의 머리에 꽂혀 있는 장미가 그녀에게 꽤 잘 어울리는 것을 보고 흡족한 기분이 들었다. 소녀는 길게 굽은 복도를 지나 대문으로 디 공을 이끌었다. 소녀가 육중한 대문을 열자 디 공은 조용히 고개를 숙이고 아무도 없는 거리로 나섰다.

마중의 일이 마음대로 풀리지 않고,
디 공은 고을을 순찰하러 나선다.

다음 날 아침 동이 튼 직후 하인 두 명이 디 공의 집무실을 청소하러 가니 디 공은 아직 깊이 잠들어 있었다. 그들은 재빨리 방을 나와 아침 차를 준비하러 온 다른 하인에게 판관이 아직 기침하시기 전이라 알렸다.
한 시간 후 디 공이 깨어났다. 그는 침상 가장자리에 앉아 옆구리에 붙인 고약 귀퉁이를 살짝 들고 상처를 살펴보았다. 상처가 이미 아물기 시작했다. 판관은 뻣뻣한 몸을 일으켜 대강 세수를 하고 책상에 앉아 손뼉을 쳤다. 하인 하나가 나타나자 그는 아침을 준비하고 형리 셋을 불러오라 일렀다.
홍 수형리와 마중, 차오타이가 의자에 앉았다. 디 공이 식사를 하는 동안 홍은 차 상인 궁을 만나고 돌아오는 길이라고 아뢰었다. 궁은 그와 장 박사가 장 서생의 허리띠를 찾고 너무나 낙심하여 그것을 발견한 어부의 이름을 묻는 건 미처 생각지 못했다고 말했다.

이제 그 어부를 찾는 일은 쉽지 않을 것이다.

그러고 나서 마중이 지난 밤 장 박사의 집에서는 별로 보고할 만한 일이 없었다고 이야기했다. 그날 아침 마중과 차오타이는 포졸 둘만 남겨두고 그 집을 나온 참이었다.

디 공이 젓가락을 내려놓았다. 차를 마시며 그는 국수집에서 벌어진 일에 대해 이야기하였다. 판관이 말을 끝냈을 때 마중이 실망한 표정으로 말했다.

"아니, 저를 데려가시지 않고요!"

"아닐세, 마중. 나 혼자만으로도 시선을 너무 많이 끌었다네. 어차피 자네도 곧 마오루를 만나게 될 걸세. 마오유안이 살해되던 날 밤 그를 만났는지, 그리고 창어의 죽음에 관해 아는 것이 있는지 신문해야 하니 자네가 가서 그를 잡아와야 하거든. 지금 적리관으로 가서 걸인 두목을 찾아 어디 가면 마오루를 만날 수 있는지 알아보고 그 길로 그놈을 잡아 들이게나. 그리고 그 노인에게는 이 은화 두 냥을 주게. 내가 그 사람 덕을 좀 보았지. 걸인들 사이에 엄격하게 규율을 유지하고 있는 공을 높이 사 관아에서 주는 특별 사례라고 하면 될 걸세."

마중이 나가려고 할 때 디 공이 손을 들었다.

"잠깐만! 아직 내 말이 안 끝났다네. 사실 어제 좀 사연이 많았지!"

그러고 나서 그는 한우형과 나누었던 이야기를 해 주었다. 백련회에 대한 이야기는 하지 않았다. 그 흉악한 이름은 쉽게 입에 담을 수 있는 것이 아니었다. 다만 한을 납치한 자들이 강력한 비적떼의 두목이라 주장했다고 이야기했다. 이야기를 마치자 차오타이가 불쑥 말했다.

"그렇게 얼토당토 않는 이야기는 들어 본 적이 없습니다요! 그의 말을 믿는 건 아니시겠죠?"

디 공은 침착하게 말했다.

"한우형은 냉혈한에 교활한 범죄자일세. 그날 꽃배에서 그 기녀가 내게 하는 말을 엿들은 것이 분명해. 자는 척을 하고 있었던 것뿐. 그래서 기녀가 그자의 사악한 음모에 대해 나에게 이야기하려는 걸 알아챈 거야. 어제 오후 그자를 만났을 때 기녀 살인 사건을 조용히 무마시키자며 나를 설득하려 했네. 내가 그자에게 넘어가지 않는 것을 보고 나를 위협하는 게 낫겠다고 생각한 거야. 그래서 어젯밤 그것을 실행에 옮긴 것이지. 그것도 아주 교묘한 방법으로! 일부러 가당치도 않은 이야기를 꾸며내어 내가 속아 넘어가지 않게 한 것이지. 하지만 그 덕분에 그자를 협박죄로 몰 수도 없게 되었네. 내가 그런 말도 안 되는 이야기를 근거로 그자를 고발한다면 상부에서 나를 어떻게 생각하시겠나! 그자가 진심으로 나를 속이려 했다면 더 그럴듯한 이야기를 꾸며냈을 거라고 이야기하겠지. 거기다가 그 이야기를 한 상황 또한 대단해! 딸 앞에서 이야기하면서 상처를 나와 그 아이에게 보여 주다니…… 물론 그 상처는 자신이 직접 낸 것이겠지만. 이제 자네들도 이자가 얼마나 위험한 놈인지 잘 알겠지!"

마중이 화가 나 소리쳤다.

"당장 놈을 잡아들입시다!"

디 공이 말했다.

"안됐지만 직접적인 증거는 하나도 없어! 죄를 증명할 증거도 없이 고문할 수는 없지 않나. 그리고 그 증거를 찾을 때까지 훨씬 어려움이 많을 걸세! 일단 그 이야기를 믿는 척하고 노잡이 중 한놈을 의심하고 있다고 말하긴 했지만. 그자가 나를 속이는 데 성공했다고 믿고 긴장을 늦춰 실수하기만을 바라고 있다네."

조용히 듣고만 있던 홍 수형리가 물었다.

"기녀가 나리께 그 이야기를 할 때 뒤에 아무도 없었던 것이 확실합니까? 시중들던 하인이나 다른 기녀들은요?"

디 공이 진지한 표정으로 그를 쳐다보더니 대답했다.

"아니야, 홍. 솔직히 확실치 않네. 적어도 하인들에 대해서는 말이야. 기녀가 뒤에 서 있지 않았다는 것은 확실해. 다섯 명 모두 바로 내 앞에 있었거든. 하지만 하인들은…… 보통 하인들에 대해서는 크게 신경을 안 쓰지 않나."

홍 수형리가 생각에 잠겨 구레나룻을 잡아당겼다. 수형리가 말했다.

"그렇다면, 나리, 한의 말이 사실일 가능성도 생각해 보아야 합니다. 하인 하나가 기녀의 말을 엿듣고 그것이 한에게 한 말이었다고 생각했을 수도 있습니다. 펜토화가 두 분 사이에 서 있었고 뒤에 서 있던 남자는 한이 자고 있는 것을 못 보았을 수도 있지 않습니까. 그 하인이 기녀가 이야기한 음모에 가담하고 있었던 자가 틀림없습니다. 이것을 두목에게 전하고 두목이 그녀를 살해한 것이지요. 그러고 나서 그 살인자는 한이 기녀의 말을 나리께 전하지 않도록 그를 납치해 협박한 것 아니겠습니까."

"자네 말도 맞아, 홍!"

디 공이 말했다. 그러고 나서 재빨리 덧붙였다.

"아니, 잠깐! 그 하인이 잘못 알았을 리 없네. 펜토화가 나를 수령이라고 부른 것이 분명히 기억나거든!"

"그럼 그자가 펜토화의 말을 전부 다 듣지 못했을 수도 있습니다. 기녀의 말을 듣자마자 서둘러 방을 나갔다면 바둑 문제에 관한 말은 듣지 못했겠지요. 한을 납치한 자들은 바둑에 대한 이야기는 꺼내지 않았다면서요."

홍이 말했다.

디 공은 아무 말도 하지 않았다. 그는 갑자기 덜컥 걱정이 되었다. 한의 이야기가 사실이라면 진정 백련회가 부활했다는 말인가! 제 아무리 겁 없는 놈들이라 하더라도 그 두려운 이름을 아무렇게나 사용하지는 않을 것이다. 그렇다면 기녀는 황실에 맞서는 엄청난 음모를 알아냈다는 말인데! 맙소사, 이것은 단순한 살인 사건이 아니었다. 국가의 흥망을 좌우하는 거대한 음모라니! 디 공은 가까스로 마음을 가다듬고 침착하게 말했다.

"내 뒤에 누가 서 있었는지 아닌지 판가름할 유일한 사람은 기녀 자완화뿐이네. 마중, 자네는 마오루를 체포하고 나서 버드나무 거리로 가 자완화와 이야기를 해 보게나. 마오루를 잡은 상으로 내리는 임무일세! 한이 정말 졸고 있는 것을 보았는지, 그에게 줄 술을 가지러 갔던 것이며, 뭐든지 생각나는 대로 정확히 설명해 달라고 하게. 그리고 우리 뒤에 누가 서 있었는지 슬쩍 한번 물어보고. 최선을 다 하게나!"

마중이 신나서 대답했다.

"물론입죠, 나리! 당장 가겠습니다. 근데 마오루 이놈이 어디로 튀었으면 어쩝니까!"

문을 열고 나서던 마중은 처리할 문서를 한 아름 안고 들어오던 선임 기사관과 부딪칠 뻔 했다. 기사관이 서류를 책상에 올려놓자 홍 수형리와 차오타이는 의자를 가까이 끌어 당겨 앉고는 그것을 분류하기 시작했다. 그리고 나서 그들은 판관이 그 서류를 훑어

보도록 도왔다. 처리해야 할 업무가 많았다. 디 공이 마지막 작업을 마쳤을 때는 이미 정오가 가까워져 있었다.

그는 의자에 기대 앉아 홍이 차를 따르기를 기다렸다가 말했다.

"납치 사건을 머리에서 떨쳐 버릴 수가 없네. 마중이 자완화에게 알아내는 것 말고도 다른 방도로 확인을 해 봐야겠어. 홍, 서고에 가서 고을 지도를 자세한 것으로 하나 가져오게."

수형리가 두꺼운 두루마리를 하나 팔에 끼고 돌아왔다. 차오타이가 그것을 책상 위에 폈다. 그것은 색색으로 그려진 한위안의 지도였다. 디 공은 꼼꼼히 지도를 살피고는 검지로 한 지점을 짚으며 말했다.

"보게, 여기가 한이 납치당했다고 말한 불교 사원이야. 거기서 동쪽으로 계속 갔다고 했어. 그 말은 맞는 것 같네. 처음엔 위쪽 저택이 있는 동네로 평평하게 가다가 산등성을 타고 평지로 내려가지. 한의 말이 사실이라면 이게 바로 그들이 갔을 유일한 길이야. 시내로 내려갔다면 가파른 계단을 내려가는 걸 느꼈을 테고, 북쪽이나 서쪽으로 갔다면 산으로 더 깊이 들어가는 걸 알았을 테지. 하지만 그의 말로는 비탈을 내려간 후 나머지 사분지 삼은 평평한 길을 걸었다고 했네. 그렇다면 길은 고을 동쪽 평야를 가로질러 한위안과 창페이의 경계인 강가에 있는 군 초소까지 가는 이것뿐이네. 여기도 다른 도시처럼 성으로 둘러싸여 있다면 이 문제는 금방 해결이 되었을 텐데. 동쪽 성문 보초한테 물어보기만 하면 알 것 아닌가! 좌우지간 이게 우리가 할 수 있는 최선이지. 한은 하루 저녁에 이리 저리 끌려 다니다 그 집으로 간 것 아닌가. 그 집에 머물던 시간은 그리 길지 않았을 것이고 가는 데 걸리는 시간은 한 시간을 넘지 않았을 거야. 가마가 그 길을 따라가면 한 시간 동안 얼마나 멀리 갔을 것 같나, 차오타이?"

차오타이가 지도 위로 몸을 굽혀 쳐다보더니 말했다.

"밤은 낮보다 서늘하지요. 제법 빠른 속도로 갈 수 있었을 겝니다. 여기쯤 아닐까요, 나리."

차오타이가 손가락으로 평야에 있는 한 마을에 대고 원을 그렸다. 디 공이 말했다.

"그 정도면 충분해! 한이 거짓말을 한 것이 아니라면 그곳 어딘가에 별장이나 집이 한 채 있을 걸세. 약간 경사져 올라간 곳에. 한이 문으로 가는데 계단을 몇 개 올랐다고 했거든."

문이 열리며 마중이 들어왔다. 그는 풀이 죽어 디 공에게 인사를 했다. 의자에 풀썩 주저앉으며 그가 구시렁거렸다.

"오늘은 되는 일이 하나도 없군요!"

"그래 보이는군! 무슨 일이 있었는가?"

디 공이 물었다.

"그것이, 처음엔 어시장으로 갔습니다. 냄새가 코를 찌르는 와중에 적리관인지 뭔지를 찾으려고 수백 번 길을 물었습니다. 여각이라고요? 그냥 벽에 뚫린 구멍이라고 하는 게 낫겠어요! 그 바보 같은 노인네가 구석에 앉아 꾸벅꾸벅 졸고 있기에 말씀하신 대로 이야기하고 은화를 건넸지요. 그자가 그걸 받고 좋아했냐고요? 천만의 말씀! 그 괴상한 늙은이가 제가 그자를 놀리고 있는 거라고 생각하지 뭡니까. 제 통행증을 보여 줬는데도 몇 개 남지도 않은 이가 부러져 나갈 때까지 은화를 깨물어 봅디다. 뭐, 결국에 받기는 하더라고요. 그러더니 마오루란 놈이 근처 유곽에서 계집년을 끼고 있다고 알려줬습니다. 그런데 그 노인네는 끝까지 자기가 사기당한 게 분명하다고 생각하는 것 같더라고요!

아무튼 그래서 유곽으로 갔습니다. 세상에, 그렇게 더러운 곳은 처음 봤습니다! 막노동꾼이나 가마꾼 놈들이 갈 곳이에요! 거기 주인이라는 할멈한테 들은 것이라고는 그날 아침 일찍 마오루란 놈이 계집을 하나 데리고 애꾸눈 사내와 함께 창페이로 갔다는 겁니다. 그래서 그 일은 그렇게 허탕을 쳤습죠.

그리고 나서는 버드나무 거리로 갔어요. 저같이 단순한 사내놈들은 그런 데 가는 것만으로도 기분이 좀 나아지지 않겠습니까! 아, 근데 웬걸요! 자완화라는 계집이 술이 떡이 되어서는 영 정신을 못 차리더라고요. 게다가 어찌나 패악을 부리던지! 어쨌든 나리 뒤에 누군가 서 있었다는 건 알아냈습니다. 하지만 그것이 하인이었는지 황제 폐하였는지는 이 멍청한 계집이 도통 기억을 못하더라고요! 거기까지입니다!"

"그 새로 사귄 계집아이하고는 이야기 안 해 보았는가? 만났을 거라 생각했는데."

디 공이 물었다.

마중은 원망스러운 눈으로 판관을 잠시 쳐다보았다. 그가 시무룩하게 중얼거렸다.

"고 계집은 자완화보다 더 취했더라고요!"

"그래, 어찌 매일 좋은 날만 있겠는가, 마중! 자, 이제 이걸 보게. 이제 고을 동쪽으로 한번 나가 보세. 그리고 한이 이야기한 집을 찾을 수 있는지 살펴보세나. 못 찾는다면 한이 거짓말했다는 사실을 밝힐 수 있겠지. 그리고 그곳이 우리 고을의 곡창 지대인데도 나는 아직 그곳을 못 가 보았다네. 동쪽 경계로 가서 그곳 마을에서 밤을 지낼 생각이야. 그럼 여기 시골이 어떤지도 한번 보고, 우리 머릿속에 있는 어지러운 거미줄도 좀 걷어낼 수 있겠지! 마중, 가서 좋은 말로 세 마리 골라 오게나. 오늘 나머지 재판 일정은 취소해야겠어. 어차피 두 사건의 진행 사항을 알릴 수도 없으니!"

디 공이 말했다.

이제야 기분이 조금 나아진 마중은 차오타이와 함께 방을 나갔다. 디 공이 홍 수형리에게 말했다.

"이 더운 날 뜨거운 곳에 오래 나가 있으면 자넨 너무 피곤할 터이니 여기 있으면서 서고에 왕 조합장과 수 조합장에 관한 문서가 있는지 한번 살펴봐 주게. 점심을 먹고 나서는 완이판이 사는 곳으로 가 보고. 그자는 류 씨와 장 씨 사건 말고 량 대인과도 관련이 있네. 류페이포처럼 부자에 잘 알려진 자가 그리 뒤가 구린 거간 상인을 보호하고 있다는 게 좀 이상해. 그자의 딸에 관해 자세히 알아보게, 홍!"

디 공은 수염을 쓰다듬다가 말을 이었다.

"홍, 나는 량 대인이 걱정스럽네! 조카가 량 대인의 상태에 대해 내게 알려왔으니 이제 그의 가족들은 나한테 책임을 물을 것이고 대인이 전 재산을 탕진하지 않게 적절한 조치를 취해 주기를 바랄 것 아닌가. 하지만 조카라는 사람이 돈을 빼돌리고 있는 건 아닌지, 그가 기녀 살인에 연루된 것은 아닌지 확신이 설 때까지는 아무것도 할 수가 없으니."

홍 수형리가 말했다.

"제가 오후에 가서 량 대인의 조카를 만나 볼까요, 나리? 같이 장부를 살펴보면 완이판이 어떻게 이 일에 연루되었는지 조금이나마 알아볼 수 있지 않겠습니까."

"그것 참 좋은 생각이야!"

디 공이 말했다. 그는 붓을 들어 량펜에게 홍 수형리를 소개하는 짧은 편지를 썼다. 그리고 나서 공문 양식을 하나 꺼내 몇 줄을 적었다. 맨 끝에 관아의 붉은 인장을 찍으며 그가 말했다.

"이것은 샨시 지방의 펑양 수령에게 보내는 내 서신일세. 판 가문과 특히 기녀 펜토화, 본명 판호이 소저에 대해 정보를 요청하는 글이지. 그녀가 자신을 이 먼 한위안으로 보내 달라고 한 것이 수상하지 않나. 아마 살인의 연유가 고향에 있는 건 아닐까 하는 생각이 드네. 이 편지를 즉시 그리로 전달토록 해 주게."

그는 자리에서 일어나 말했다.

"얇은 사냥용 의복을 꺼내 주게나, 홍, 승마화도. 이제 가 보는 게 좋겠네. 바람을 좀 쐬어야겠어!"

**마중과 차오타이가 사람들을 해산시키고,
한 사기꾼이 납치의 비밀을 파헤친다.**

판관이 밖으로 나오니 마중과 차오타이가 말 세 마리를 데리고 안마당에서 기다리고 있었다.

디 공이 말을 살펴보고 나서 세 명은 안장 위에 올랐고 보초들이 육중한 관아 대문을 열자 행렬은 길을 나섰다.

동쪽으로 말을 타고 시내를 벗어나자 곧 아래로 끝없이 펼쳐진 평야가 나왔다.

아래로 내려가는 일은 쉬웠다. 평야에 도착하자 디 공은 길 양쪽에 푸른 바다처럼 펼쳐진 논을 흥미롭게 바라보았다. 디 공이 말했다.

"좋아 보이는군! 올 가을은 풍년이겠어! 하지만 별장 같은 것은 하나도 없군!"

그들은 작은 마을에 멈춰 여각에서 가볍게 점심을 먹었다. 마을 우두머리가 와서 인사를 여쭙자 디 공은 주변에 별장이 없는지 물었다. 그 노인은 고개를 저으며 말했다.

"이 동네에는 벽돌로 지은 집이 없습니다. 지주들은 산 쪽에 살지요. 그곳이 더 시원하거든요."
"한이라는 작자는 순 사기꾼이라니까요."
마중이 중얼거렸다.
"조금 더 가 보면 나올지도 모르지."
디 공이 말했다.
약 30분 뒤 그들은 다음 마을에 당도했다. 오두막집이 늘어선 좁은 길을 지나는데 앞에서 큰 소란이 벌어졌다. 사람들이 오래된 나무 아래 모여 막대기와 곤봉을 휘두르며 목청껏 소리를 치고 욕을 해 대는 것이 아닌가. 디 공은 말 위에 앉아 그들이 나무 아래 누워 있는 한 남자를 때리고 발로 차는 것을 보았다. 남자의 몸은 온통 피범벅이었다.
"당장 멈추지 못할까!"
디 공이 소리쳤다. 하지만 아무도 그의 말을 듣지 못했다. 그는 안장 위에서 몸을 돌려 두 형리에게 명했다.
"저자들을 얼른 뜯어 말리게!"
마중이 말에서 뛰어 내려 달려갔고 차오타이가 그 뒤를 따랐다. 마중은 손에 닿는 대로 한 남자의 목덜미와 바지춤을 붙잡아 머리 위로 번쩍 들어 올리더니 사람들이 바글거리는 한가운데로 힘껏 던졌다. 그러고 나서 그 길로 뛰어 들어가 양 옆으로 주먹을 내지르고 팔꿈치로 밀면서 앞으로 나아갔다. 차오타이가 그의 뒤를 보호해 주며 따라갔다. 잠시 후 그들은 사람들을 헤치고 나무까지 다가가 달려드는 사람들과 맞고 있던 사내를 갈라놓는 데 성공했다. 마중이 외쳤다.
"그만두지 못해, 이 시골뜨기 놈들아! 수령 나리께서 당도하신

마을 우두머리가 디 공에게 고하다

것이 안 보이느냐?"

그러고는 뒤쪽을 가리켰다.

모두 고개를 돌렸다. 말 위에 앉아 있는 근엄한 수령을 보자 그들은 재빨리 손에 쥔 무기를 내려놓았다. 한 노인이 앞으로 나와 디 공의 말 앞에 무릎을 꿇었다. 그가 머리를 조아렸다.

"소인이 이 마을의 우두머리이옵니다."

디 공이 소리쳤다.

"대체 무슨 일인지 고하렷다! 만약 죽도록 맞고 있는 저자가 나쁜 짓을 저질렀다면 관아로 데리고 와야 할 것 아닌가. 상대가 범죄자라도 직접 처단하는 것은 흉악한 범죄라는 것을 마을 우두머리로서 잘 알 터인데!"

노인이 말했다.

"나리, 부디 용서해 주십시오. 소인들이 잘못을 저지른 것은 사실이오나 이자는 맞아도 싼 놈이옵니다. 저희는 아침부터 밤까지 죽도록 일을 해서 입에 겨우 풀칠을 하는데 저 사기꾼 놈이 와서 저희 돈을 모조리 긁어가지 뭡니까! 저기 서 있는 젊은이가 이놈이 쓰는 주사위에 속임수가 있다는 걸 알아냈습니다. 나리께서는 부디 굽어 살피소서!"

"속임수를 발견한 자는 앞으로 나와라!"

디 공이 명하고 마중에게 말했다.

"쓰러져 있는 저자를 데려오게."

곧 건장한 체격의 농부와 매를 맞고 처참한 몰골이 된 중늙은이가 앞으로 나와 무릎을 꿇었다. 디 공이 물었다.

"이자가 속임수를 썼다는 것을 증명할 수 있느냐?"

"증거가 바로 여기 있사옵니다, 나리!"

그 농부가 대답하고는 소매에서 주사위 두 개를 꺼냈다. 그가 자리에서 일어나 디 공에게 그것을 건네려 할 때, 매를 맞던 사내가 일어서더니 놀랄 만큼 민첩하게 농부의 손에서 주사위를 가로챘다. 그리고 그것을 위아래로 흔들며 외쳤다.

"이 주사위에 무슨 문제가 있다면 소인은 천벌을 받아 마땅하옵니다!"

그는 깊이 머리를 조아리며 주사위를 판관에게 바쳤다.

디 공은 손바닥 위에서 주사위를 굴려보고 조심스럽게 그것을 살폈다. 그는 매 맞던 남자를 날카롭게 쳐다보았다. 그는 쉰 정도 되어 보이는 비쩍 마른 남자였다. 산발이 된 희끗희끗한 머리가 기다란 얼굴 위로 흩어져 있고, 주름이 깊이 팬 얼굴은 이마에 난 상처에서 흐르는 피로 얼룩져 있었다. 왼쪽 볼에는 엽전만 한 크기의 사마귀가 있었는데 그 위로 기다란 털 세 오라기가 삐죽 솟아 있었다. 디 공은 차갑게 농부에게 말했다.

"이 주사위에는 아무 문제가 없고, 다른 속임수도 없어 보인다."

그는 주사위를 마을 우두머리에게 던졌다. 노인은 그것을 받아 다른 사람들과 수군거리며 그것을 살펴보기 시작했다.

디 공은 모여 있는 사람들에게 엄한 목소리로 말했다.

"너희들은 모두 이 일을 교훈으로 삼아라! 강도를 만나든, 지주에게 억울한 일을 당하든 언제든지 관아로 오면 내가 너희들의 문제를 살펴줄 것이다. 하지만 또 한 번 이렇게 너희들의 손으로 직접 죄인을 처단하려 든다면 너희 또한 큰 벌을 면치 못할 것이야! 이제 각자 하던 일로 돌아가라. 애써 번 돈을 노름에 탕진하지 말고!"

마을 우두머리가 무릎을 꿇고 이마로 땅을 치며 판관의 자비로움에 감사했다.

디 공이 다친 남자를 마중 뒤에 앉게 하자 행렬은 다시 움직이기 시작했다.

다음 마을에 이르러 그들은 잠시 멈추고 그 남자가 우물에서 상처와 옷을 씻도록 했다. 디 공은 마을의 우두머리를 불러 그 마을에 약간 높은 곳에 지어진 별장이 있는지 물었다. 우두머리는 그가 알기로는 그러한 집이 없다고 하였다. 그러나 어떻게 생긴 집이며 집주인이 누구인지 묻더니 길을 따라 더 내려가면 그런 집이 있을지도 모른다고 아뢰었다. 디 공은 알겠다고 대답했다.

다친 남자가 디 공에게 머리를 조아리며 떠나도 되겠느냐 여쭈었다. 하지만 그가 심하게 다리를 절고 안색이 매우 좋지 못한 것을 보고 디 공이 퉁명스레 말했다.

"우리와 함께 고을 경계 초소까지 가세. 상처를 의원에게 보여야지. 원래 노름꾼은 싫어하지만 자네를 이대로 놔둘 수는 없네."

오후 늦게 그들은 경계 근처 고을에 당도했다. 디 공은 마중에게 다친 남자를 의원에게 보이라 이른 후 차오타이와 함께 말을 타고 초소를 살피러 갔다.

그곳의 책임 하사관이 디 공 앞에 군사 열두 명을 사열했다. 그들의 철모와 갑옷은 잘 손질되어 있고, 군사들은 단정하고 실력 있어 보였다. 병기고를 들여다보는 동안 하사관이 이곳은 창페이와 한위안을 가르는 큰 강의 작은 지류에 불과하지만 최근 통행량이 급증하였다고 고하였다. 한위안 쪽 강변은 조용하지만 창페이쪽에서는 최근 몇 차례 무장 강도 사건이 있었으며 그래서 그쪽의 자치 수비대가 최근 강화되었다는 말도 덧붙였다.

하사관이 그들을 작은 숙소로 안내하였다. 그곳 지배인이 직접 나와 그들을 맞이하였다. 마부가 말들을 데려가자 지배인이 직접 디 공이 승마화를 벗는 것을 도왔다. 편안한 짚신을 한 켤레 올리고 그는 초라하지만 티끌 하나 없이 깨끗한 방으로 판관을 안내하였다. 창문을 열자 지붕 너머로 석양의 붉은 빛이 가득한 넓은 강이 보였다.

한 하인이 불붙인 초와 뜨거운 물수건을 가지고 왔다. 디 공이 그것으로 손을 닦고 있는데 마중과 차오타이가 들어왔다. 마중이 디 공에게 차를 한 잔 따라 올리며 말했다.

"그 노름꾼은 참 희한한 사람입니다, 나리! 방금 그자에게 들었는데 어릴 적에는 남쪽 지방에 살면서 비단 상점에서 일을 했답니다. 그런데 주인이라는 작자가 그의 아내를 탐내어 이자에게 도둑질을 했다고 누명을 씌웠다지 뭡니까. 관아로 끌려가 곤죽이 되도록 맞았지만 겨우 탈출했고, 숨어 지내는 사이 주인이 결국 아내를 첩으로 차지해 버렸고요. 난리법석이 가라앉고 나서 몰래 돌아와 아내에게 함께 도망가자고 했지만 그 앙큼한 여편네는 그새 변심하여 깔깔 웃으며 그자의 첩으로 사는 것이 훨씬 좋다고 했다는군요. 그래서 그후 혼자 온 나라를 떠돌았답니다. 이 양반 말투가 꼭 배운 사람 같고 스스로를 거간꾼이라고는 하지만 제가 볼 때는 강과 호수를 유람하는 방랑객 같습니다. 한마디로 떠돌이 사기꾼 아니겠습니까!"

디 공이 말했다.

"이런 자들은 대체로 사연이 구구절절하지! 앞으로 다시 마주칠 일은 없을 거야."

그때 문을 두드리는 소리가 들렸다. 사내 둘이 큰 바구니 네 개를 들고 들어왔다. 한 바구니에는 생강으로 맛을 낸 커다란 생선 세 마리, 다른 바구니에는 큰 그릇에 밥과 소금에 절인 계란이 들어 있었다. 빨간 방문패를 보니 하사관이 보낸 선물이라는 걸 알 수 있었다. 다른 두 바구니에는 구운 닭 세 마리와 돼지고기 탕 요리, 국이 든 항아리가 있었다. 이것은 마을의 우두머리와 원로들의 환영 선물이었다. 여각 주인은 술 세 병을 보내왔다.

음식이 식탁에 차려지고 나서 디 공은 답례의 표시로 붉은 종이로 싼 은화를 사내들에게 들려 보냈다. 디 공은 두 형리에게 말했다.

"함께 여행 중이니 격식은 차리지 말자고. 앉게나, 함께 식사를 하세."

마중과 차오타이는 가당치 않은 일이라며 펄쩍 뛰었지만 끝내 디 공이 고집을 꺾지 않아 결국 그들은 판관을 마주보고 자리에 앉았다. 긴 여행 후라 모두 허기가 진 터였다. 그들은 입맛을 다시며 맛있게 식사했다. 디 공은 기분이 매우 좋았다. 한의 이야기가 거짓말이라는 것을 알았으니 이제 한이 범인이라는 것이 확실하고 곧 진상을 밝혀내게 될 것이다. 이제 백련회에 대한 걱정 따위는 접어 두어도 되는 것 아닌가. 단지 꾸며낸 이야기에 지나지 않으니.

식사를 마치고 차를 마시고 있는데 하인이 큰 봉투를 하나 가져왔다. 안에는 우아한 필체로 적힌 편지가 한 통 들어 있었는데, 타오간이라는 사람이 수령 나리를 뵙고자 청하는 내용이었다.

"마을 원로 중 하나인가 보군. 들여보내게."

디 공이 말했다.

하지만 놀랍게도 문간에 나타난 사람은 바로 그 사기꾼이었다. 치료를 받고 가게에 들러 이것저것 사 입은 것이 분명했다. 이마에는 붕대가 감겨 있었지만 그것을 빼고는 매우 단정한 차림이었다. 단순한 푸른 옷에 검정 비단 허리띠를 하고 머리에는 나이든 신사들이 즐겨 쓰는 검정색 모자를 맵시 있게 쓰고 있었다. 그가 머리 숙여 절하더니 교양이 담뿍 담긴 말투로 입을 열었다.
"불초소생, 타오간이라고 하옵니다. 나리께 인사 올리니 어떤 말로도 제 고마움을……."
"그만 해라, 이놈! 나한테 고마워할 것 없다. 너를 구한 건 하늘이니 하늘에 감사해라! 내가 널 불쌍히 여길 것 같으냐? 모르긴 해도 너는 맞아 마땅할 짓을 했을 터! 네놈이 그 마을 사람들을 속인 것은 불 보듯 뻔해. 하지만 내 고을이 무법천지가 되도록 놔둘 수 없는 노릇이라 사람들을 말린 것뿐이다!"
디 공이 차갑게 말했다.
"그래도 제 감사의 마음을 표시하기 위해서 별 것 아니지만 도움이 된다면 나리께 봉사하고 싶습니다. 나리께서는 납치 사건을 조사 중이신 것 같습니다만……."
사기꾼이 말했다.
디 공은 어렵사리 놀라움을 감추고 근엄하게 물었다.
"무슨 말을 하는 거냐, 이놈!"
"저 같은 일을 하다보면 추리력이 좋아질 수밖에 없습니다. 나리께서 별장에 대해 물으시는 걸 들었습니다. 하지만 그 생김새나 소유주에 대해서는 잘 모르시는 듯 하였습니다."
타오간이 천천히 볼의 사마귀에 솟아난 긴 털을 검지에 감아 꼬며 조용히 말했다.
"납치범들은 보통 인질의 눈을 가리고 먼 곳으로 데려가 갖은 협박으로 가족에게 몸값을 보내라는 편지를 쓰게 만들죠. 돈을 받고 나면 인질을 죽이거나 데려올 때처럼 눈을 가리고 다시 돌려보냅니다. 후자의 경우 인질은 끌려갔던 곳의 방향만 대략 기억하고 있기 마련입죠. 물론 갇혀 있던 집이 어떻게 생겼는지도, 그 집 소유주가 누구인지도 모르는 채로 말입니다. 이런 납치 사건이 관아에 신고된 것이라 추측하여 감히 제가 도움이 될까 여쭙는 것입니다."

다시 한 번 남자가 깊이 고개를 숙였다.

디 공은 그가 매우 눈치 빠른 사람이라고 생각했다.

"네 추리가 맞는다고 치자. 어떻게 도와줄 수 있겠는고?"

디 공이 물었다.

"이 고을 구석구석 가 보지 않은 곳이 없는데 여기에 그런 집은 없습니다. 하지만 한위안 북쪽과 서쪽으로 산 중턱에 그런 집이 몇 채 있지요."

타오간이 대답했다. 디 공이 물었다.

"그리고 가는 길 대부분이 평지였다면?"

타오간의 얼굴에 교활한 미소가 퍼졌다. 그가 대답했다.

"그렇다면, 나리. 그 집은 시내 안에 있습니다."

"그런 말도 안 되는 소리를 하다니!"

디 공이 화가 나 외쳤다. 타오간이 침착한 목소리로 말했다.

"그렇지 않습니다, 나리. 집 정원이 넓고 땅에서 조금 높이 올라온 노대만 있으면 가능합니다. 인질을 가마에 태워 대문 안으로 들어간 후 한 시간 정도 안에서 빙빙 도는 겁니다. 아주 약은 놈들이지요. 계단 위를 오르락내리락 하면서 '거기 푹 팬 곳 조심해!' 뭐 이런 말을 하면 산을 지나가는 듯한 느낌이 들게 마련이지요. 이놈들은 이런 기술을 익혀 아주 그럴듯하게 꾸며댄 것이 틀림없습니다요, 나리."

디 공은 생각에 잠겨 비쩍 마른 이 남자를 쳐다보면서 천천히 수염을 쓰다듬었다. 잠시 후 그가 말했다.

"아주 흥미로운 이야기로군! 내 참고하겠네. 가기 전에 내 말을 명심하게. 그렇게 살지 말게나. 그 정도 재능이라면 올바르게 살기 충분하지 않은가!"

판관은 그에게 나가 보라고 하려다가 갑자기 물었다.

"그건 그렇고, 어떻게 그 사람들을 속였는가? 궁금해서 그러는 것이니 죄를 묻지는 않겠다."

그 남자가 슬그머니 웃더니 하인을 불렀다.

"아래층으로 가 나리의 오른쪽 승마화를 가져와라!"

하인이 신발 한 짝을 가지고 돌아오자 타오간은 능숙한 솜씨로 신발의 접혀 있는 테두리에서 주사위를 꺼내 판관에게 내밀며 말했다.

"주사위를 나리께 드리려던 농부한테서 이것을 가로챈 후 나리께는 대신 제가 손바닥에 감추고 있던 멀쩡한 주사위를 드렸습니다. 다른 사람들이 모두 나리께서 주사위를 살피시는 모습을 보고 있는 동안 저는 속임수가 장치된 이 주사위를 나리 신발에 잠깐 집어넣은 것이지요."

디 공은 웃을 수밖에 없었다.

타오간이 말을 늘어놓기 시작했다.

"자랑은 아니지만 밑바닥의 모든 속임수와 책략이라면 이 나라에서 저를 따라올 자가 없습니다. 저는 문서와 도장 위조에 능하고 이중 해석이 가능한 계약서나 거짓 신고서를 감쪽같이 작성할 수 있습니다. 그리고 문이나 창문, 금고 같은 모든 종류의 자물쇠를 열 수도 있고 비밀 통로나 문 같은 장치도 어김없이 찾아냅니다. 거기다가 멀리서 사람들의 입술을 보고 무슨 말을 하는지……."

디 공이 재빨리 가로막고 물었다.

"잠깐! 네가 떠벌린 것 중에 마지막이 진정 사실이냐?"

"그럼요, 나리! 하나 덧붙이자면 여자나 아이들이 수염이 많은 노인들보다 무슨 말을 하는지 알아내기가 훨씬 쉽답니다."

디 공은 아무 말도 하지 않았다. 그렇다면 기녀의 말은 한우형 말고도 누구든지 알아낼 수 있었다. 그가 다시 올려다보자 타오간이 낮은 목소리로 말했다.

"데리고 계신 형리께 저를 이렇게 만든 불행한 사연에 대해 이미 이야기하였습니다. 그런 억울한 일을 겪고 나니 사람들을 믿지 못하겠더군요. 거의 30년 동안 저는 온 나라를 떠돌며 닥치는 대로 사람들을 속이고 사기 치는 재미로 살았습니다. 하지만 맹세컨대 절대 다른 사람에게 신체적으로 해를 주거나 돌이킬 수 없는 엄청난 피해를 입힌 적은 없습니다. 오늘 나리께서 내려주신 은혜로 저는 새로이 눈을 뜨게 되었습니다. 떠돌이 생활을 마감하고 싶습니다. 제 이런 재능은 범죄를 적발하고 나쁜 놈들을 잡는 데도 큰 도움일 될 것입니다. 제가 관아에서 일할 수 있도록 부디 제 청을 받아 주시옵소서. 저는 가족이 없습니다. 가족들이 제 아내 편을 들 때 모두 연을 끊었습니다. 그리고 돈도 약간 모아 놓은 것이 있으니 제가 바라는 것은 제 미천한 몸뚱이가 나리의 뜻에 따라 유용하게 쓰이는 것뿐입니다."

디 공은 이 희한한 사람을 뚫어져라 쳐다보았다. 냉소적인 얼굴에 진심이 서려 있었다. 게다가 이 남자는 방금 매우 중요한 정보를 두 가지나 알려주지 않았나. 그리고 이 사람은 판관의 다른 부하들에게는 없는 특별한 지식과 경험이 있었다. 제대로 관리할 수만 있다면 판관의 또 다른 수하로서 훌륭하게 활용할 수 있을 것이었다. 마침내 판관이 입을 열었다.

"여기서 당장 확실한 답을 줄 수 없다는 것은 알겠지. 하지만 자네가 진심인 것 같으니 일단은 몇 주 정도 관아에서 봉사할 수 있도록 해 주겠네. 그런 다음 자네 제안을 받아들일 것인지 결정하겠다."

타오간은 무릎을 꿇고 감사의 표시로 이마를 바닥에 세 번 갖다 대었다. 디 공이 차오타이와 마중을 손짓하며 말을 이었다.

"이 둘은 나의 형리들이네. 최선을 다해 이들을 돕게나. 이들도 관아 일에 대해 자네에게 알려줄 걸세."

타오간은 둘에게 각각 머리 숙여 인사하였다. 차오타이는 무심한 표정으로 이 비쩍 마른 남자를 위아래로 훑어보았지만 마중은 그의 앙상한 어깨를 턱 치더니 신나서 말했다.

"아래로 내려갑시다, 형씨! 노름판에서 쓰는 수 좀 몇 개 가르쳐 주시오!"

차오타이가 방의 촛불을 하나만 빼고 모두 껐다. 그러고는 판관에게 인사를 드리고 다른 두 사람을 따라 아래로 내려갔다.

모두 나간 후 디 공은 탁자에 그대로 앉아 있었다. 오랫동안 그는 생각에 잠겨 촛불 주변에 몰려든 벌레들을 무심히 쳐다보았다. 한의 이야기가 진짜일 수도 있다는 타오간의 말을 들으니, 한이 끌려갔다던 집을 찾을 수 없더라도 백련회가 다시 황실에 대항하여 음모를 꾸미고 있을 가능성은 고려해야 할 것이다. 한위안은 작고 고립된 고을이지만 수도에 아주 가까워 전략적으로 중요한 지역이었다. 그렇다면 황실에 대항하는 역당에게는 본거지로 더할 나위 없이 좋은 곳 아닌가. 그럼 이 고을에 부임하자마자 직감한 사악한 기운도 이것 때문이었단 말인가.

꽃배 연회장에 있던 사람들이 기녀의 입술을 읽어낼 수 있다고 가정하면 누구든지 백련회의 일원이자 그녀의 살해범이 될 가능성이 있었다. 한우형은 아주 결백하거나 반대로 사악한 일당의 두목일 수도 있다는 것! 그렇다면 류페이포도 마찬가지다. 류의 엄청난 재산과 잦은 출장, 그리고 황실에 대한 적개심 이 모두가 그를 유력한 용의자로 지목하고 있는 것 같았다. 세상에, 그러고 보면 연회에 온 모든 사람들이 다 기녀를 죽이려 음모를 짜고 있었을지도 모를 노릇! 그는 화가 나 머리를 흔들었다. 백련회의 끔찍한 위협이 벌써 효력을 나타내고 있는 것인가. 판관은 논리적으로 생각할 수가 없었다. 아주 처음부터 모든 사실을 하나하나 되짚어봐야 한다.

  촛불이 부르르 떨리더니 꺼졌다. 디 공은 한숨을 쉬며 자리에서 일어났다. 그는 윗옷과 모자를 벗고 나무 침대에 몸을 뉘었다.

홍 수형리가 억울하게 오해를 사고,
가짜 중이 시종과 함께 붙잡힌다.

다음 날 새벽, 디 공과 부하 셋은 그 마을을 떠났다. 부지런히 말을 달리자 정오가 되기 전에 관아로 돌아올 수 있었다.

판관은 바로 숙소로 돌아가 목욕을 하고 얇은 여름옷을 입었다. 그런 다음 집무실로 가 타오간을 홍 수형리에게 소개하였다. 그때 마중과 차오타이가 집무실로 들어와 네 명 모두 디 공의 책상 맞은편 의자에 앉았다. 판관은 타오간이 새로 온 사람답게 얌전히 행동하면서도 쓸데없이 자신을 낮추지는 않는 것을 알아챘다. 이 희한한 중늙은이는 분명 어디서든 잘 적응하는 것이 틀림없었다.

디 공은 홍에게 별장을 찾지 못했지만 타오간 덕분에 새로운 가능성을 발견했다고 이야기했다. 그러고 나서 수형리에게 지시했던 일의 진행 상황을 물었다.

홍이 소매에서 무언가 적힌 종이를 꺼내더니 말을 시작했다.

"서고에 왕 조합장에 관한 서류는 평범한 것밖에 없습니다. 아이의 출생 신고나 세금에 관련된 것들 말입니다. 하지만 선임 기사관이 그를 꽤 잘 알고 있더군요. 그는 왕이 매우 부자이며 시내에서 가장 큰 보석상을 두 곳이나 가지고 있다고 했습니다. 그가 술과 여자를 탐하기는 하지만 사업상으로는 아주 정직한 사람이며 모두들 그를 신임한다고 합니다. 최근 재정적 어려움을 겪고 있어서 금을 대주는 상인에게 지불 대금이 많이 밀렸지만 모두들 금방 손실을 만회할 것이라 믿기 때문에 걱정하는 사람은 없다고 합니다.

수 또한 평판이 좋습니다. 하지만 자신을 거들떠보지도 않는 기녀 펜토화를 짝사랑하는 것이 문제였나 봅니다. 그래서 수는 지금 매우 우울해하고 있습니다. 하지만 사람들은 기녀가 죽어 차라리 잘 되었으며 수가 슬픔을 이기고 나면 좋은 집안의 참한 여자와 결혼할 것이라 생각하고 있습니다."

수형리는 종이를 잠시 보더니 말을 이었다.

"그리고 완이판이 사는 동네에 갔었습니다. 평판이 그리 좋은 사람은 아니더군요. 사람들은 그가 피도 눈물도 없는 비열한 인간이라고 생각합니다. 류페이포의 빚을 받아 주는 것처럼 더러운 일을 봐 주는 오른팔이라고 보시면 됩니다. 물론 거리의 가게에 대놓고 완의 딸에 대해 물어볼 수는 없었습죠. 그런데 마침 골목 모퉁이에 빗이며 연지, 분 등속을 팔고 있는 꼬부랑 할멈이 있었습니다. 이런 사람들은 여자들 처소에 드나들기 때문에 사정을 잘 알지요. 그래서 그 할멈에게 완의 딸을 아는지 물었습니다."

수형리는 잠시 머뭇거리면서 판관을 쳐다보더니 어렵사리 말을 이었다.

"그 할멈이 다짜고짜 이러지 뭡니까. '그 나이에 아직 팔팔하시구면, 신사 양반? 그 계집은 저녁 잠깐은 엽전 두 꾸러미를 받고 하룻밤은 네 꾸러미를 받지. 가격이 꽤 센데도 남정네들은 다들 좋아하더라고.' 그래서 제가 나는 중매쟁이고, 서쪽 마을에서 완 씨네 소저 이야기를 듣고 한 농작물 상인의 부탁으로 왔다고 하였습니다. 그랬더니 이 노파가 콧방귀를 뀌더니, '그 동네 사람들 뭘 모르는구먼! 여기 사람들은 다 알지, 알아. 어미가 죽고 나서 완 소저는 아주 제 맘대로 살기 시작했어. 그런데 딸자식이 돈을 버니까 아비라는 놈이 눈을 딱 감고 모르는 척 하더라고. 자린고비 같은 작자라 딸한테 돈이 안 들어가니까 옳다구나 한 거지! 완이 그 아이를 장 박사에게 팔아넘기려고 했는데, 속아 넘어갈 사람이 아니더라고!' 하지 뭐겠습니까."

"그럼 그 뻔뻔스러운 놈이 관아에서 거짓을 고했단 말인가! 나중에 다시 놈을 족쳐야겠군. 그건 그렇고 량 대인 댁에 갔던 일은 어떻게 되었는가?"

디 공이 물었다.

"량펜은 똑똑한 젊은이 같았습니다. 두 시간 넘게 장부를 함께 살펴보았습니다. 량 대인께서 빠른 시일 내에 금을 확보하기 위해 큰 손해를 보면서 토지를 팔고 있는 것이 확실합니다. 하지만 량 대인께서 그 많은 돈으로 무엇을 하고 계신지는 알아낼 수가 없었습니다. 그 비서 청년이 근심이 큰 것도 당연한 노릇입니다."

홍이 대답하였다.

열심히 대화를 듣고 있던 타오간이 입을 열었다.

"숫자는 거짓말을 하지 않는다지만 그렇다고 모두 정확한 것은 아니지요. 장부는 만지는 사람에 따라 달라지는 법 아니겠습니다. 조카가 자신의 착복을 숨기려 장부를 조작했을 수도 있지요."

디 공이 말했다.

"그것을 고려하지 않은 바는 아니네. 이것 참 곤란한 상황이군!"

"오는 길에 마중이 류와 장 사건에 대해 이야기해 주었습니다. 그 사원에 관리인 말고 다른 스님이 살고 있지 않은 것이 확실합니까?"

타오간이 물었다.

디 공이 마중을 쳐다보자 그가 바로 대답했다.

"물론입니다! 정원까지 몽땅 뒤졌습니다."

타오간이 말했다.

"그것 참 이상하네. 제가 요 전날 시내에 나왔다가 마침 그 앞을 지나갔습니다. 거기서 대문 기둥 뒤에 서서 목을 길게 빼고 안을 들여다보고 있는 스님을 한 명 보았는뎁쇼. 제가 워낙 호기심이 많아 저도 그리로 가서 같이 들여다보았더니만 이 작자가 화들짝 놀라더니 도망치듯 가 버렸습니다."

구미가 당긴 디 공이 물었다.

"그자 얼굴이 창백하고 말랐던가?"

타오간이 대답했다.

"아닙니다, 나리. 얼굴이 퉁퉁 부은 뚱뚱한 남자였습니다. 사실 진짜 스님으로 보이지도 않았습니다."

"그렇다면 신방 바깥에 서 있던 자는 아니로군. 타오간, 자네가 할 일이 있네. 목수인 마오유안은 장 박사 댁을 떠났을 때 돈을 받은 직후였고 또 그가 술과 노름을 좋아하는 위인이 아닌가. 시신에서 동전 한 닢 나오지 않았으니 범인은 돈을 빼앗으려고 그를 살해했을 수 있어. 장 박사가 그 사건에 연루되었을 거라 의심은 되지만 모든 가능성은 다 짚어봐야 하지 않겠는가. 자네는 지금 당장 가서 시내 안의 노름판을 돌면서 마오유안에 대해 알아보게나. 자네라면 쉽게 이런 곳들을 찾아낼 수 있겠지? 마중은 다시 적리관으로 가서 걸인 두목에게 마오루가 창페이의 어디로 갔는지 물어보고. 국수집에서 그자가 분명 이야기하였는데 내가 잊었어. 정오 개정 시간에는 무슨 사건을 살펴볼 차례인가, 홍?"

디 공이 말했다.

수형리와 차오타이가 재판에 관련된 서류들을 책상에 꺼내놓기 시작하자 마중과 타오간은 함께 집무실을 나섰다.

안마당에서 타오간이 마중에게 말했다.

"그 목수 사건 조사를 당장 시작할 수 있어서 다행일세. 밑바닥 세계에서는 소식이 빠르잖나. 이제 곧 내가 관아에서 일한다고 소문이 쫙 퍼질 걸세. 그건 그렇고 적리관은 어딘가? 이 동네를 제법 잘 안다고 생각했는데 거긴 잘 모르겠구먼."

마중이 말했다.

"몰라도 사는 데 아무 지장 없소! 어시장 뒤에 어딘가 있는 몹쓸 곳이오. 잘 다녀 오슈!"

타오간은 시내로 내려가 서쪽 지구로 갔다. 그는 토끼 굴처럼 얽히고설킨 좁은 골목을 지나 작은 야채 가게 앞에 섰다. 그는 절인 배추를 쌓아 놓은 통 옆을 조심스레 지나 주인장에게 인사를 건네고는 뒤에 있는 계단으로 올라갔다.

위층은 한 치 앞이 안 보일 정도로 깜깜했다. 타오간은 거미줄로 덮인 벽을 더듬거리며 나아가 문을 찾았다. 그는 문을 열고 그곳에 가만히 서서 어두침침하고 천장이 낮은 방 안을 가만히 살펴보았다. 가운데가 푹 패어 주사위를 던질 수 있게 만든 둥근 탁자에 남자 두 명이 앉아 있었다. 하나는 턱이 크고 무표정한 얼굴을 한 뚱뚱한 남자였다. 중처럼 머리를 박박 민 이 사람은 도박장의 지배인이었다. 다른 하나는 비쩍 마른 사팔뜨기 사내였다. 이런 사람들은 어디를 쳐다보고 있는지 잘 모르기 때문에 도박장을 감시하는데 적격이어서 인기가 높았다.

"타오 형씨 아니야. 거기 그렇게 서 있지 말고 안으로 들어오슈. 아직 좀 이른 시간이긴 하지만 곧 사람들이 몰려올 거유."

뚱뚱한 사내가 건성으로 이야기했다.

"아니야. 나 좀 바쁘거든. 목수 마오유안이 여기 있나 싶어 잠깐 들른 거야. 그 작자가 나한테 빚진 게 좀 있거든."

타오간이 말했다.

두 사내가 껄껄 웃기 시작했다. 뚱뚱한 남자가 말했다.

"돈 받으려면 갈 길이 멀겠구먼, 형씨! 염라대왕한테 찾아가야 할 테니! 마오가 죽은 거 못 들었수?"

타오간이 욕설을 내뱉었다. 그러고는 낡아빠진 대나무 의자에 털썩 앉았다. 타오간은 화가 난 듯 소리쳤다.

"젠장, 운이라고는 더럽게 없구먼. 그 돈이 필요했는데 말이야! 그놈은 대체 어찌 된 건데?"

사팔뜨기가 말했다.

"온 동네에 소문이 났는데. 머리에 주먹만 한 구멍이 난 채로 절에서 발견됐다고 하더구먼."

타오간이 말했다.

"누구 짓인데? 그놈을 찾아서 돈 좀 내놓으라 협박이라도 해 볼까나? 액땜하는 셈 치고 좀 더 달라고 할 수도 있고."

뚱뚱한 남자가 옆 사람 옆구리를 쿡쿡 찌르자 둘은 또 웃기 시작했다. 타오간이 부루퉁하여 물었다.

"이젠 또 뭐가 웃겨?"

지배인이 말했다.

"형씨, 뭐가 웃기냐고? 마오루란 놈이 아무래도 수상하거든. 형씨는 이제 삼곡도로 가서 그놈을 한번 구워삶아 보슈!"

사팔뜨기 사내가 배를 움켜쥐고 깔깔 웃어 댔다.

"거 참, 두목 재미있수다!"

타오간이 소리쳤다.

"예끼, 그런 말이 어디 있소! 마오루는 목수 사촌이잖아!"

뚱뚱한 사내가 바닥에 침을 탁 뱉었다.

"들어 봐, 형씨. 내 말 들어 보면 이해가 될 거유. 사흘 전에 마오유안이 오후 늦게 여기 왔더랬수. 방금 일을 하나 끝내서 소맷자락에 돈도 좀 있더군. 노름꾼들도 모였겠다, 그날은 운이 따르더니 돈 좀 따더라고. 그때 그 사촌이라는 작자가 나타났지 뭐야. 마오유안이 요즘에 사촌하고 사이가 별로 안 좋았거든. 그런데 술 좀 마셨겠다, 돈 좀 땄겠다, 아니 웬 이산가족 상봉하듯 사촌을 반갑게 맞지 뭐유! 둘이서 술을 네 병이나 비우고 마오루가 다른 데 가서 더 마시자며 형을 데리고 나가더니만, 그게 그 양반 살아서 본 마지막 아니겠수. 어허, 그렇다고 마오루가 마오유안을 죽였다는 건 아니고! 그냥 사실을 이야기한 것뿐이우."

타오간은 알겠다는 듯 고개를 끄덕거리며 중얼거렸다.

"재수 옴 붙었구먼. 난 내 갈 길이나 가야겠네."

타오간이 의자에서 막 일어서는데 문이 열리더니 여기저기 해진 스님 옷을 입은 덩치 좋은 남자가 들어왔다. 타오간은 재빨리 다시 자리에 앉았다.

지배인이 말했다.

"하, 땡중 양반 오셨구만!"

땡중이라 불린 사내가 인사를 중얼거리며 의자에 앉았다. 지배인이 그에게 찻잔을 내밀자 그가 바닥에 침을 뱉으며 심술궂게 물었다.

"그딴 거 말고 좋은 거 없수?"

뚱뚱한 사내가 오른손을 들더니 엄지와 검지로 동그란 모양을 만들었다.

그러자 중이 고개를 흔들었다.

"되는 일이 하나도 없다니까! 내 그 허여멀건한 자식을 곤죽이 되도록 패놓을 때까지만 기다리슈. 그럼 돈 좀 만져 볼 테니까."

그가 짜증을 내며 말했다.

지배인은 어깨를 으쓱하며 아무렇지도 않은 듯 말했다.

"그럼 그때까지는 차나 드시지, 땡중!"

타오간이 대화에 끼어들었다.

"우리 어디서 만난 적 있지 않소? 사원 앞에서 보지 않았나?"

그 사내가 수상하다는 눈빛으로 타오간을 쏘아보았다. 그가 지배인에게 물었다.

"저 허수아비 같은 작자는 누구요?"

지배인이 말했다.

"아, 타오 형씨? 좀 맹한 것 같아도 좋은 사람이야. 근데 절에서 뭘 했는데? 진짜 스님이라도 되어 보려고? 땡중?"

사팔뜨기 사내가 깔깔거리며 웃었다. 그러자 땡중이 그에게 소리쳤다.

"그 입 좀 닥치시지!"

지배인이 그를 쏘아보자 그는 조금 차분한 목소리로 덧붙였다.

"아, 마침 기분이 더러운 판이란 말이야. 그저께 마오루란 작자를 뒤에서 보았는데…… 그게 어디였더라? 맞아, 어시장 근처였지. 아 그놈 소맷자락이 돈이 잔뜩 들어서 축 쳐져 있지 뭐유. 그래 내가 물었지. '형씨, 어디서 돈 나무 한 그루 찾았소?' 그랬더니 그 작자가 '나무에 열린 것이 아직 많으니 절 안에 들어가 한번 찾아보슈!' 하지 않겠소. 그래서 절에 갔었지."

땡중이 차를 벌컥벌컥 들이켰다. 그리고 얼굴을 찌푸리더니 말을 이었다.

"그런데 뭐가 있었는지 아슈? 나보다도 빈털터리인 할아범이랑 웬 관 하나뿐이더라고!"

뚱뚱한 지배인이 와락 웃음을 터뜨렸다. 땡중의 눈이 분노로 이글거렸지만 감히 욕을 하지는 못했다.

"그럼 여기 타오 형씨랑 같이 삼곡도에 가 봐! 이 형씨도 마오루한테 볼일이 있거든!"

지배인이 말했다.

"댁도 당했수?"

땡중이 조금 기분이 나아져 물었다.

타오간이 그렇다고 중얼거리고는 덧붙였다.

"근데 댁이 좀 전에 말한 그 허여멀건한 놈을 쥐어짜 보는 게 더 나을 것 같은데. 그게 마오루 녀석을 족치는 것보다 쉽지 않겠소?"

"말이야 쉽지! 염라대왕한테라도 쫓기는지 걸음아 나 살려라 도망치는 애새끼를 한밤중에 만나지 않았겠소. 냉큼 멱살을 잡아채 어디 가느냐 물었지. 그랬더니 '놓아 주시오!' 하는 거야. 척 보니 있는 집 자식이더구먼. 은수저로 밥 먹고 글이나 읽는 비실비실한 놈들 말이야. 무언가 하지 말아야 할 짓이라도 저지른 것 같더라고. 그래서 한 대 후려갈겨 기절시키고 어깨에 둘러매어 내 사는 곳까지 갔지."

땡중이 자랑하듯 말했다.

땡중은 큰 소리로 헛기침을 하더니 구석에 가래침을 뱉었다. 잠시 찻주전자에 손을 뻗는 것 같더니 다시 손을 거둬들이고 말을 이었다.

"아니, 근데 그놈이 단 한마디도 안 하더라고! 내가 그놈 때문에 얼마나 힘들었는데! 이제 잘만 하면 짭짤하게 돈을 좀 뜯어낼 수 있을 것 같은데 도통 입을 열지 않으니 말이야! 흠씬 두들겨 줬는데도!"

그가 잔인한 미소를 지으며 말했다.

타오간이 자리에서 일어나 아쉬운 한숨을 내쉬었다.

"어휴, 우리들 하는 일이 다 그렇지 뭐, 도대체 재수라는 게 없다니까! 내가 댁처럼 힘만 좀 셌더라면 오늘 은전 30냥이 그냥 굴러 들어오는 건데. 어쨌든 다음에 보자고!"

타오간이 문으로 다가갔다.

"이봐! 뭐가 그리 바빠? 은 서른 냥이라고 했소?"

땡중이 소리쳤다.

"아, 신경 끄쇼!"

타오간이 내뱉더니 문을 열었다.

땡중이 벌떡 일어서더니 타오간의 옷깃을 잡고 자리로 다시 끌고 왔다.

"그 손 놓지 못해!"

지배인이 땡중에게 날카롭게 소리치더니 달래듯 타오간에게 말했다.

"생각 좀 해 보슈, 형씨. 직접 일을 할 수 없으면 여기 땡중한테

시키고 소개비라도 받으면 좋잖수?"
 타오간이 성질을 내며 말했다.
 "그런 생각을 안 해 봤겠어? 근데 형씨도 알다시피 내가 여기 온 지도 얼마 안 됐고, 그 작자들이 모이는 곳 이름을 잘 못 들었단 말이야. 힘 좀 쓰는 덩치 좋은 사내가 필요하다기에 꼬치꼬치 캐물을 생각은 안 했지 뭐."
 "아이고, 이런 바보! 은전 30냥이라잖아! 기억 좀 해 보슈, 이 양반아!"
 땡중이 소리쳤다.
 타오간이 이맛살을 찌푸리더니 어깨를 으쓱했다.
 "그래봤자 소용없수다. 무슨 적, 어쩌고라는 곳이었는데……."
 "적리관 아냐!"
 지배인과 땡중이 동시에 외쳤다.
 "아, 그건가 보다! 그런데 난 그게 어딘지 모르는데?"
 타오간이 말했다.
 땡중이 벌떡 일어나더니 타오간의 팔을 붙잡아 끌었다.
 "갑시다, 형씨! 내가 어딘지 알아!"
 타오간이 잡힌 팔을 흔들어 빼내더니 손바닥을 위로 하고 팔을 내밀었다.
 "내 몫의 5푼을 떼어 주리다!"
 땡중이 억지로 말했다.
 "1할 5푼! 그 밑으로는 안 돼!"
 타오간이 혼자 문으로 나가며 말했다.
 "타오 형씨, 형씨 몫을 7대 3으로 나눠서 3은 내거유! 자, 이제 됐으니 타오 형씨는 땡중을 데리고 가서 내가 개인적으로 땡중이 쓸 만한 사람이라고 보증한다고 이야기해 주쇼. 자 얼른 가 봐요!"
지배인이 끼어들어 말했다.
타오간과 땡중은 함께 도박장을 나섰다.
그들은 어시장 동쪽의 빈민가로 갔다. 땡중이 타오간을 더럽고 좁은 골목으로 데리고 들어가 다 쓰러져 가는 헛간 문을 가리켰다.
"형씨 먼저 들어가쇼!"
그가 속삭였다.
타오간이 문을 열었다. 그리고 안도의 한숨을 내쉬었다. 마중이 아직 거기 있는 것이 아닌가. 그는 구석에서 걸인 조합장과 이야기를 나누고 있었는데 허름한 방 안에 손님이라고는 둘뿐이었다.
"안녕하슈, 형씨! 댁네 두목이 찾는 사람이 여기 있소!"
타오간이 마중에게 친근하게 말했다.
땡중이 슬쩍 눈웃음을 흘리며 고개를 숙였다.
마중이 자리에서 일어나 땡중에게 다가갔다. 그를 위아래로 훑어보더니 물었다.
"우리 대장이 이런 놈을 왜 찾겠소?"
"놈이 사원에서 일어난 살인 사건에 대해 뭘 좀 알고 있거든!"
타오간이 재빨리 대답했다.
땡중이 뒤로 물러섰지만 이미 때는 늦었다. 그가 팔을 들어올리기도 전에 마중이 그의 가슴을 냅다 주먹으로 갈기는 바람에 그는 작은 탁자 위로 나가 떨어졌다.
하지만 땡중 역시 이런 싸움에 익숙했다. 그는 단번에 일어나지 않고 숨겨둔 단도를 꺼내 마중의 목을 겨냥하고 던졌다. 마중이 몸을 숙여 급히 피하자 칼은 둔탁한 소리를 내며 문틀에 날아가 박혔다. 마중이 작은 탁자를 집어 들어 반쯤 올라온 땡중의 머리를 사정없이 내리쳤다. 땡중의 머리가 바닥에 쿵 떨어지더니 이내 꿈쩍하지 않았다.

마중이 허리에 감고 있던 가는 사슬을 풀었다. 그는 땡중의 몸을 뒤집어 손을 뒤로 하여 사슬로 묶었다. 타오간이 신나서 말했다.

"이놈이 마오유안과 그 사촌이란 놈에 대해 아는 것이 좀 많아. 게다가 납치범 일당 중 하나라고!"

마중이 씩 웃었다.

"아주 잘했소! 그건 그렇고 이놈을 어떻게 이리 데려왔소? 이 여각을 모르는 줄 알았는데?"

"아, 내가 이야기를 하나 꾸며댔더니 이놈이 알아서 나를 이리로 데려오더라고?"

타오간이 별 것 아니라는 듯 말했다.

마중은 곁눈질로 타오간을 슬쩍 쳐다보며 말했다.

"겉보기에는 세상 물정 모르게 생겼는데, 왠지 형님도 저놈들만큼이나 의뭉스럽소!"

마중의 말을 못 들은 척하고 타오간이 말을 이었다.

"이놈이 얼마 전에 좋은 집안 아들을 하나 납치한 모양이야. 보나마나 한우형이 이야기한 일당임이 틀림없어! 소굴로 가 보자고. 그럼 뭔가 보고할 거리가 생길 테니."

마중이 고개를 끄덕였다. 그는 의식이 없는 사내를 일으켜 세운 후 벽 앞에 있는 의자에 주저 앉혔다. 그런 다음 걸인 조합장 노인에게 향을 가져오라고 소리쳤다. 그 노인이 방 뒤로 황급히 사라지더니 강한 냄새가 나는 향 두 자루를 가지고 돌아왔다.

마중이 땡중의 머리를 획 들어 올리더니 연기가 나는 향을 그의 코 밑에 갖다 댔다. 곧 사내가 심하게 기침과 재채기를 해 대며 깨어났다. 그는 벌겋게 충혈된 눈으로 마중을 올려다보았다.
"네놈 사는 곳을 한번 봐야겠다, 이놈! 빨리 말해! 어디냐?"
마중이 거칠게 물었다.
"지배인이 이 소식을 들으면 가만 안 있을걸. 네놈의 간을 끄집어 낼 거다!"
땡중이 잘 돌아가지 않는 혀로 힘겹게 말했다.
"내 한 몸 정도는 알아서 돌볼 테니 걱정 마시지. 어디냐? 대답 하라니까!"
마중이 소리쳤다.
마중이 향을 땡중의 볼 가까이 들이댔다. 그자는 두려운 듯 향자루를 쳐다보더니 황급히 무어라 중얼거렸다. 그곳에 가려면 절 뒤편에서 좁은 길을 따라 시내를 벗어나야 했다.
마중이 사내의 말을 끊고 명령했다.
"그거면 됐다! 나머지는 직접 안내해!"
마중이 노인에게 이불을 가져오고 들것을 든 사내 둘을 부르라 했다.
마중과 타오간은 땡중을 머리에서 발끝까지 이불로 둘둘 감았다. 땡중이 너무 덥다고 난리를 쳤지만 타오간이 놈의 가슴팍을 냅다 발로 걷어차더니 말했다.
"네놈이 열이 나는 것을 어쩌란 말이냐, 이 새끼야!"
땡중을 들것에 싣고 그들은 길을 나섰다.
"자, 가자. 이놈아!"
마중이 쏘아붙이고는 들것을 든 일꾼들에게 말했다.
"조심해! 여기 내 친구가 매우 아프단 말이야!"
그들이 절 뒤편 소나무 숲에 도착하자 마중은 들것을 내려놓으라 하고 일꾼들에게 삯을 치렀다. 일꾼들이 시야에서 사라지자 마중은 땡중을 감고 있던 이불을 풀었다. 타오간이 소매에서 고약을 꺼내더니 땡중의 입에 붙였다.
"네놈 소굴에 가까워지면 멈춰서 그곳을 손으로 가리켜라."
땡중이 겨우 일어서자 타오간이 그에게 말했다. 그리고 나서 마중에게 설명했다.
"이런 놈들은 서로 통하는 휘파람이나 다른 신호가 있거든."
이 말을 들은 마중이 고개를 끄덕이고는 놈을 발로 걷어차 걸어가게 했다.
마중과 타오간은 땡중을 따라 산으로 올라갔다. 중간쯤 놈이 멈춰서더니 왼쪽으로 틀어 빽빽한 나무숲 속을 조심스레 걸어가기 시작했다. 그러다가 멈추어 앞에 나무 사이로 보이는 절벽을 향해 머리를 까닥거렸다. 타오간이 그의 입에 붙은 고약을 휙 잡아떼고는 물었다.
"우리가 경치 구경하러 온 줄 아느냐? 집이 어디냐니까?"
땡중이 부루퉁하여 대답했다.
"난 집이 없수! 저기 있는 동굴에 산단 말이오!"
마중이 화가 나서 소리쳤다.
"동굴? 이놈이 어디서 누굴 속이려 들어? 당장 네놈 일당의 소굴로 우릴 데려가지 못할까? 목을 졸라 버리기 전에!"
"정말이우! 내가 속한 일당이라고는 노름꾼들밖에 없수다! 이 망할 놈의 고을에 온 후부터 쭉 저 동굴에 살았단 말이우!"
땡중이 소리쳤다.
마중이 그를 놓아주었다. 그리고 놈이 그를 향해 던졌던 칼을 꺼냈다. 타오간을 의미심장한 눈으로 쳐다보며 마중이 물었다.

"이놈 손 좀 봐 줄까?"

타오간이 아무렇지도 않은 듯 어깨를 으쓱했다.

"일단 저 동굴을 한번 보기나 하자고."

땡중이 바들바들 떨며 그들을 절벽으로 안내했다. 그가 덤불을 발로 헤치자 사람 키 높이 정도의 틈이 나타났다.

타오간이 단도를 입에 물고 기어서 안으로 들어갔다.

잠시 후 그가 똑바로 서서 걸어 나왔다.

"끙끙거리는 젊은이 빼고는 아무도 없어!"

타오간이 실망한 듯 이야기했다.

마중이 땡중을 질질 끌고 타오간을 따라 안으로 들어갔다.

어두운 통로를 따라 열댓 걸음 정도 걸으니 천장에 난 틈으로 빛이 들어오는 넓은 동굴이 나왔다. 오른편에는 대강 만든 나무 침대와 다 부서진 가죽 상자가 있고, 다른 한 편에는 중요한 곳만 겨우 가린 한 젊은이가 바닥에 누워 있었다. 그의 손과 발은 묶여 있었다.

"날 풀어 주시오, 제발. 풀어 주시오!"

그가 신음했다.

타오간이 묶은 줄을 자르자 젊은이가 겨우 일어나 자리에 앉았다. 그의 등은 온통 맞은 상처로 덮여 있었다.

마중이 물었다.

"누구한테 이렇게 맞았소?"

젊은이가 조용히 땡중을 가리켰다. 마중이 천천히 돌아 그 쪽을 바라보자 땡중이 털썩 그 자리에 주저앉아 무릎을 꿇었다.

"아니요, 나리! 저놈이 거짓말을 하는 것이오!"

그가 울부짖었다.

마중이 경멸이 가득한 눈으로 그를 쳐다보며 차갑게 말했다.
"네놈은 포두에게 넘기겠다. 그 사람은 너 같은 놈들을 처리하는 걸 아주 좋아하거든!"

타오간이 다가가 젊은이가 침대 위에 앉도록 도왔다. 남자는 스무 살 정도 되어 보였다. 머리는 아무렇게나 삭발되어 있고 얼굴은 고통으로 일그러져 있었지만 얼핏 보아도 좋은 집안에서 잘 교육받은 젊은이임이 틀림없었다.

"당신은 누구고, 어쩌다 이렇게 되었소?"
타오간이 물었다.
"저자가 나를 납치했소! 어서 저자를 데려가 주시오!"
젊은이가 외쳤다.
"그것보다 더 좋은 방법이 있지. 당신을 수령 나리께 데려가야겠소."
마중이 말했다.
"안 돼! 나를 놓아 주시오!"
젊은이가 외치며 자리에서 일어나려했다.
"자, 자! 진정하고. 젊은이는 우리와 함께 관아로 갑시다."
마중이 젊은이에게 말하고는 땡중에게 소리쳤다.
"이봐! 네놈한텐 패거리도 없으니 이제 누가 보든 말든 아무 상관없다! 이번에는 꽁꽁 싸서 들고 가는 호사 따윈 없을 줄 알아!"

마중이 반항하는 젊은이를 들어 올려 땡중에게 무등을 태우고 젊은이의 어깨에 이불을 덮어 주었다. 그런 다음 구석에 놓여 있던 피 묻은 버드나무 가지를 가져와 땡중의 종아리를 갈겼다.

**젊은 서생이 놀라운 이야기를 꺼내고,
디 공은 유곽 주인을 신문한다.**

늦은 오전, 점심 식사 직전에 디 공이 개정을 선언했다. 관아는 사람들로 붐볐다. 이렇게 별난 시간에 심리가 열리는 이유는 최근 일어난 두 사건과 관련하여 새로운 사실이 밝혀졌기 때문이라고 사람들이 수군거렸다.

하지만 실망스럽게도 판관은 그가 두 형리와 함께 아침에 살펴보았던 어부와 어시장 관리인 사이 가격 책정 분쟁에 관한 재판을 먼저 시작했다. 디 공은 두 편의 대표를 불러 설명을 들어보고 약간의 논의를 거친 후 협상안을 내 놓았고 이는 곧 받아들여졌다.

그리고 나서 세금 문제를 꺼내려 할 때, 바깥에서 시끄러운 소리가 들려왔다. 마중과 타오간이 각각 사람을 한 명씩 끌고 들어오는 것이 아닌가. 그 뒤에는 길거리에서부터 따라온 사람들이 왁자지껄 소란을 피우고 있었다. 구경꾼들이 신이 나서 이것저것 물어대기 시작하자 곧 관아는 아수라장이 되었다.

호수 살인자 197

디 공은 재판봉을 세 번 내리쳤다.

"조용히 하라! 지금부터 한마디라도 들리면 바로 해산시키겠다!" 판관이 벽력같이 소리쳤다.

모두 조용해졌다. 아무도 지금 재판대 앞에 무릎 꿇은 두 사람의 이야기를 놓치고 싶어 하지 않았다.

디 공은 무표정한 얼굴로 그들을 바라보았지만 속마음은 침착과 거리가 멀었다. 그 젊은 남자의 얼굴을 알아보았기 때문이다.

마중은 자신과 타오간이 두 남자를 체포했다고 아뢰었다. 디 공은 천천히 턱수염을 쓰다듬으며 젊은이에게 명했다.

"네 이름과 직업을 대라!"

"불초 소생, 장후표라고 하오며 글공부 중인 서생이옵니다."

사람들이 놀라 수군거리는 소리가 관아에 퍼져나갔다. 판관은 화가 나 다시 재판봉을 내리쳤다. "이게 마지막 경고다!"라고 소리치고는 다시 젊은이에게 말했다.

"장 서생은 나흘 전 호수에 뛰어들어 목숨을 끊었다고 보고 받았는데!"

젊은이가 떨리는 목소리로 말했다.

"나리, 소생이 어리석어 그러한 오해를 불러일으킨 점 무어라 드릴 말씀이 없사옵니다. 너무도 경솔하게 행동하였고 결단력이 없었으니 비난 받아 마땅하옵니다. 다만 나리께서 소인의 황망한 상황을 고려하시어 너그럽게 보아주시기 간절히 바라옵니다."

그가 잠시 멈추었다. 관아 안은 쥐죽은 듯 조용했다. 젊은이는 다시 말을 이었다.

"소생이 혼인 첫날밤 겪은 것처럼 궁극의 기쁨에서 끝없는 절망의 나락으로 떨어져 내리는 사람이 다시는 없도록 하소서! 제가 연모하던 사람과 함께한 것은 다만 찰나였을 뿐, 저는 곧 소인의 사랑이 제 신부를 죽게 했다는 사실을 깨달았습니다."

그는 힘들게 울음을 삼키더니 말을 이었다.

"슬픔과 두려움에 어찌할 바를 모르고 저는 신부의 차가워진 몸을 쳐다보고 있었습니다. 그때 와락 두려움이 밀려왔습니다. 하나뿐인 아들을 사랑과 관심으로 키워 주신 아버지의 은혜를 갚지는 못할망정, 대가 끊기게 하였으니! 제가 할 수 있는 일이라고는 이 비참한 생을 마감하는 것뿐이었습니다.

저는 황급히 옷을 걸치고 문으로 달려갔습니다. 그런데 아직 연회가 한창이라 집은 손님들로 가득하다는 사실이 갑자기 떠올랐습니다. 도저히 눈에 띄지 않고 밖으로 나갈 수 없었지요. 그런데 신방 지붕을 고치던 늙은 목수가 천장 널판 두 개를 고정시키지 않고 놔두었던 것이 생각났습니다. '여기 귀중품을 숨기기 좋겠습니다, 그려!' 그가 말했었죠. 저는 의자 위에 올라서서 대들보 위로 몸을 올리고 다락으로 올라갔습니다. 그러고는 널판을 다시 제자리에 놓고 지붕으로 기어 나와 길거리로 내려갔습니다.

밤이 깊어 주변에는 아무도 없어서 저는 누구의 눈에도 띄지 않고 호숫가까지 갔지요. 물가에 서서 허리띠를 풀었습니다. 저는 옷을 모두 벗을 참이었습니다. 옷 때문에 몸이 떠올라 자결이 힘들어지지 않을까 걱정이 되었기 때문입니다. 그런데 검은 물을 내려다보고 있자니 겁쟁이 같은 소생은 덜컥 겁이 났습니다. 그리고 물속에 떠돈다는 괴물에 대한 소름끼치는 이야기가 떠올랐습니다. 그러자 진정 물속에서 형체 모를 것이 움직이며 사악한 눈으로 저를 올려다보고 있는 것 같았습니다. 날씨는 아주 더웠지만 저는 벌벌 떨기 시작했습니다. 이가 부딪쳐 딱딱 소리가 났습니다. 그 순간 저는 자결을 할 수 없다는 것을 깨달았습니다.

제 허리띠는 이미 물속으로 떨어져 버려서 저는 옷섶을 모아 쥐고 호수에서 도망치기 시작했습니다. 어디로 어떻게 간지도 모르겠습니다. 정신이 들고 보니 앞에 사원 대문이 눈에 들어왔습니다. 그때 옆에 있는 이 사람이 어둠 속에서 불쑥 걸어 나오더니 제 어깨를 움켜쥐었습니다. 저는 강도일 거라 생각하고 도망치려 했으나 이자가 머리를 쳐서 저는 의식을 잃고 말았습니다. 정신이 드니 그 끔찍한 동굴 안에 누워 있었습니다. 다음 날 아침이 되자 이자는 제 이름이 무엇이며, 어디에 살고, 무슨 짓을 했느냐며 캐묻기 시작했습니다. 저는 이자가 저나 제 불쌍한 아비를 협박하려는 걸 깨닫고 입을 굳게 다물었습니다. 그러자 이자는 슬그머니 웃더니 동굴로 데려와 다행이라고, 거기라면 포졸들이 절대로 찾지 못할 거라고 하더군요. 그는 제 몸부림은 아랑곳하지 않고 제 머리를 박박 밀고 그렇게 하면 제가 그의 시종으로 보일 것이고 누구도 저를 알아보지 못할 것이라 했습니다. 그러고 나서 제게 땔감을 모아오고 죽을 끓이라고 하더니 나가 버렸습니다.

저는 그날 하루 종일 어떻게 해야 할지 고민했습니다. 결국은 먼 곳으로 도망쳐 다시는 집으로 돌아오지 않기로, 그래서 아버지의 노여움을 피하기로 마음먹었습니다. 그날 밤 저자가 술이 잔뜩 취해 돌아오더니 다시 제게 이것저것 물어 대기 시작했습니다. 제가 입을 열지 않으니 저를 줄로 묶고는 버드나무 가지로 인정사정없이 때리지 않겠습니까. 그러고는 저를 동굴 바닥에 내팽개쳐 두었습니다. 저는 목숨만 겨우 부지한 상태로 엄청난 고통에 시달리며 뜬 눈으로 밤을 보냈습니다. 다음 날 아침 저자가 묶은 줄을 풀고 마실 물을 조금 주었습니다. 그리고 나가서 땔감을 구해 오라 했지요. 그

때 저는 저 흉악한 놈으로부터 도망쳐야겠다고 결심했습니다. 땔감 두 단을 구하자마자 저는 다시 시내로 황급히 내려왔습니다. 박박 깎은 머리에 너덜너덜한 옷차림 때문에 아무도 저를 알아보지 못했습니다. 저는 피로로 거의 정신을 잃을 지경이었고 발과 등이 심하게 아팠지만 아버지를 다시 뵐 생각을 하니 기운이 좀 났습니다. 그래서 겨우 집까지 갈 수 있었지요."

장 서생은 잠시 말을 멈추고 얼굴에 맺힌 땀을 닦았다. 이에 디 공은 포졸을 시켜 진한 차를 한 잔 그에게 주도록 하였다. 그가 차를 한 모금 마시고 나서 다시 말을 이었다.

"집 대문 앞에 관아에서 나온 포졸들을 보고 제가 얼마나 놀랐는지는 아무도 모를 겁니다! 그들이 집에 온 연유는 단 하나 아니겠습니까? 이 못난 자식이 불러온 가문의 수치를 이기지 못하고 아버지께서 스스로 목숨을 끊으신 것이지요. 하지만 저는 확인을 해야 했습니다. 그래서 담 옆에 땔감을 놓아두고 정원 문을 통해 몰래 안으로 들어갔습니다. 그러고는 제 방 창문으로 안을 들여다보았습니다. 그때 제가 본 그 무서운 형상이란! 염라대왕님이 이글이글 타오르는 눈으로 저를 쏘아보고 계시는 것이 아니겠습니까! 지옥의 사자가 아비를 죽게 만든 소생을 벌하러 온 것이 틀림없었습니다. 저는 완전히 넋이 나갔습니다. 그래서 다시 사람이 없는 길로 달려 나가 곧장 숲으로 돌아갔습니다. 여기저기 찾아 헤맨 끝에 동굴을 다시 찾았고요.

저자가 저를 기다리고 있었습니다. 저를 보더니 불같이 화를 냈지요. 제 옷을 다시 벗기고 무시무시한 힘으로 저를 때려댔습니다. 계속 제 죄를 고백하라고 소리를 지르면서요. 결국 저는 고통을 이길 수 없어 정신을 잃고 말았습니다.

그러고 나서 절 찾아온 것은 끔찍한 악몽이었습니다. 심하게 열이 올라 때와 장소를 분간하지 못하게 되었습니다. 그런데 저자는 제게 물을 조금 주어 깨우고는 다시 때리기 시작하는 것이었습니다. 그 와중에도 결코 묶은 줄을 풀어 주지는 않았습니다. 살을 저미는 고통 속에서도 제 머리를 떠나지 않는 것은 제가 세상에서 제일 사랑하는 두 사람, 아버지와 신부를 이 손으로 죽였다는 사실……."

그의 목소리가 조금씩 작아졌다. 그는 몸이 휘청하더니 완전히 기진하여 그 자리에서 정신을 잃고 풀썩 옆으로 쓰러져 버렸다.

디 공이 홍 수형리에게 그를 집무실로 데려가라 명했다.

"검시관을 불러 이 불쌍한 젊은이의 의식이 돌아오게 하고 상처를 치료해 주라 이르게. 그리고 진정시킬 수 있는 약을 좀 먹이고 제대로 된 옷과 모자를 주게나. 정신을 차리면 바로 내게 알리고. 집으로 돌려보내기 전에 한 가지 물어볼 것이 있네."

판관은 앞으로 몸을 기울이더니 차가운 목소리로 땡중에게 물었다.

"네놈도 할 말이 있느냐?"

땡중도 나름대로 산전수전 다 겪었지만 요령껏 법의 손길을 피해 다녔기 때문에 관아의 엄격한 규율이나 범죄자를 다루는 방식은 잘 알지 못했다. 장 서생의 증언 막바지에는 분을 못 이겨 혼자 구시렁거리다가 포졸들한테 발길질을 당하기도 한 터라 이제는 화가 날대로 난 땡중이 입을 열었다.

"나도 할 말이……."

디 공이 포졸에게 신호를 보냈다. 그러자 포졸이 가지고 있던 채찍의 손잡이로 땡중의 얼굴을 후려갈기며 쏘아붙였다.

"수령 나리께 공손히 말씀 올리지 못할까!"

독이 오른 땡중이 벌떡 일어나 그 포졸에게 덤벼들었다. 하지만 포졸들은 이미 이런 상황에 익숙하여 미리 대비하고 있던 터. 그들은 곤봉으로 땡중을 흠씬 두들겨 패기 시작했다.

"저자가 제대로 말하는 법을 익히면 그때 내게 고하게 하라!"

판관이 포졸들에게 명하고 앞에 놓인 서류를 읽어 보기 시작했다.

시간이 조금 흘러 돌바닥에 물 떨어지는 소리가 나는 것을 보니 정신을 잃은 중을 깨우려 포졸들이 물을 끼얹는 것이 분명했다. 잠시 후 죄인이 신문받을 채비가 되었다고 포졸이 아뢰었다.

디 공은 재판대 너머로 중을 쳐다보았다. 그의 머리는 여기저기 찢어져 피가 흐르고 있었고 왼쪽 눈은 부어올라 반쯤 감겨 있었다. 그자가 멍한 눈으로 판관을 올려다보았다. 디 공이 명했다.

"내 듣기로 네놈이 마오루라는 자와 무슨 일이 있었다고 노름꾼들에게 이야기했다던데. 하나도 빼놓지 말고 모든 사실을 고하여라. 당장!"

땡중이 피가 섞인 침을 퉤 뱉었다. 그러고는 잘 돌아가지 않는 혀로 말을 시작했다.

"요전날 야경꾼 첫 순찰이 지나가고 나서 저는 잠시 시내에 나갔습죠. 절 뒤편으로 난 길로 들어서자마자 한 남자가 나무 아래를 파고 있는 것을 보았습니다. 달이 구름 밖으로 나와 그자가 마오루라는 것을 알았습죠. 도끼를 괭이 삼아 급히 땅을 파고 있었습니다. 무언가 수상한 일을 꾸미고 있는 것 같았습니다. 맨손이나 칼로는 놈을 충분히 이길 수 있었지만 저는 도끼는 조금 꺼려져서…… 그래서 일단 조용히 기다렸습죠.

조금 이따가 구멍을 다 파더니 놈이 도끼랑 나무 상자를 안에 던져 넣었습니다. 손으로 흙을 다시 덮고 있을 때 제가 나가 농담 조로 말했습니다. '마오 형씨 아니우, 뭐 좀 도와줄까?' 그랬더니 놈이 '늦은 밤에 나왔구먼.'이라고만 대꾸하였습니다. 그래서 '거기 뭘 묻은 거유?'라고 물었더니 '별 것 아니야. 낡은 연장 몇 갤세. 근데 저기 절에 가 보면 좋은 게 많지!' 하고 대답하지 뭡니까. 그러고는 놈이 소맷자락을 흔드니까 짤랑짤랑 돈 소리가 났습니다. 그래서 '이 불쌍한 놈하고 좀 나눠 갖는 건 어때?' 하고 말했더니 저를 위아래로 훑어보면서 '형씨 오늘 운이 좋수! 저기 놈들이 내가 이거 조금 챙겨서 달아나는 걸 보고는 쫓아왔거든. 근데 내가 숲 속에서 놈들을 따돌렸수. 지금 바로 절에 가면 웬 할아범 하나밖에 없을 거유. 지금 빨리 가서 놈들이 돌아오기 전에 좀 챙겨오슈. 나도 가져갈 수 있는 만큼 챙겼으니!' 그러고는 가 버렸습니다."

땡중이 부어오른 입술을 핥았다. 판관이 신호를 보내자 포졸 하나가 그에게 진한 차를 한 잔 주었다. 그는 그걸 단숨에 들이키고는 침을 뱉은 후 말을 이었다.

"일단은 마오루 그자가 말한 것이 사실인지 확인하려고 그 자리를 파 보았습니다. 하지만 어쩐 일로 거짓말이 아니었습죠. 오래된 연장이 든 상자뿐이었습니다. 그래서 냉큼 절로 달려갔습니다. 내 그놈 말을 믿는 것이 아니었는데! 거긴 세간 하나 없는 방에서 졸고 있는 꼬부랑 할아범이랑 웬 관 하나뿐이더라고요! 그 개 같은 자식이 절 떨궈 내리고 이야기를 꾸며낸 것이었죠. 그게 다입니다, 나리. 더 알고 싶으시면 그 마오루라는 놈을 잡아다 족치세요!"

디 공이 구레나룻을 쓰다듬었다. 그러다가 그에게 물었다.

"그럼 그 젊은이를 납치해 괴롭힌 것은 인정하느냐?"

"그놈이 나쁜 짓을 한 것이 분명한데 도망치는 걸 가만히 놔둘 수는 없는 노릇 아닙니까? 그리고 아무것도 하지 않고 빈둥거리는 놈을 먹여 주고 재워 주라는 법이 어디 있습디까? 일을 하지 않으려 하니 조금 손을 봐 주었던 것뿐이지요."

땡중이 심술궂게 대답했다. 판관이 소리쳤다.

"발뺌하지 마라, 이놈! 젊은이를 납치하여 동굴로 데려가고 버드나무 가지로 반복하여 때린 것을 인정하느냐?"

땡중이 채찍을 만지작거리고 있는 포졸을 곁눈으로 흘끔 쳐다보았다. 그는 어깨를 한 번 으쓱하더니 말했다.

"그래요, 인정합니다."

디 공이 기사관에게 신호하자 그가 진술을 큰 소리로 읽었다. 중은 진술이 정확하다고 하면서 문서에 지장을 찍었다. 그런 다음 판관이 말했다.

"엄한 벌을 받아 마땅한 죄가 하나뿐이 아니다. 하지만 네가 마오루와 만났다는 진술에 관해 몇 가지 사실을 확인할 때까지 판결을 잠시 미루겠다. 혹시라도 거짓을 고하였다면 후에 들통 났을 때 어떤 벌을 받을지 곰곰이 생각하고 있거라!"

중이 옥으로 끌려 나간 후 홍 수형리가 들어와 장 서생이 정신을 차렸다고 전했다. 포졸 둘이 그를 재판대 앞으로 데려왔다. 그는 이제 단정한 푸른 옷을 입고 깎인 머리를 가리는 검은 모자를 쓰고 있었다. 여전히 수척한 모습이었지만 이제는 누가 보아도 인물이 훤한 젊은이가 분명했다.

그는 기사관이 자신의 진술을 읽는 것을 조용히 듣고 있다가 지장을 찍었다. 디 공이 그를 엄숙히 쳐다보고 있다가 말을 꺼냈다.

"장 서생, 네가 말했듯 너는 아주 어리석은 짓을 저질렀고 그 때문에 수사에 큰 혼선이 있었다. 하지만 지난 며칠간의 힘든 경험이 너에게는 충분한 벌이 되었다고 생각한다. 기쁜 소식이 있다. 아버지는 살아 계시고 장 서생을 원망하지 않고 있다는 것이다. 오히려 네 아버지는 반대로 장 서생이 자결했다고 생각하고 큰 충격을 받았다. 네 아버지가 신부의 죽음에 연루되었다는 죄목으로 고발을 당했고 포졸들은 그 때문에 너의 집에 있었던 것이다. 그리고 네가 신방에서 보았다는 형상은 나였다. 황망한 상태에서 내가 조금 무섭게 보였나 보군.

하지만 신부의 시신이 자취를 감추었다는 소식을 전하게 되어 유감스럽다. 가능한 한 빨리 시신을 되찾아 온당히 장례를 치를 수 있도록 관아에서 최선을 다하고 있으니 심려 말길 바란다."

장 서생이 손으로 얼굴을 감싸고 조용히 울기 시작했다. 디 공은 잠시 조용히 있다가 말을 이었다.

"집으로 돌아가기 전 한 가지 물어볼 사실이 있다. 네 아버지 외에 죽림서생이라는 너의 필명에 대해 아는 사람이 있는가?"

장 서생은 힘없이 대답했다.

"제 신부뿐입니다, 나리. 제가 그 이름을 사용하기 시작한 것은 그녀를 만난 후고, 그때부터 제가 보내는 시에 그 이름을 적었습니다."

디 공은 다시 의자에 기대어 앉았다. 판관이 말했다.

"그럼 됐다. 납치범은 옥에 갇혔고 때가 되면 합당한 처벌을 받을 것이다. 이제 집으로 가도 좋다, 장 서생."

판관은 마중을 불러 젊은이를 가마에 태워 집으로 보낸 후 장 박사 집을 지키고 있는 포졸들을 불러들이고 장 박사에게는 가택연금이 해제되었다고 알리라 명했다.

그러고 나서 판관은 재판봉을 두들겨 폐정을 알렸다.

디 공은 다시 집무실로 와 앉은 뒤 홍 수형리, 차오타이와 함께 맞은편에 앉아 있던 타오간에게 쓴 웃음을 지으며 말했다.

"아주 잘 했네, 타오간! 이제 류와 장 사건은 사라진 시신만 빼고는 해결이 되었구나!"

홍 수형리가 말했다.

"그 일이라면 마오루한테 알아낼 수 있을 것입니다, 나리! 그자가 돈을 빼앗으려고 사촌을 죽인 것이 틀림없습니다. 그자를 체포하고 나면 장씨 부인의 시신을 어떻게 했는지도 알 수 있겠지요."

디 공은 수긍하지 못하는 것 같았다. 그가 천천히 말했다.

"대체 왜 마오루가 시신을 옮겼을까? 마오루가 절 근처 어딘가에서 사촌을 죽인 후 시신을 숨길 곳을 찾으러 절 안으로 들어갔겠지. 그러고 나서 관을 찾은 거야. 마오유안의 연장통이 있으니까 그걸 여는 것은 쉬웠겠지. 하지만 그 목수의 시신을 그냥 여자의 시신과 함께 관에 넣어 버리지 않았을까? 왜 여자의 시신을 치웠지? 그러면 여전히 시신 하나를 치워야 한다는 문제가 남는데 말이야."

볼에 난 긴 털 세 가닥을 만지작거리며 조용히 듣고 있던 타오간이 갑자기 말했다.

"우리는 모르는 제3자가 나타나 마오루가 관을 찾기 전에 이미 여자의 시신을 옮겨 놓은 것 아닐까요? 어떤 연유로든 시신이 검시되는 것을 막아야 하는 사람이 있었을지도 모를 노릇 아닙니까? 죽은 여자가 살아서 제 발로 걸어 나갔을 리는 없고요!"

디 공이 그를 날카롭게 쳐다보았다. 판관은 소맷자락에 팔을 묻고 의자에 웅크리고 앉아 한참동안 생각에 잠겼다.

그러다 갑자기 그가 벌떡 몸을 일으켰다. 그는 주먹으로 탁자를 내리치더니 소리쳤다.

"여자가 제 발로 걸어 나간 거야, 타오간! 여자는 죽지 않았던 거지!"

듣고 있던 수하들이 놀라서 판관을 쳐다보았다. 홍 수형리가 말했다.

"어떻게 그럴 수 있습니까, 나리? 의사가 이미 죽었다고 하였고, 경험 많은 장의사가 염을 하였습니다. 그러고 나서는 반나절 넘게 관에 누워 있었다고요!"

"아니야! 내 말 잘 들어보게. 검시관 말로는 그러한 경우에 여자가 혼절을 하기는 하지만 죽는 일은 드물다고 하지 않았나! 그녀가 혼절을 하고 그 충격으로 잠시 생기가 빠져나갔다고 해 보세. 의서에도 그러한 상태에 빠진 환자들의 경우가 기록되어 있네. 숨이 완전히 멈추고, 손목에는 맥이 전혀 없고, 눈은 광채를 잃고 얼굴마저 시신처럼 보이는 그런 상태 말이야! 그리고 이 상태는 몇 시간까지 지속될 수 있다고 하였지.

그러고 나서 그녀는 황급히 입관되어 절로 옮겨진 거야! 다행히도 관은 얇은 판자로 임시로 만든 것이었고. 뚜껑 사이에 틈이 보일 정도였으니까. 그렇지 않으면 질식사했을 걸세. 관이 절에 안장된 후 모두 나가고 의식을 되찾은 것이 틀림없어. 소리를 지르고 관을 두들겨 댔겠지만 인적이 드문 절에, 그것도 별관에 있었고, 유일하게 남아 있던 관리인은 귀머거리 아닌가!

여기부터는 그냥 내 생각일세. 마오루가 사촌을 죽이고 그의 돈을 훔치네. 그리고 시신을 숨길 곳을 찾다가 관에서 나는 소리를 들은 게지!"

"놈이 기겁을 했겠는데요! 걸음아 나 살려라 도망치지 않았겠습니까?"

타오간이 물었다.

"그자가 도망치지 않았다고 일단 가정해야겠지. 죽은 사촌의 연장으로 관을 열었고 그녀가 무슨 일이 있었는지 이야기했을 거야. 그리고……"

판관의 목소리가 점점 작아지더니 그가 얼굴을 찌푸리고는 다시 말을 이었다.

"아니야! 여기서 잠시 막히는군! 소녀의 이야기를 듣고 마오루는 그녀를 집으로 데려가면 장 박사가 후하게 사례할 거라고 생각하지 않았을까? 왜 그녀를 즉시 집으로 데려가지 않았을까?"

타오간이 말했다.

"제 생각에는 소녀가 목수의 시신을 본 것 같습니다, 나리. 그럼 그녀가 마오루의 살인 현장을 목격한 증인이 되니까 놈은 소녀가 살인을 폭로할까 걱정이 되었던 것입죠!"

디 공이 수긍하여 고개를 끄덕였다. 그가 말했다.

"그게 틀림없네! 마오루는 그녀를 어디 멀리 데려가 관이 무사히 매장되었다는 소식이 들릴 때까지 그녀를 숨겨두려고 했을 거야. 그런 다음 여자의 운명을 결정하려 했겠지. 창기로 팔든지, 장 박사에게는 자신이 그녀의 목숨을 구했다 속이고 그녀에게는 진실을 절대 입 밖에 내지 못하게 협박한 후 집으로 돌려보내든지. 둘 중 어떤 것을 택해도 마오루는 꽤 짭짤히 돈을 벌 수 있었을 거야!"

홍이 물었다.

"그럼 마오루가 연장통을 묻을 때 장씨 부인은 어디에 있었던 걸까요? 중 놈이 절 안을 샅샅이 뒤졌을 텐데 그녀를 못 찾지 않았습니까?"

디 공이 말했다.

"그건 마오루란 놈을 잡으면 알 수 있겠지. 그자가 지난 며칠간 그 불쌍한 여인을 어시장 뒤의 유곽에 숨겨둔 것 아니겠나! 애꾸눈 사내가 '마오루의 계집'이라고 불렀던 것이 사실은 장씨 부인이었던 게지!"

하인이 디 공의 점심 식사가 담긴 쟁반을 들고 들어왔다. 그가 접시를 탁자에 내려놓는 동안 디 공이 다시 말을 이었다.

"그것이 장씨 부인이 맞는지는 금세 확인해 볼 수 있네. 세 사람은 지금 점심을 먹게. 그런 다음 차오타이는 유곽으로 가 거기 주인을 이리로 데려오게나. 주인이라면 마오루가 데려온 여자의 인상착의를 알 테니."

판관이 젓가락을 집어 들자 세 형리들은 밖으로 나갔다.

디 공은 맛도 모르는 채 음식을 입에 넣었다. 방금 밝혀진 사실들을 하나씩 곱씹어 보는 중이었다. 이제 류와 장 사건이 풀린 것에는 의심할 여지가 없었다. 다만 몇 군데 공백만 채워 넣으면 될 터. 하지만 진짜 문제는 이 사건과 기녀 살인 사건 사이의 관계를 찾는 것이었다. 이제 장 박사가 결백하다는 것은 증명되었지만 덕분에 류페이포가 더욱 수상하게 느껴졌다.

하인이 들어와 탁자 위를 치우고 차를 따르자 디 공은 서랍에서 기녀 살인 사건에 관련된 문서들을 꺼냈다. 그는 천천히 수염을 쓰다듬으며 그것을 다시 읽기 시작했다.

곧 네 수하들이 집무실로 들어왔다. 마중이 말했다.

"이제야 그 박사 양반이 감정을 좀 내보이더군요. 아들을 보고 어찌나 기뻐하던지요!"

디 공이 말했다.

"장 서생의 아내가 살아 있을 가능성이 높다는 이야기는 다른 사람들한테 들었겠지? 차오타이, 유곽 주인은 데려왔는가?"

마중이 대신 대답했다.

"데려 왔던데요! 바깥 복도에 웬 절세미녀가 서 있는 걸 제가 보았습니다요!"

"데려오너라!"

디 공이 명했다.

차오타이가 나가더니 평평하고 못생긴 얼굴에 몸은 빼빼 마르고 키가 큰 여자를 데리고 들어왔다. 그녀는 깊이 머리 숙여 인사를 하더니 징징거리는 소리로 바로 말을 꺼냈다.

"이 사람이 옷 갈아입을 시간도 안 주지 뭐예요, 나리! 수령 나리 앞에 어떻게 이 꼴을 하고 올 수 있겠어요? 그래서 제가……"

디 공이 여자의 말을 끊고 물었다.

"입을 다물고 내 말을 들어라! 원하면 언제고 네 가게 문을 닫게 할 수 있다는 사실을 잘 알고 있겠지? 자, 그럼 진실을 털어놓는 편이 좋을 것이다. 마오루가 데려온 여자가 누구냐?"

여자가 털썩 무릎을 꿇더니 울부짖었다.

"그 건달 같은 놈이 이렇게 나를 골탕 먹일 줄 알았다니까요! 하지만 힘없는 여자가 무엇을 할 수 있겠어요, 나리! 놈이 제 목을 베어 버렸을지도 몰라요, 나리! 제발 용서해 주시와요, 나리!"

여자는 소리를 지르며 이마를 바닥에 찧어 댔다. 디 공이 화가 나 소리쳤다.

"당장 멈추지 못할까! 말해 보아라, 그 여자가 누구냐?"

"그년이 누군지 제가 어떻게 알겠어요? 마오루란 놈이 한밤중에 그년을 제 가게로 데려왔습죠. 맹세코 처음 보는 년이었습니다! 희한한 홑겹옷 차림에 겁에 질린 모습이었습니다요. 마오루가 말했습죠. '이년은 도통 아는 것이 없다니까! 나처럼 훌륭한 신랑을 거부하다니! 내 본때를 보여 줘야지!' 하지만 그 불쌍한 것은 정말 아픈 것 같았습니다. 그래서 마오루한테 그날 밤에는 여자를 가만 놔두라고 했지요. 제가 원래 그래요, 나리. 늘 사람들한테 친절하지요. 그 아이를 좋은 방에 눕히고 죽과 차를 조금 주었습니다. 제가 무슨 말을 했는지 정확히 기억이 납니다요. '좀 자거라, 아가. 그리고 걱정 마. 내일이면 다 괜찮아질 거다.' 이랬다고요!" 여자가 말했다.

여자는 깊은 한숨을 내쉬었다.

"오, 나리는 이런 계집들이 어떤 년들인지 모르신다니까요, 나리! 다음 날 아침쯤 되면 고맙다는 말 한마디라도 들을 것 같죠? 천만의 말씀입니다요! 그년이 글쎄, 문을 발로 차고 고래고래 고함을 지르면서 온 가게 안 사람들을 다 깨우지 뭡니까! 그래서 제가 올라가 봤더니 나하고 마오루 욕을 해 대면서 원래는 좋은 집안의 딸인데 납치를 당했다는 둥 헛소리를 해 대더라고요. 그런 계집들은 다 그런 이야기를 꾸며내곤 하지요. 그런 년들 정신을 차리게 하는 방법은 하나뿐입니다. 밧줄로 꽁꽁 묶어 놓는 것이지요. 그러고 나니 그년이 겨우 입을 다물었고 마오루가 나타나자 둘은 곧 가 버렸습니다. 정말입니다요, 나리! 이게 다입니다!"

디 공은 경멸이 가득한 눈으로 잠시 그녀를 쳐다보았다. 그는 소녀를 가혹하게 다룬 죄로 그녀를 체포할까 잠시 망설였지만 유곽 주인 역시 자기 처지에서 이해한 대로 행동한 것뿐이었다는 것을 떠올렸다. 그런 저질 유곽은 필요악이었다. 그것들이 넘쳐나지 않도록 관리는 해야 했지만 창기들에 대한 가혹한 대우는 완전히 뿌리뽑기 힘들었다. 그는 엄하게 말했다.

"집을 나온 소녀들을 재워 주어서는 안 된다는 걸 잘 알고 있겠지! 하지만 지금은 일단 보내 주겠다. 하지만 네 이야기가 맞는지 확인해 볼 터이니 사실을 고하지 않은 것이 밝혀지면 내 널 가만두지 않을 것이다!"

그 여자는 감사의 말을 반복하며 또 이마를 바닥에 찧어 대기 시작했다. 판관이 손짓하자 타오간이 그녀를 데리고 나갔다.

디 공이 엄숙하게 말했다.

"그래, 우리 생각이 맞았구나. 장 서생의 부인은 살아 있어. 하지만 마오루에게 잡혀 있으니 차라리 죽는 게 나을 수도 있는 노릇! 가능한 한 빨리 마오루를 체포하고 장씨 부인을 놈의 손에서 구해 내야 하네. 그들은 창페이 지방의 삼곡도라는 곳에 있어. 거기가 어디인지 아는 사람이 있는가?"

타오간이 대답했다.

"그곳에 가 본 적은 없습니다만 이야기는 많이 들었습죠! 거기는 양쯔 강 한복판에 작은 섬들이 모여 있는, 늪지대 같은 곳입니다. 그 늪은 온통 빽빽이 자란 덤불로 덮여 있어 연중 대부분 섬이 반쯤 물에 잠겨 있지요. 조금 높은 곳은 오래된 나무들이 가득한 숲이고요. 거기 모여 사는 무법자 놈들만 그리로 통하는 지류와 수로를 잘 알고 있습니다. 그들은 지나는 배한테 통행료를 받고 강둑에 있는 마을을 습격하곤 합니다. 사람들 말로는 이 강도떼가 모두 합쳐 400명이 넘는다고 합니다."

디 공이 놀라 물었다.

"정부는 어찌 그런 강도들의 본거지를 쓸어 버리지 않고 아직 놔두었는가?"

입을 삐죽거리며 타오간이 대답했다.

"그게 쉬운 일이 아닙니다, 나리! 그러려면 해군 작전을 펴야 하는데 사상자가 많이 생길 것입니다. 그 늪지대는 큰 평저선은 들어갈 수가 없고 작은 배로만 갈 수 있습니다. 그리고 이런 배에 탄 군사들은 놈들의 화살에 아주 좋은 표적이 될 것입니다. 군에서 강둑을 따라 군사 초소를 여러 개 세워 군인들이 그 지역 전체를 순찰한다고 들었습니다. 늪지대를 포위하여 결국엔 놈들이 항복하게 만들려는 계획이죠. 하지만 놈들이 그곳을 차지한 지 하도 오래 되어 이제는 그곳 주민들과도 은밀히 닿아 있어서 추적하기가 매우 힘들다고 합니다. 그래서 지금까지는 놈들이 식량이나 다른 필요한 물건들이 부족하다는 소식은 없다고 하고요."

"상황이 무척 좋지 않은 것 같군!"

디 공이 말했다. 그리고 마중과 차오타이를 보며 물었다.

"자네 둘이 가서 마오루와 여자를 데리고 나올 수 있겠는가?"

마중이 기분 좋게 대답했다.

"차오와 제가 어떻게든 해 보겠습니다, 나리! 이런 게 바로 저희 일 아니겠습니까? 당장 가서 상황을 파악해 보는 것이 좋겠습니다."

디 공이 말했다.

"좋네! 창페이 수령에게 자네들을 소개하고 도움을 청하는 서신을 써 주겠네."

판관이 붓을 들어 공식 편지지에 재빨리 몇 줄 적어 내려가기 시작했다. 그는 관아의 커다란 직인을 찍더니 편지를 마중에게 주며 말했다.

"행운을 비네!"

수형리와 타오간이 중요한 사람을 만나고,
거간 상인이 최후의 거래를 마무리 짓는다.

 마중과 차오타이가 나간 후 디 공이 홍 수형리와 타오간에게 말했다.
 "용감한 두 친구가 창페이에 있는 동안 우리도 빈둥거려서는 안 되겠네. 점심을 먹는 내내 기녀 살인 사건의 유력한 용의자 류페이포와 한우형에 대해 생각했네. 이제 여기 가만히 앉아서 그자들이 행동을 취할 때까지 기다리고 있지는 않을 것이야! 오늘 류페이포를 잡아들이기로 결심했네."
 "그렇게 할 수는 없습니다, 나리! 의심만 갈 뿐인데 어찌……."
 홍 수형리가 놀라 말했다. 디 공이 말했다.
 "할 수 있네, 내 그리 할 것이야! 류는 장 박사에게 심각한 누명을 씌웠고 이제 그가 무고하다고 밝혀지지 않았나. 사실 이 일을 그냥 넘겨도 뭐라 할 사람은 없어. 류가 장 박사를 모함하며 노발대발할 때 딸을 잃은 슬픔으로 제정신이 아니었던 것이 분명하고 장 박사도 그를 무고죄로 고발하지 않았거든. 하지만 남에게 억울한 누명을 씌운 사람은 자신이 그 범죄를 저지른 것과 똑같이 처벌받을 수 있다고 법에도 나와 있지 않나. 이 조항을 적용할 때는 판관에게 어느 정도 재량권이 있긴 하지만 이 경우에는 나는 법전에 나온 그대로 실행에 옮길 작정이네."

홍 수형리가 걱정스러운 표정을 지었지만 디 공은 붓을 들어 류페이포를 체포하라는 명령을 적어 내려가기 시작했다. 그가 두 번째 양식을 꺼내 적으며 다시 입을 열었다.

"그리고 자신의 딸과 장 박사에 대해 거짓 증언을 한 죄로 완이판도 잡아들일 작정이네. 자네 둘은 지금 포졸 넷을 데리고 가 류를 체포하게. 그리고 홍은 나가는 길에 포두더러 포졸 둘을 데리고 가 완이판을 잡아오게 하고. 두 죄인을 각각 사방이 막힌 가마에 싣고 와 멀리 떨어진 옥에 따로 가두고 서로 여기 와 있다는 사실을 모르게 하자고. 저녁 심리 시간에 두 사람의 증언을 듣겠네. 그럼 무언가 밝혀낼 수 있겠지!"

홍 수형리의 얼굴에는 아직도 염려하는 빛이 가득했지만 타오간은 씨익 웃으며 말했다.

"도박이랑 똑같군요. 열심히 주사위를 던지다 보면 좋은 숫자가 나올 확률이 높아지지요!"

홍과 타오간이 나가자 디 공은 서랍을 열고 바둑 문제가 그려진 종이를 꺼냈다. 사실 그는 방금 두 형리에게 이야기한 것처럼 자신감에 차 있지 않았다. 하지만 어떻게든 선제공격을 하여 주도권을 잡는 것이 중요했다. 그러려면 둘을 잡아들이는 것 말고는 답이 없었다. 그는 앉은 채로 뒤로 돌아 뒤에 있던 장에서 바둑판을 꺼냈다. 그는 검은 돌과 흰 돌을 종이에 나와 있는 대로 바둑판 위에 두었다. 이 바둑 문제에 죽은 기녀가 밝혀낸 음모를 푸는 열쇠가 있는 것이 분명하다. 문제가 나온 지 70년이나 지났고 바둑의 최고 고수들이 여럿 시도했지만 아무도 문제를 풀지 못한 터! 펜토화는 바둑을 두지 않았으니 이것을 바둑 문제로 보지 않고 바둑과 아무 상관없는 비밀을 꿰뚫어 보았던 것이다. 그럼 일종의 그림 수수께끼인가? 눈살을 찌푸리며 그는 바둑돌을 이리저리 움직이면서 숨겨진 뜻을 읽어내려 애썼다.

그러는 동안 홍 수형리는 포두에게 완이판을 체포하라는 수령의 지시를 전하고 타오간과 함께 류페이포의 집으로 갔다. 포졸 네 명이 닫힌 가마를 들고 멀찌감치 떨어져 그들을 따라갔다.

홍이 붉게 칠해진 높은 대문을 두드렸다. 내다보는 구멍이 열리자 그는 통행패를 보여 주며 말했다.

"수령 나리의 명으로 류 대인을 만나러 왔소."

문지기가 대문을 열고 홍과 타오간을 문간에 있는 작은 대기실로 데려갔다. 곧 나이든 사람이 나오더니 자신이 류페이포의 가령이라 말하였다.

"제가 대신 도와드릴 수 있겠습니까? 주인마님께서는 정원에서 잠시 낮잠을 주무시고 계십니다. 방해하지 말라 이르셨습니다."

홍 수형리가 말했다.

"우리는 류 대인과 직접 만나 이야기하라는 명을 받들고 왔네. 당장 가서 주인을 깨우게!"

가령이 겁에 질려 말했다.

"절대 안 됩니다요! 나리께서 제 목을 치실 겝니다!"

타오간이 소리쳤다.

"그럼 그리로 안내하게, 우리가 직접 깨울 테니! 아, 얼른 가자니까, 공무를 방해하지 말고!"

가령이 휙 돌아섰다. 화가 머리끝까지 났는지 그의 회색 수염이 바르르 떨렸다. 그가 색색가지 돌이 깔린 널따란 안마당을 씩씩거리며 걸어가자 홍과 타오간이 바짝 뒤를 따랐다. 이리저리 굽어 있는 복도를 네 군데 지나자 담이 둘러쳐진 넓은 정원이 나왔다. 진귀한 꽃들이 가득한 도자기 화분이 넓은 대리석 노대에 줄지어 서 있었고, 그 뒤에는 연꽃이 핀 작은 호수가 가운데를 차지한 아름답게 꾸민 정원이 보였다. 가령은 호수를 돌아 정원 뒤에 있는 인공 돌 정원으로 그들을 안내했다. 거기에는 특이한 모양과 색상의 다양한 돌을 붙여 만든 큰 바위들이 많았다. 그 옆에는 대나무로 뼈대를 만들고 무성하게 자란 담쟁이덩굴로 위를 덮은 나무 그늘이 있었다. 그곳을 가리키며 가령이 뿌루퉁하게 말했다.

"어르신은 저 안에 계십니다. 저는 여기서 기다리지요."

홍 수형리가 푸른 잎들을 헤쳤다. 서늘한 그늘 아래에는 등나무로 만든 안락의자와 작은 탁자만 있을 뿐 아무도 없었다.

두 형리가 재빨리 가령에게 다가갔다. 홍이 그에게 쏘아붙였다.

"우릴 속이려 들지 마라! 네 주인은 저기 없다!"

가령이 놀란 표정을 지었다. 그는 잠시 생각하더니 말했다.

"그럼 서재에 가신 것 같습니다."

타오간이 말했다.

"그럼 우리도 뒤를 따라야지! 서재로 안내해라!"

가령은 다시 긴 복도를 지나 그들을 안내했다. 그는 섬세한 꽃무늬가 있는 금속 장식이 된 흑단 나무 문 앞에 멈춰 여러 번 문을 두드렸으나 아무 대답이 없었다. 문을 밀자 문은 잠겨 있었다.

"물러서라!"

타오간이 성마르게 말했다. 그는 넉넉한 소매에서 작은 연장 뭉치를 꺼내더니 자물쇠를 열기 시작했다. 곧 찰칵 소리가 나더니 문이 열렸다. 안은 넓고 화려하게 꾸며진 서재였다. 육중한 의자와 탁자, 그리고 높은 선반은 모두 흑단 나무로 정교하게 조각된 것이었다. 하지만 안에는 아무도 없었다.

타오간이 곧장 책상으로 갔다. 서랍은 모두 열려 있었고 푸른색 융단 위에는 서류철과 편지들이 어지럽게 널려 있었다.

"도둑이 들었나 봅니다!"

가령이 소리쳤다.

"도둑 같은 소리 하네! 이 서랍은 억지로 연 것이 아니다. 모두 열쇠로 연 것이야. 금고는 어디 있느냐?"

타오간이 물었다.

가령은 떨리는 손으로 두 책 선반 사이에 걸린 족자를 가리켰다. 타오간은 그리로 가 족자를 옆으로 젖혔다. 벽 속에 있는 네모난 금속 상자는 잠겨 있지 않았다. 물론 금고는 텅 비어 있었다.

"이 금고도 억지로 연 것이 아닙니다. 집 안을 뒤져 봐야겠습니다. 이미 새는 날아간 것 같지만요."

타오간이 수형리에게 말했다.

홍 수형리가 따라온 포졸들을 불러들여 여자들의 처소를 비롯해 집 안 전체를 뒤지게 했다. 하지만 류페이포는 어디에도 보이지 않았고 점심 식사 후에 아무도 그를 본 적이 없었다.

홍과 타오간은 시무룩해져서 관아로 돌아갔다. 안마당에서 포두를 만났는데 그는 별다른 어려움 없이 완이판을 체포하여 옥에 가두었다고 알려 주었다.

디 공은 아직도 바둑 문제를 골똘히 쳐다보며 집무실에 앉아 있었다. 홍 수형리가 보고했다.

"완이판을 잡아들여 옥에 가두었습니다, 나리. 하지만 류페이포는 종적을 감추었습니다!"

깜짝 놀란 디 공이 물었다.

"종적을 감춰?"

"돈과 중요한 서류를 몽땅 가져갔습니다! 아무한테도 이야기하지 않고 몰래 정원에 난 문으로 빠져나간 것이 틀림없습니다."

타오간이 덧붙였다.

디 공이 탁자를 주먹으로 내리쳤다.

"내가 너무 늦었구나!"

그가 분개하여 소리쳤다. 그러더니 자리에서 벌떡 일어나 방 안을 걸어 다니기 시작했다. 잠시 후 디 공은 우뚝 멈춰 서더니 화가 나 말했다.

"이 모두 그 멍청한 장 서생 때문이야! 장 박사가 결백하다는 것을 조금만 더 빨리 알았더라면……."

그는 화가 나 수염을 잡아당겼다. 그러고는 갑자기 말했다.

"타오간, 당장 가서 황실 고문 량 대인의 비서를 데려오게! 심리가 시작되기 전에 그를 신문할 시간이 있다!"

타오간이 황급히 밖으로 나간 후 판관이 홍 수형리에게 말했다.

"류가 도망을 쳐서 일이 매우 안 좋게 되었네, 홍! 살인 사건도 중요하지만 지금은 더 중요한 일들이 있어!"

홍은 그 말이 무슨 뜻인지 묻고 싶었지만 굳게 다문 판관의 입을 보고 마음을 고쳐먹었다. 판관은 다시 방 안을 서성이기 시작했다. 그러다가 창문 앞에 서서 두 손을 등 뒤로 모았다.

타오간이 번개 같은 속도로 량펜을 데리고 왔다. 그 젊은이는 판관이 마지막으로 만났을 때보다 더 불안해 보였다. 디 공이 책상에 기대어 섰다. 량펜에게는 앉으라고 하지도 않았다. 판관은 팔짱을 끼고 한참 동안 신중히 생각하며 그를 바라보다가 이내 입을 열었다.

"내 더 이상 돌려 말하지 않겠다, 량펜! 난 네가 비열한 사건에 연루되어 있다고 생각한다. 재판 심리 중에 너를 부르지 않고 여기서 이렇게 묻는 것은 량 대인께 폐를 끼치지 않기 위해서일 뿐!"

량의 얼굴이 하얗게 질렸다. 그가 입을 열었지만 판관이 손을 들었다.

"우선 량 대인이 무분별하게 재산을 탕진하고 있다는 너의 이야기는 네가 대인의 건강이 좋지 못한 것을 이용해 네 뱃속을 채우려고 꾸며낸 이야기일 수도 있다. 둘째, 죽은 기녀 펜토화의 방에서 네 손으로 쓴 연서들을 발견했다. 가장 최근의 편지에서는 네가 관계를 끊으려고 하였는데, 아마 그것이 네가 한우형의 딸 류화에게 마음을 빼앗겼기 때문일 테지."

"그걸 어떻게 알아내셨습니까? 저희는……."

량펜이 소리쳤지만 다시 디 공은 그의 말을 잘랐다.

"네가 기녀를 살해하지는 못했을 것이다. 너는 그날 배에 타고 있지 않았으니까. 하지만 그녀와 은밀히 정을 통하고 네 처소에서 몰래 만나왔다. 기녀는 네 처소의 작은 정원에 난 뒷문으로 쉽게 드나들 수 있었겠지. 아니야, 아직 내 말이 끝나지 않았다! 나는 네 사생활에 아무 관심이 없으니 안심해라! 네가 버드나무 거리의 모든 계집을 만나고 다니든 내가 알 바 아니다. 하지만 기녀와는 무슨 관계였는지 소상히 고하여라. 멍청한 젊은이 하나가 내 수사를 이미 망쳐 놓았으니 또 다시 그런 일이 일어나게 놔두지 않을 것이다! 자, 입을 열어라! 사실이 무엇이냐?"

"그것은 사실이 아니옵니다, 맹세합니다, 나리! 저는 그 기녀가 누구인지 모릅니다. 그리고 제 주인이신 량 대인의 돈을 단 한 푼도 사사로이 쓴 적이 없습니다! 하지만 제가 류화를 사랑하고 있는 것은 사실입니다. 그리고 이것은 저 혼자만의 마음이 아니라고 생각합니다. 저희는 직접 대화를 나눈 적은 없지만 사당의 정원에서 자주 류화 소저를 보았습니다. 하지만 나리께서 이 모든 것, 제 마음속 깊은 비밀까지 알고 계시니 다른 것들은 모두 사실이 아니라는 것도 아셔야 하지 않겠습니까!"

량펜이 어쩔 줄 몰라 손을 배배 꼬며 항변했다.

디 공은 그에게 죽은 기녀의 편지 한 장을 건네며 물었다.

"이것이 네가 쓴 게 맞느냐? 아니냐?"

량펜은 조심스럽게 편지를 살펴보았다. 그러고 나서 그것을 판관에게 돌려주며 조용히 말했다.

"필체가 저와 비슷하긴 합니다. 제 글씨의 특징을 그대로 따라하려고 애쓴 흔적도 보입니다. 하지만 이것은 제가 쓴 것이 아닙니다. 이것을 쓴 자는 제가 쓴 글을 많이 가지고 있는 것이 틀림없습니다. 하지만 이것 말고는 달리 드릴 말씀이 없습니다!"

디 공은 매서운 눈길로 그를 쳐다보면서 말했다.

"완이판이 체포되어 곧 그를 신문할 작정이다. 너도 심리에 참석해야 한다. 지금 재판정으로 가거라."

젊은이가 자리를 뜨자 홍 수형리가 말했다.

"제 생각에는 량이 사실을 이야기하는 것 같습니다, 나리."

디 공은 아무 대답도 하지 않았다. 다만 홍에게 관복 입는 것을 도와 달라고 손짓하였다.

징이 세 번 울리며 저녁 심리가 시작된 것을 알렸다. 디 공이 집무실을 나서자 홍과 타오간이 그 뒤를 따랐다. 판관이 재판대에 자리를 잡자 열 명도 넘는 구경꾼들이 모여든 것이 보였다. 한위안 사람들이 무언가 화끈한 소식을 기다리고 있었던 것이리라. 한우형과 량펜이 앞줄에 서 있었고 그 뒤에는 수 조합장이 있었다.

참석자 출석을 부르고 나서 디 공은 하옥되어 있던 완이판을 데려오라는 소환장을 작성하여 포두에게 주었다.

불려나온 완이판은 체포된 것이 아무렇지도 않은 것처럼 보였다. 그는 건방진 눈초리로 판관을 한 번 쳐다보더니 무릎을 꿇고 앉아 그의 이름과 직업에 대한 의례적인 질문에 조용히 대답하였다. 그러자 디 공이 말했다.

"여기 네놈이 거짓 증언을 한 증거가 있다. 장 박사에게 딸을 팔아넘기려한 것이 네놈 아니냐. 자세한 내용을 더 들을 테냐, 아니면 순순히 자백할 테냐?"

완이판이 공손히 말했다.

"소생, 나리를 조금 오도한 점은 인정합니다. 장 박사와의 소송 사건에서 제 친구이자 고객인 류페이포를 돕고자 하는 마음이 앞서 오해를 불러일으킬 만한 말씀을 드렸습니다. 하지만 법적으로 제가 지은 죄는 보석으로 풀려날 수 있으니 나리께서는 부디 금액을 확정하여 주시기 부탁드립니다. 류페이포 대인이 보석금과 벌금을 기꺼이 지불하여 주실 것입니다."

디 공이 말했다.

"하지만 두 번째로 네놈이 뱃속을 채우고자 연로하신 황실 고문 량 대인을 속이고 무분별한 토지 거래를 하도록 부추겼다는 증거가 있다."

이러한 말 역시 완에게 별로 영향을 미치지 못하는 듯했다. 완이 아무렇지도 않게 말했다.

"재정적으로 량 대인에게 해를 끼쳤다는 판관 나리의 말씀을 전적으로 부정합니다. 량 대인의 토지 가치가 확연히 떨어질 것이니 저더러 그 땅을 팔도록 도와주라 말씀하시고 직접 소개 말씀을 넣어 주신 것도 류 대인이었습니다. 나리께서는 류 대인이 직접 증언할 수 있도록 해 주시옵소서."

디 공이 무뚝뚝하게 말했다.

"그것이 불가능하게 되었다. 류페이포는 그의 유동 자산과 중요 서류를 모두 챙겨 아무 말 없이 자취를 감추었다."

완이판이 펄쩍 뛰며 소리쳤다.

"어디에 갔단 말입니까? 수도에 갔습니까?"

그의 낯빛에서 생기가 빠져 버렸다.

포두가 완을 다시 꿇려 앉히려 하였으나 판관이 재빨리 고개를 저었다. 판관이 말했다.

"류는 사라져 버렸고 그의 식구들도 그가 어디에 갔는지 모른다."

완이판은 급격히 자제력을 잃었다. 이마에 송골송골 땀이 맺히기 시작했다. 그가 멍하니 중얼거렸다.

"류가 도망을 쳐……."

그러고는 판관을 올려다보고 느릿느릿 말했다.

"그렇다면 저의 진술을 조금 바꿔야 할지 모르겠습니다."

그는 머뭇거리더니 말을 이었다.

"생각할 시간을 주십시오."

"그렇게 하라."

디 공이 바로 대답했다. 그는 완의 눈에서 간절한 애원의 빛을 읽었다.

완이 다시 옥으로 돌아가고 나서 디 공은 심리를 끝내려 재판봉을 들었다. 그런데 그때 수 조합장이 조합원 둘과 함께 앞으로 나섰다. 하나는 옥 세공인이었고 다른 하나는 소매상이었다. 소매상은 그가 세공인에게 옥 덩어리 하나를 팔았는데 그것을 작은 조각으로 쪼개어보니 결함이 있다면서 세공인이 옥 값을 지불하지 않겠다고 버틴다고 하였다. 이미 옥을 쪼개 버렸으니 소매상이 옥을 돌려받으려 하지도 않았다. 수는 그들이 원만히 합의할 수 있도록 중간에서 노력하였으나 두 사람은 수의 모든 제안을 거절한 터였다.

디 공은 끈기 있게 양측의 긴 설명을 들었다. 관아 안을 둘러보니 한우형이 자리를 뜬 것을 알 수 있었다. 수가 다시 상황을 요약하여 설명을 마치자 디 공은 소매상과 세공인에게 명했다.

"너희 둘 다 잘못이 있다. 소매상은 전문가로서 덩어리를 구매할 때 결함이 있는 것인지 알았어야 했고, 세공인은 경험이 풍부한 사람으로서 큰 덩어리를 자르지 않고도 결함을 발견해야 했다. 소매상은 그것을 은전 열 냥에 사서 세공인에게 열닷 냥에 팔았다. 이에 소매상은 세공인에게 은 열 냥을 내어주고 잘린 옥 조각들은 둘이 똑같이 나누어 갖도록 판결한다. 그러면 두 편 모두 전문가로서 부족함에 대해 은 다섯 냥씩 벌금을 낸 셈이 되지."

판관은 재판봉을 두드려 폐정하였다.

집무실로 돌아온 디 공은 만족스럽게 수형리와 타오간에게 말했다.

"완이판이 공개된 재판장에서는 꺼내지 못한 말을 이제 내게 할 것이야. 죄인을 사사로이 신문하는 것은 옳지 못하지만 이번에는 예외로 처리해도 괜찮다고 생각하네. 이제 그를 이리로 불러야겠어. 류페이포가 도망쳤다고 그자가 혼자 중얼거린 말 들었나? 이제 더 자세한 이야기를 들어 보자고."

그런데 갑자기 문이 벌컥 열리며 포두가 안으로 달려 들어왔다. 뒤에는 옥사장이 따라 들어왔다. 포두가 숨을 몰아쉬며 말했다.

"완이판이 자결을 하였습니다, 나리!"

디 공은 주먹으로 탁자를 내리쳤다. 그가 옥사장에게 소리쳤다.

"몸수색을 하지 않았나?"

옥사장이 털썩 무릎을 꿇었다.

"맹세코 처음 들어왔을 때는 빵을 가지고 있지 않았습니다, 나리! 누군가 독이 든 빵을 몰래 옥으로 넣어준 것이 분명합니다!"

"그럼 네가 옥으로 방문자를 들여 보냈다는 말이냐!"

디 공이 소리쳤다.

"외부에서 온 사람은 없었습니다, 나리! 저도 통 이해할 수가 없습니다!"

옥사장이 울부짖었다.

디 공은 자리에서 일어나 문으로 갔다. 홍과 타오간이 급히 그 뒤를 따랐다. 그들은 안마당을 지나 서고 뒤편 복도를 통해 옥으로 갔다. 옥사장이 등불을 들고 길을 안내했다.

완이판이 바닥에 쓰러져 있었다. 등불이 그의 일그러진 얼굴을 비추자 입을 가득 덮은 거품과 피가 보였다. 옥사장이 완의 오른손 옆에 떨어져 있는 조그맣고 둥근 빵을 조용히 가리켰다. 조그만 조각이 떨어져 나간 것을 보니 완은 단 한 입만 먹은 것이 분명했다. 디 공이 몸을 굽혀 그것을 자세히 살펴보았다. 그것은 단팥이 들어 있는, 고을 어느 과자점에서나 파는 평범한 둥근 빵이었다. 하지만 그 위에는 과자점 표식 대신 조그만 연꽃무늬가 찍혀 있었다.

디 공이 손수건으로 빵을 싸서 소매 안에 집어넣었다. 그는 몸을 돌려 조용히 집무실로 걸어갔다.

그가 책상 앞에 앉자 홍 수형리와 타오간이 걱정스러운 표정으로 디 공의 굳은 얼굴을 바라보았다. 연꽃무늬는 완이 보라고 찍혀 있는 것이 아니었다. 어차피 그 죽음의 선물이 배달되었을 때 옥 안은 어두워 볼 수도 없을 터. 그 연꽃무늬는 수령에게 보내는 전갈, 곧 백련회의 경고가 아니겠는가! 기운이 쭉 빠진 판관이 말했다.

"완은 입을 다물게 하기 위해 살해되었다. 독이 든 빵은 이 관아에서 일하고 있는 자의 손으로 배달된 거야. 내 관아에 첩자가 있다고!"

떠돌이 두 명이 창페이에서 소란을 피우고,
강에 평화롭게 떠 있던 배가 공격을 받는다.

 마중과 차오타이는 서고에서 창페이의 지도를 꼼꼼히 살펴보고 여행에 가져갈 물건을 꾸렸다.
 그들은 상태가 좋은 말을 두 마리 골라 동쪽으로 길을 떠났다. 평야 지대로 내려간 후 30분 정도 길을 따라갔다. 그러다가 마중이 말을 세우고 말했다.
 "여기서 오른쪽으로 논을 가로지르면 고을 경계에 있는 강에 금방 당도할 수 있을 것 같지 않아? 다리에 있는 군사 초소에서 아래로 한 60리 되겠지?"
 "그 정도면 정확할 것 같군."
 차오타이가 말했다.
 둘은 평야를 가로지르는 좁은 길을 따라 말을 달렸다. 매우 덥고 습도가 높았기 때문에 그들은 작은 농장을 발견하자 매우 기뻤다. 그들은 농부가 길어 준 우물물을 벌컥벌컥 들이킨 후 엽전 한 움큼을 주고 농부에게 말을 맡겼다. 농부가 말들을 마구간으로 끌고 가자마자 마중과 차오타이는 머리를 마구 헝클어뜨리고 더러운 천으로 대충 묶어 올렸다. 그러고 나서 승마화를 벗고 짚신으로 갈아 신었다. 차오타이가 소매를 말아 올리다가 마중을 불렀다.

"이봐, 이러니까 옛날 녹림회에 있던 때가 생각나네!"

마중이 그의 어깨를 한 대 철썩 때렸다. 둘은 울타리에서 두꺼운 대나무 장대를 하나씩 뽑아 들고는 강가로 내려갔다.

거기에는 한 늙은 어부가 그물을 말리고 있었다. 그가 엽전 두 냥을 받고 둘을 강 건너로 배를 태워 주었다. 마중이 삯을 치르면서 물었다.

"이 주변에 군인들은 없소?"

그 노인이 두려운 눈으로 마중을 쳐다보더니 고개를 절레절레 흔들고는 서둘러 배로 돌아갔다.

마중과 차오타이는 키 큰 갈대를 헤치고 걸어가 구불구불 이어진 시골길에 다다랐다. 차오타이가 말했다.

"딱 들어맞는군. 지도를 보면 이 길이 그 마을로 이어진다고 나와 있어."

그들은 대나무 장대를 어깨에 지고 상스러운 노래를 불러 대며 계속 길을 걸었다. 30분 정도 지나자 마을이 보였다.

마중이 먼저 가서 조그만 시장 안에 있는 여각으로 들어갔다. 그는 나무 의자에 털썩 주저앉더니 소리쳐 술을 시켰다. 그러고 나서 차오타이가 들어왔다. 그가 맞은편에 앉으며 말했다.

"주변을 둘러봤네, 안전한 것 같아!"

다른 식탁에 앉은 늙은 농부 네 명이 두려움이 가득한 눈초리로 둘을 쳐다봤다. 한 사람이 손을 들더니 검지와 새끼손가락을 구부려 노상강도 같다는 표시를 하자 같이 앉은 사람들이 알겠다는 듯 고개를 끄덕였다.

여각 주인이 술 두 주전자를 들고 달려왔다. 그러자 차오타이가 그의 소매를 붙잡더니 쏘아붙였다.

"이게 뭐야, 응? 당장 주전자 치우고 항아리째 가져오지 못해?"

주인이 황급히 다시 나갔다. 곧 그가 아들과 함께 높이가 석 자나 되는 항아리와 긴 손잡이가 달린 대나무 국자 두 개를 들고 들어왔다.

"진작 이렇게 했어야지! 잔이나 주전자는 내 올 것도 없어!"

마중이 외쳤다. 그들은 국자를 항아리에 담그더니 술을 들이키기 시작했다. 오래 걸었더니 목이 마르던 참이었다. 주인은 소금에 절인 야채를 내왔다. 차오타이가 한 움큼 집어 입에 털어 넣었다. 야채는 마늘과 빨간 고추에 버무려져 있었다. 입맛을 다시며 그가 말했다.

"이거 시내에서 주는 허접한 것보다 훨씬 나은데!"

마중도 입 안에 야채를 가득 넣고 고개를 끄덕였다. 술 항아리가 반쯤 비자 그들은 국수를 큰 그릇으로 하나 가득 먹고 쓸쓸하지만 좋은 향이 나는 차로 입을 헹구었다. 그들은 자리에서 일어나 돈을 꺼내려고 허리춤을 뒤졌다. 여각 주인이 손님들을 모신 것만으로 큰 영광이라며 황급히 마다했지만 마중이 끝내 넉넉히 쳐서 술값을 치렀다.

둘은 밖으로 나갔다. 그러고는 전나무 아래 누워 곧 큰 소리로 코를 골기 시작했다.

누군가 다리를 발로 차는 느낌에 마중이 잠에서 깼다. 그가 일어나 앉아 주변을 둘러보고는 차오타이를 쿡쿡 찔렀다. 곤봉을 든 사내 다섯이 빙 둘러서서 그들을 내려다보고 있고, 주변에는 마을 사람들이 입을 헤벌리고 쳐다보고 있었다. 마중과 차오타이는 비척거리며 자리에서 일어났다. 땅딸막한 남자 하나가 소리쳤다.

"우리는 창페이 관아에서 나왔다! 네놈들은 누구고, 어디에서 왔느냐?"

"눈이 멀었느냐? 변장하고 감찰 나온 어사를 알아보지도 못 하는 게야?"

마중이 도도하게 대꾸했다.

둘러싼 사람들이 배꼽을 잡고 웃어 댔고 포두인 듯한 사내가 위협하듯 곤봉을 치켜들었다. 마중이 재빨리 그의 멱살을 잡고 땅에서 들어 올려 이빨이 서로 부딪쳐 소리가 날 때까지 그를 흔들었다. 포졸들이 그를 도우려 하였으나 차오타이가 재빨리 가장 키 큰 사내의 다리 사이에 대나무 장대를 집어넣어 그를 넘어뜨렸다. 차오타이가 막대를 빙빙 돌리자 막대는 휙 소리를 내며 포졸들의 머리 위를 아슬아슬하게 스쳐 지나갔다. 포졸들이 황급히 달아나자 마을 사람들이 그들을 놀려 대기 시작했다. 차오타이가 뒤쫓아 달려가면서 큰 소리로 욕을 퍼부었다.

하지만 포두는 겁쟁이가 아니었다. 그는 마중의 잡은 손을 풀려고 몸부림을 치며 발길질을 해 댔다. 마중이 쿵 하고 그를 바닥에 내려놓고 재빨리 대나무 장대를 움켜잡았다. 몸이 자유로워진 포두가 마중의 머리를 향해 곤봉을 내리쳤으나 마중은 그것을 아슬아슬하게 피하고 대나무 장대로 그의 팔을 내리쳤다. 그러자 포두는 곤봉을 떨어뜨리고 맨손으로 마중에게 달려들었지만 마중이 장대를 그의 머리 쪽으로 찔러대며 그가 가까이 오지 못하게 막았다. 포두는 자신의 실력이 기우는 것을 깨닫고 더 이상 싸울 수 없다

두 남자가 창페이 포졸들을 조롱하다

는 것을 알았다. 그는 재빨리 돌아서 도망쳤다.
 잠시 후 차오타이가 돌아왔다.
 "이 새끼들 도망쳤어!"
 그가 숨을 몰아쉬며 말했다.
 "한 수 가르쳐 주셨구먼!"
 한 늙은 농부가 만족스러운 듯 말했다.
 여각 주인은 멀리에서 그들을 바라보고 있다가 차오타이에게 다가와 황급히 속삭였다.
 "빨리 도망쳐야 합니다! 수령의 군사들이 이곳에 있어요. 곧 들이닥쳐 두 분을 잡으려 할 것입니다."
 "그건 생각을 못했네!"
 차오타이가 머리를 긁적이며 후회하듯 말했다.
 "걱정 마세요! 우리 아들이 강 건너로 데려다 드릴 것입니다. 배가 한 척 있어요. 한두 시간 정도면 삼곡도로 갈 수 있을 겁니다. 거기 사람들이 도와줄 테니 샤오 영감이 보냈다고 하세요!"
 여각 주인이 속삭였다.
 그들은 고맙다고 말하고 여각 주인의 아들을 따라 논을 가로질러 달렸다. 한참 가다가 아들이 우뚝 멈춰 섰다. 앞에 줄지어 서 있는 나무를 가리키며 그가 말했다.
 "저기 수로에 배가 숨겨져 있습니다. 물살 때문에 저절로 움직일 테니 걱정은 마세요. 다만 소용돌이치는 곳만 조심하면 됩니다!"
 마중과 차오타이는 덤불 사이에서 쉽게 배를 찾았다. 둘 다 배에 오른 후 마중이 긴 장대를 물속에 집어넣고 힘껏 밀어 배를 물에 띄웠다. 갑자기 눈앞에 큰 강이 나타났다.
 마중이 장대를 내려놓고 노를 잡았다. 그들은 거무튀튀한 물살을 따라 아래로 떠내려갔다. 곧 강둑이 점점 멀어지기 시작했다.

"이렇게 큰 강을 건너기엔 배가 좀 작은 것 같지 않아?"

차오타이가 뱃전을 움켜쥐고 불안한 듯 말했다.

"걱정 마! 내 고향이 강수인 거 몰라? 배 위에서 평생을 지냈다고!"

마중이 웃으며 말했다.

그는 소용돌이를 피하기 위해 부지런히 노를 저었다. 이제 배는 강 한가운데 나와 있었다. 갈대가 가득한 강둑은 이제 저 멀리 얇은 선처럼 보이더니 조금 지나자 완전히 시야에서 사라졌다. 이제 그들을 둘러싼 것이라고는 갈색으로 흐르는 강물뿐이었다.

"이렇게 물만 보고 있으니까 졸리네!"

차오타이가 짜증을 내며 드러누웠다. 한 시간 넘게 둘은 아무 말도 하지 않았다. 차오타이는 이내 잠이 들었고 마중은 배를 조종하는 데에만 신경을 쓰고 있었다. 갑자기 마중이 소리쳤다.

"봐, 저기 육지가 보인다!"

차오타이가 벌떡 일어나 앉았다. 물 위로 얼마 올라와 있지 않은 땅에 잡초가 무성한 푸른 밭이 눈앞에 펼쳐졌다. 30분 정도 지나니 배는 관목으로 뒤덮인 조금 큰 섬 사이로 들어와 있었다. 땅거미가 지고 주위에서는 기이한 물새 소리가 들려왔다. 차오타이가 인상을 쓰며 듣고 있다가 갑자기 말했다.

"이건 그냥 새 소리가 아니야! 군대에서 정찰대가 쓰는 신호라고!"

마중이 무슨 말을 내뱉었다. 좁고 구불구불한 지류 사이를 헤치고 지나가느라 배 조종이 어려웠다. 갑자기 손에서 노가 홱 떨어져 나가더니 배가 마구 흔들리기 시작했다. 배 뒤쪽 물속에서 젖은 사람 머리 하나가 쑥 올라오더니 그 뒤에서 둘이 더 나왔다. 한 놈이 말했다.

"가만히 앉아 있어! 안 그러면 배를 뒤집어 버린다! 네놈들은 누구냐?"

그가 뱃전에 한 손을 올렸다. 흙탕물을 잔뜩 뒤집어쓰고 물을 뚝뚝 흘리고 있는 그자의 모습은 흡사 강에 사는 귀신같았다.

"강 머리 마을의 샤오 노인이 이리 가라 했소. 거기 포졸들하고 문제가 좀 있었거든."

마중이 말했다.

"그런 얘길랑 두목한테 직접 하는 게 좋을 거야! 저기 보이는 불빛까지 곧장 노 저어 가라!"

그자가 노를 돌려주며 말했다.

대충 만든 선착장에 도착하니 무장한 사내 여섯이 기다리고 있었다. 그들은 군복을 입고 있었지만 계급장은 달고 있지 않았다. 그들은 마중과 차오타이를 빽빽한 숲 속으로 데려갔다.

곧 나무 사이로 불빛이 보이고 그들은 넓은 공터에 이르렀다. 100명 남짓한 사내들이 모닥불을 둘러싸고 앉아 죽을 끓이고 있었다. 모두 완전 무장한 상태였다. 그들은 마중과 차오타이를 공터 반대편으로 데려가 아주 오래된 떡갈나무 세 그루 아래 낮은 의자에 앉은 네 남자 앞에 세웠다.

"보초들이 이야기한 놈들을 잡아 왔습니다, 두목!"

둘을 데려온 자들 중 높아 보이는 사내가 보고했다.

두목이라고 불린 어깨가 넓은 사내는 꼭 맞는 갑옷 윗도리에 헐렁한 검은 가죽 바지를 입고 있었다. 그의 머리는 붉은 천으로 묶여 있었다. 작고 날카로운 눈으로 마중과 차오타이를 훑어보던 사내가 소리쳤다.

"말해 봐라, 이 새끼들! 이름은? 어디서 왔고, 왜 왔느냐? 몽땅 털어놓지 못해?"

그의 말투는 어딘지 모르게 군 장교처럼 절도가 있었다. 차오타이는 그가 탈영병이 틀림없다고 생각했다.

"제 이름은 융바오입죠, 두목. 나랑 여기 친구 놈은 녹림회에서 먹고 살고 있습니다요."

마중이 친근한 웃음을 지으며 말했다. 그는 포졸들하고 싸움이 붙은 이야기며 여각 주인이 그들을 삼곡도로 보낸 이야기를 했다. 그리고 마지막으로 두목이 그들을 수하로 받아 준다면 크나큰 영광이라고 덧붙였다.

두목이 말했다.

"먼저 네놈의 이야기가 정확한지 확인부터 해야겠다. 일단 이놈들을 다른 놈들과 함께 가두어 놓아라!"

둘은 죽을 한 그릇씩 받아 들고 숲을 지나 좀 더 작은 공터로 끌려갔다. 횃불에 비쳐 통나무로 지은 오두막집이 한 채 보였다. 그 앞에는 남자 한 명이 잔디 위에 쭈그리고 앉아 죽을 먹고 있었다. 공터 가장자리에는 푸른 윗옷과 바지 차림의 시골 처녀가 나무 아래 무릎을 꿇고 있었는데 역시 죽을 먹느라 바빴다.

"여기서 꼼짝도 하지 마!"

보초가 소리를 지르더니 가 버렸다. 마중과 차오타이는 쭈그려 앉은 사내를 마주보고 다리를 꼬고 앉았다. 그러자 그 사내가 언짢은 듯 그들을 쳐다보았다.

"내 이름은 융바오요. 댁은 누구슈?"

마중이 친근하게 물었다.

"마오루."

그 사내가 부루퉁한 목소리로 내뱉듯 말하더니 빈 죽그릇을 그 여자에게 집어 던지고 말했다.

"닦아 놔!"

소녀는 한마디 말도 없이 자리에서 일어나 죽그릇을 주웠다. 소녀는 마중과 차오타이가 다 먹을 때까지 기다리더니 그들의 그릇도 가져갔다. 마중은 흡족한 표정으로 그녀를 바라보았다. 소녀는 슬퍼 보이는 인상에 걸음이 불편했지만 아주 인물이 좋은 것이 한눈에 드러났다. 마오루는 마중의 시선을 살피더니 화가 나 얼굴을 일그러뜨리고는 소리 질렀다.

"관심 끊어! 내 여편네라고!"

"거 참, 예쁘게 생겼네! 내 말 좀 들어 보슈. 저놈들이 왜 우리를 여기에 따로 가둬 둔 거요? 누가 보면 우리가 도둑놈이라도 되는 줄 알겠네!"

마중이 말했다.

마오루가 바닥에 가래침을 뱉었다. 그는 재빨리 주위를 둘러보더니 낮은 목소리로 말했다.

"이자들은 친근한 구석이라고는 전혀 없다니까. 며칠 전에 친구 녀석 하나하고 여기 당도했소. 좋은 녀석이었지. 우리는 한패가 되고 싶다고 했어. 그랬더니 두목이라는 자가 별의별 질문을 다 하더라고. 내 친구 녀석이 신경질이 나서 몇 마디 퍼부어 줬지, 아 그랬더니 어떻게 된 줄 아슈?"

마중과 차오타이가 고개를 저었다. 마오루는 검지로 목을 긋는 시늉을 했다.

"단칼에 그냥! 놈들이 날 여기다 가두었소. 어젯밤에는 두 놈이 나타나서 저 여편네를 끌고 가려고 하지 뭐야! 내가 그놈들하고 싸우고 있으니까 보초가 나타나서 그놈들을 묶어 데려가더라고. 규율은 있는 것 같은데 그것만 빼면 아무튼 지독한 놈들이지. 여기 온 걸 후회하는 중이야!"
"저놈들은 도대체 뭘 하는 거유? 우리 같은 사람들이 오면 두 손 들어 반겨줄 평범한 비적떼인 줄만 알았는데?"
차오타이가 물었다.
"댁이 가서 한번 물어보지 그래?"
마오루가 빈정댔다.
소녀가 다시 나타나더니 셋은 죽그릇을 나무 밑에 내려놓았다. 마오루가 그녀에게 으르렁댔다.
"서방한테 말 한마디 안 할 거야?"
"혼자 실컷 하시지!"
소녀가 조용히 대답하더니 통나무집으로 들어갔다. 마오루는 화가 머리끝까지 솟아 얼굴이 붉으락푸르락 했지만 뒤를 따라 안으로 들어가지는 않았다. 그가 욕설을 내뱉더니 말했다.
"저년 목숨을 구해 줬더니만! 나한테 돌아오는 게 뭔지 아슈? 고작 찌푸린 얼굴뿐이라니까! 묶어 놓고 흠씬 패 주기도 했는데, 한 번 더 두들겨 줘야 말을 들으려나!"
"계집이란 원래 엉덩짝을 두들겨 줘야 말을 듣는 법이지."
마중이 당연하다는 듯 말했다. 마오루가 자리에서 일어나더니 큰 나무 둥치로 걸어갔다. 그는 높이 쌓인 낙엽 더미를 한 번 걷어차더니 그 위에 누웠다. 마중과 차오타이도 다른 편에 있는 낙엽 더미에 자리를 잡았다. 곧 그들은 깊이 잠이 들었다.
누군가 얼굴에 대고 입김을 부는 바람에 차오타이가 잠을 깼다. 마중이 그의 귀에 대고 속삭였다.

"내가 좀 살펴보고 왔어. 제일 큰 지류에 평저선 두 척이 정박해 있는데 내일 아침 당장 움직일 수 있게 되어 있어. 보초는 없고. 마오루란 놈을 기절시킨 다음 저 소저랑 함께 배에 태우자고. 하지만 우리 둘이서는 그 무거운 걸 강으로 띄울 수가 없을 거야. 항로를 잡기는 고사하고 말이야."

"화물칸에 숨으면 돼! 내일 아침에 놈들이 배를 띄우고 나면 우리가 놈들을 놀래 주자고!"

차오타이가 속삭였다.

"좋아! 놈들을 잡든, 우리가 잡히든 둘 중 하나지. 그렇게 단순한 게 제일 좋다니까. 놈들은 새벽이 오기 전엔 일어나지 않을 테니까 아직 조금 더 잘 시간은 충분해."

마중이 신나서 말했다.

곧 둘은 코를 골기 시작했다.

해가 뜨기 한 시간 전, 마중이 잠에서 깼다. 그는 마오루의 어깨를 흔들어 깨웠다. 그가 일어나 앉자 마중은 그의 관자놀이를 세게 한 방 먹여 정신을 잃게 만들었다. 그는 허리춤에 차고 다니던 가는 밧줄로 마오루의 손과 발을 단단히 묶고 윗도리에서 찢어낸 천 조각으로 입에 재갈을 물렸다. 그러고 나서 마중은 차오타이를 깨워 둘이 함께 오두막 안으로 들어갔다.

마중이 소녀를 깨우는 동안 차오타이가 부싯돌을 꺼내 불을 켰다.

"우리는 한위안의 관아에서 나왔습니다, 장씨 부인. 부인을 도성으로 데려오라는 명을 받았습니다."

창어는 흐린 불빛 속에서 의심이 가득한 눈초리로 그들을 위아래로 훑어보았다. 그녀가 퉁명스럽게 말했다.

"헛소리는 마음대로 지껄여 보아라! 하지만 나를 건드리기라도 하면 바로 소리를 지를 테다!"

마중은 한숨을 내쉬고는 머리를 묶은 천 사이 접힌 곳에 숨기고 있던 디 공의 편지를 꺼냈다. 그녀는 편지를 읽더니 고개를 끄덕이고는 재빨리 물었다.

"어떻게 여기서 빠져나가지요?"

마중이 그들의 계획을 이야기하고 나자 그녀가 말했다.

"동이 트자마자 보초들이 아침을 가져와요. 우리가 없어진 걸 발견하면 바로 위에 알릴 거예요."

"아까 한 시간 정도 숲 속을 돌아다니면서 반대편 방향으로 우리가 지나간 흔적을 거짓으로 만들어 놓았지요. 이 정도 일은 아무것도 아니니까 걱정 붙들어 매쇼, 예쁜이!"

마중이 대답했다.

"입 조심하시오!"

소녀가 쏘아 붙였다.

"성깔 있는 계집이로구먼!"

마중이 씩 웃으며 차오타이에게 말했다. 그들은 밖으로 나갔다. 마중이 마오루를 어깨에 짊어졌다. 마중은 산에 관한 한 전문가였다. 셋은 별 문제없이 어두운 숲을 헤치고 산길을 걸어 강 지류에 당도했다. 거대한 평저선 두 대의 검은 선체가 눈앞에 우뚝 서 있었다.

둘 중 앞에 있는 배에 오르자마자 마중은 뒤에 있는 뚜껑문으로 가서 마오루를 가파른 사다리 아래로 밀어 넣었다. 그러고는 자신도 뒤이어 들어갔고 곧 차오타이와 창어 아래로 내려갔다. 아래에는 작은 부엌이 있었다. 화물칸 앞 쪽에는 커다란 나무 상자가 천장까지 가득 쌓여 있었는데 굵은 밧줄이 단단히 둘러져 있었다.

"차오타이, 저 위에 올라가서 두 번째 줄 위쪽 상자를 옆으로 좀 밀어봐. 그럼 숨을 곳이 생길 것 같군. 난 잠깐 나갔다 오지."

마중이 말했다.

그는 구석에 놓여 있던 연장통을 집어 들고 사다리를 올라갔다. 소녀가 부엌을 살피는 동안 차오타이는 나무 상자 위로 올라가 상자 맨 꼭대기와 천장 사이 좁은 틈으로 기어 들어갔다. 윗줄 상자를 옆으로 밀어내며 그가 중얼거렸다.

"왜 이렇게 무거워. 돌이라도 잔뜩 든 거야?"

네 명이 들어갈 자리를 만들고 나자 마중이 돌아오는 소리가 들렸다.

"나머지 배에 구멍을 좀 뚫어 놓았어. 구멍 찾긴 어려울걸!"

마중이 만족한 듯 말했다. 그는 차오타이를 도와 마오루를 상자 맨 위로 끌어 올렸다. 놈은 의식이 돌아와 이제는 이리저리 눈동자를 희번덕거리고 있었다.

"질식하지만 말아! 수령님이 네놈 죽기 전에 신문하셔야 한다는 거 알지?"

차오타이가 말했다.

마오루를 두 상자 사이에 밀어 넣고 나서 마중은 맨 앞 줄 쪽으로 돌아와 손을 내밀었다.

"이리 올라와요! 내가 도와줄게요."

그가 창어에게 말했다.

하지만 창어는 아무 말도 하지 않았다. 그녀는 입술을 깨물며 무엇인가를 생각하고 있었다. 갑자기 그녀가 물었다.

"이런 배에 보통 선원이 몇 명이죠?"

"여섯이나 일곱 정도. 아, 얼른 올라와요!"

마중이 다급하게 말했다.
"여기 있을래요! 이렇게 더러운 상자에 어떻게 올라가요?"
창어가 대꾸했다.
마중은 와락 욕설을 내뱉었다.
"당장 올라오지 않으면……."
그가 말을 꺼냈다.
그때 갑판에서 쿵쾅거리는 발소리가 들리고 누군가가 소리치기 시작했다. 창어가 고물의 문을 열고 바깥을 내다보았다. 그러고는 상자 위를 향해 속삭였다.
"우리 뒤에 있는 배에 무장한 사내 마흔 정도가 올라가고 있어요."
"당장 올라오라니까!"
마중이 쉿소리를 냈다.
그녀는 가소롭다는 듯 웃더니 윗옷을 벗었다. 그러고는 상체를 완전히 벌거벗은 채로 냄비를 닦기 시작했다.
"몸매 끝내주는구먼! 그런데 도대체 저 계집이 무슨 짓을 하려는 거야?"
마중이 차오타이에게 속삭였다.
무거운 밧줄이 갑판 위로 던져지는 소리가 나고 배가 움직이기 시작했다. 장대로 배를 밀던 사내들이 단조로운 노래를 흥얼거리기 시작했다.
갑자기 사다리가 삐걱거렸다. 덩치 큰 사내 하나가 사다리 중간쯤 멈춰 서서 입을 벌리고 반라의 여자를 뚫어져라 쳐다보고 있었다. 그녀는 뻔뻔하게 그를 쳐다보더니 아무렇지도 않게 물었다.
"나 도와주러 온 거유?"

"나…… 나는 화물을 점검해야 하는데."

사내가 겨우 대답했다. 그의 시선은 소녀의 둥근 가슴에 못 박힌 채 꼼짝하지 않았다.

"그래, 저 지저분한 상자들이나 보고 있는 게 더 좋으면 맘대로 하든가! 나 혼자서도 잘할 수 있으니까!"

창어가 코웃음을 치며 말했다.

"그렇게는 못하지! 정말 예쁜데!"

사내가 재빨리 내려가 그녀에게 다가가더니 얼굴 가득 웃음을 띠고 말했다.

"그쪽도 그리 나쁘진 않아."

창어가 말했다. 그러고는 잠시 자신을 만지게 놔두었다가 슬쩍 그를 밀어내고 말했다.

"먼저 일부터 하고! 물 한 바가지만 갖다 줘요."

"호, 어디 있어?"

컬컬한 목소리가 뚜껑문 위에서 들려왔다. 사내가 대답했다.

"화물 점검하고 있지! 금방 올라갈 거야! 돛이 잘 펴졌는지 보기나 해!"

창어가 물었다.

"몇 명 먹을 밥을 지어야 하는 거예요? 위에는 군인들이에요?"

"아니, 군인들은 우리 뒤에 있는 배에 탔지. 자기는 나 먹을 거나 좀 요리해 주면 돼. 내가 여기 항해사라 가장 높다니까. 조타수하고 선원 넷은 남은 거나 먹으라지!"

호라고 불린 사내가 대답했다.

갑판 위에서 무기가 덜그럭거리는 소리가 났다.

"군인은 안 타고 있다면서?"

창어가 물었다.

"저건 앞서 기지에 있던 보초들이야. 배가 나가기 전에 들어와 수색을 하는 거지."

호가 대답했다.

"난 군인들이 좋더라! 이리로 내려오라고 해요!"

창어가 말했다.

사내는 다시 사다리를 올라갔다. 그는 뚜껑문 밖으로 머리를 쏙 내밀더니 소리쳤다.

"내가 방금 화물칸 전체를 다 살펴봤어! 이 안이 완전히 찜통처럼 덥구먼!"

여기저기서 대꾸하는 소리가 들려오더니 그가 음흉한 웃음을 띠고 다시 내려왔다.

"저놈들 다 보내 버렸어! 나도 한때 군인이었다고. 최선을 다해볼게, 응?"

그가 팔을 소녀의 허리에 감더니 바지를 고정하고 있던 끈을 잡아당기기 시작했다. 창어가 말했다.

"여기는 말고! 나 그런 여자 아니야! 저기 올라가서 상자 위를 한번 살펴봐. 우리 둘이 올라갈 만한 곳이 있겠지!"

호가 서둘러 상자 쪽으로 가서 몸을 위로 끌어 올렸다. 그 순간 마중이 그의 멱살을 잡고 휙 위로 잡아당겨 그가 의식을 잃을 때까지 목을 졸랐다. 그런 다음 마중이 부엌으로 뛰어 내려갔다. 창어가 재빨리 뚜껑문을 닫고 윗도리를 다시 입었다.

"아주 잘했는데, 아가씨!"

마중이 신나서 속삭였다. 그러고는 사다리 뒤에 몸을 숙이고 숨었다. 그때 장화를 신은 두 발이 문 아래로 내려왔다.

"도대체 뭐하고 있는거야, 호?"

성난 목소리가 소리쳤다.

마중이 사내의 두 다리를 뒤로 확 잡아당겼다. 사내가 우당탕 아래로 떨어지면서 우지끈 하는 소리와 함께 머리가 바닥에 부딪쳤다. 그는 이내 움직이지 않았다. 차오타이가 위에서 손을 뻗어 둘은 같이 의식을 잃은 사내를 상자 위로 끌어 올렸다. 마중이 속삭였다.

"놈을 꽁꽁 묶어 놓고 이리 내려와, 차오! 나는 이리 올라가 갑판으로 나가 볼게. 놈들을 처리해서 계속 내려 보낼 테니 받을 준비나 하고 있으라고!"

그는 뚜껑문으로 올라가 닻을 묶어 놓은 밧줄을 타고 선체 바깥으로 몸을 끌어 올렸다. 아무도 그를 보고 있지 않다는 것을 확인한 후 무거운 방향타를 두 손으로 잡고 있던 조타수를 향해 어슬렁어슬렁 걸어가 말했다.

"화물칸은 너무 더워서 못 있겠수!"

이제 배는 완전히 강 한가운데로 나와 있고 두 번째 평저선은 멀찌감치 뒤에 떨어져 있었다. 그는 갑판 위 큰 대자로 드러누웠다.

조타수는 화들짝 놀라 그를 쳐다보더니 휘파람을 불었다. 그러자 건장한 선원 셋이 달려왔다. 첫 번째 선원이 물었다.

"네놈은 대체 누구냐?"

마중은 두 손을 머리 뒤에서 포갰다. 그는 입이 찢어지도록 하품을 하더니 말했다.

"화물을 지키는 보초지. 호 형씨하고 상자 확인을 막 끝냈수."

"그 항해사는 도통 우리한테 알려주는 게 없다니까. 자기만 잘났다지! 나는 가서 돛을 얼마나 펼지 물어보고 오겠소."

그 선원이 말하고는 뚜껑문 쪽으로 걸어갔다. 마중은 비척비척 자리에서 일어나 다른 두 선원과 함께 그 뒤를 따랐다.

그 사내가 뚜껑문 앞에 서자 마중은 갑자기 그를 발로 차 사다리 아래로 떨어뜨렸다. 그러고는 번개처럼 재빨리 뒤로 돌아 그에게 달려온 다른 선원의 턱 아래를 쳤다. 그러자 그가 뒤로 비틀거리며 갑판 난간에 기대어 섰다. 다음 순간 마중은 그의 가슴을 힘껏 밀었고 그는 결국 난간 밖으로 떨어져 강에 빠졌다. 세 번째 선원이 긴 칼을 빼 들고 마중에게 달려들었다. 마중이 허리를 숙여 칼을 피하자 칼날은 마중의 등을 스칠 듯 지나갔고 마중은 선원의 배에 자신의 머리를 세게 박았다. 남자는 헉 소리를 내며 마중의 등 위로 쓰러졌다. 마중은 몸을 일으키고는 그 남자를 배 밖으로 던져 버렸다.

"물고기들이 포식 좀 하겠군! 조종이나 잘해, 안 그럼 저 친구들하고 같은 신세가 될 테니까!"

마중이 조타수에게 소리치고는 뒤에 멀리 떨어져 있는 두 번째 배를 바라보았다. 그 배는 우현 쪽이 많이 치우쳐 있고 사람들이 기울어진 갑판 위를 정신없이 뛰어다니고 있었다.

"저놈들 모두 물에 젖은 생쥐 꼴이 되겠군!"

마중이 신나서 말했다. 그러고는 갈대로 만든 큰 돛을 조정하러 갔다.

차오타이가 뚜껑문 밖으로 머리를 내밀었다. 그가 물었다.

"한 놈밖에 안 내려 보냈어. 다른 놈들은?"

마중은 물속을 가리켰다. 그는 돛을 조정하는 데 온 신경을 쏟고 있었다. 차오타이가 갑판으로 올라와 말했다.

"장씨 부인이 점심밥을 짓고 있어."

바람이 좋아 배는 빠른 속도로 움직였다. 차오타이는 양쪽 강둑을 바라보다가 조타수에게 물었다.

"언제 군 기지에 도착하느냐?"

남자가 퉁명스럽게 말했다.

"한두 시간 후에요."

"원래 어디로 가던 길이었어, 이 자식아?"

차오타이가 다시 물었다.

"류창이오. 네 시간 타고 내려가면 있습니다. 거기서 한 판 벌일 예정이었거든요."

"네놈 운이 좋구나, 이제 싸움에 안 끼어들어도 되잖아!"

차오타이가 말했다.

돛 그늘 아래 앉아 점심을 먹으면서 마중이 장씨 부인에게 남편 이야기를 해 주었다. 그가 말을 마치자 여자의 눈에는 눈물이 가득 고였다.

"불쌍한 사람!"

그녀가 조용히 말했다.

마중은 재빨리 차오타이와 눈길을 주고받더니 속삭였다.

"아니 이런 여자가 왜 그리 약해 빠진 놈을 좋아하는 거지?"

하지만 차오타이는 그의 말을 듣지 못했다. 그는 유심히 앞을 쳐다보고 있다가 소리쳤다.

"저기 깃발이 보여? 군사 기지라고!"

마중이 벌떡 일어나 조타수에게 소리쳤다. 그러고는 돛을 내리러 갔다. 30분 뒤 배는 부둣가에 멈춰 섰다.

마중이 기지의 책임 하사관에게 디 공의 편지를 전했다. 또한 삼곡도의 도적 네 놈과 평저선 한 대를 끌고 왔다고 아뢰었다.

"배에 뭐가 실려 있는지는 모르겠소. 하지만 엄청 무겁긴 하더군!"

그들은 병사 넷을 데리고 화물을 살피러 갔다. 하사관처럼 병사들도 철모를 단단히 쓰고 갑옷 위에 어깨와 팔 보호대를 입고 있었다. 그리고 허리에 찬 검 옆에는 전투용 도끼도 있었다.

마중이 놀라 물었다.

"아니, 왜 이렇게 온통 무장을 한 거요?"

하사관이 걱정스러운 듯 그를 쳐다보더니 대답했다.

"강 하류에서 무장한 비적떼와 전투가 있을지 모른다는 소문이 돌았소. 여기 네 명이 지금 나와 함께 남아 있는 인원 전부이고 나머지는 모두 대장과 함께 류창에 갔소."

그러는 동안 병사 한 명이 상자를 열어 보았다. 그 안은 철모와 가죽 윗도리, 검, 석궁, 화살과 다른 군사 장비로 가득했다. 철모 앞에는 작은 흰 연꽃무늬가 새겨져 있었고 은으로 만든 같은 문양의 장식이 수백 개나 든 자루가 있었다. 차오타이는 그것을 한 움큼 집어 소매 안에 넣고는 하사관에게 말했다.

"이 배는 류창으로 가던 길이었고 무장한 놈들이 마흔 명이나 되는 배도 한 척 더 있소. 하지만 그건 상류에서 침몰했을 거요."

하사관이 말했다.

"그것 잘됐군요! 안 그랬다면 대장이 류창에서 애를 먹었을 겁니다. 병사를 서른 밖에 데려가지 않으셨거든요. 그럼 제가 뭘 도와드리면 되겠습니까? 강을 건너면 한위안 남부를 지키는 군사 기지가 있습니다."

"그럼 우리를 빨리 그리로 데려다 주시오!"

마중이 말했다.

한위안 땅으로 돌아와서 마중은 말 네 필을 구했다. 그곳 형리가 호숫가를 돌면 두세 시간 안에 시내로 들어갈 수 있을 거라고 말했다.

차오타이는 마오루의 입에서 재갈을 벗겼다. 그는 바로 욕을 하려고 했지만 혀가 많이 부어올라 다만 쉿소리가 섞인 신음만 나올 뿐이었다. 마중이 마오루의 발을 안장에 묶으면서 장씨 부인에게 물었다.

"말 탈 수 있겠소?"

"탈 수 있어요. 그런데 통증이 좀 있으니 윗옷을 빌려 주세요."

그녀가 말했다. 그녀는 받은 옷을 접어 안장 위에 올려놓더니 말에 올라탔다.

행렬은 시내를 향해 길을 떠났다.

목격자가 사원에서 일어난 살인 사건에 대해 이야기하고, 디 공은 오래된 수수께끼를 푼다.

마중과 차오타이가 장씨 부인과 죄인을 데리고 한위안으로 돌아오는 동안 디 공은 관아의 오후 심리를 진행하고 있었다.

날이 무척 더워 두꺼운 관복을 입은 디 공은 땀을 뻘뻘 흘리고 있었다. 디 공은 전날 밤과 오전 내내 홍 수형리, 타오간과 함께 관아의 모든 직원의 이력과 현재 상황에 대해 조사를 했지만 아무것도 알아낸 것이 없어서 무척 피곤하고 짜증이 나 있었다. 포졸이나 하인들 중 아무도 버는 것보다 돈을 많이 쓰는 사람이 없었고, 자주 자취를 감추는 사람도 없었다. 어떤 이유에서든 의심이 가는 사람은 한 명도 찾을 수가 없었다. 디 공은 완이판 살해 사건을 자살이라 발표하였다. 시신은 임시 관에 넣어져 부검을 기다리고 있었다.

심리는 줄줄이 이어지는 일상적인 일들로 가득해 언제 끝날지 알 수 없었다. 특별히 중요한 일은 없었지만 바로 처리하지 않으면 정무가 줄줄이 밀릴 것이 뻔했기 때문에 소홀히 할 수 없었다. 옆에서 돕는 이는 홍 수형리뿐이었다. 타오간은 그의 명을 받아 시내 동정을 살피러 오후에 나간 상태였다.

마침내 심리가 끝나자 디 공은 안도의 한숨을 내쉬었다. 집무실에 이르러 홍의 도움으로 옷을 갈아입는 동안 타오간이 돌아왔다. 그는 걱정스러운 말투로 이야기했다.

"시내에서 뭔가 일어나고 있습니다, 나리. 찻집에서 죽치며 이야기를 들어보았는데, 사람들이 난리가 날 것 같다고들 하지만 도대체 무슨 일인지는 아무도 모르더군요. 이웃 고을 창페이에서 비적떼가 일어나고 있다는 확실치 않은 소문이 있습니다. 어떤 사람들은 무장한 비적떼가 강을 건너 한위안으로 올 것이라고 수군대고 있습니다. 돌아오는 길에 보니 벌써 문을 닫은 가게들도 있었습니다. 가게가 일찍 문을 닫는 건 좋지 못할 일이 일어날 징조이지요."

판관이 구레나룻을 잡아당겼다. 그는 두 수하에게 천천히 말했다.

"이 일은 이미 몇 주 전에 시작되었다. 여기 부임하자마자 수상한 기운을 느꼈지만 이제는 그것이 좀 더 확실한 형상을 띠기 시작한 것 같아."

"누군가 저를 따라오는 것을 느꼈습니다. 하지만 그것은 이미 예상한 바였지요. 시내에 아는 사람이 워낙 많아 제가 그 중 놈을 잡아들인 일에 연루되어 있다는 사실이 알려져서 많은 사람들 입에 오르내리고 있거든요."

타오간이 말했다.

"너를 따라온 자가 누군지 알겠더냐?"

판관이 물었다.

"아니오, 나리. 덩치가 좋고 키가 크며 얼굴이 붉고 둥근 수염을 기른 자였지만 누구인지는 모르겠습니다."

타오간이 대답했다.

"그럼 관아에 당도하여 보초들이 그놈을 체포하게 하였느냐?"

디 공이 바짝 다가앉으며 물었다.

"아니오, 나리. 그럴 수가 없었습니다. 사원 근처 뒷골목에 접어들자 다른 한 놈이 따라 붙었고 곧 놈들이 좀 더 가까이 다가왔습니다. 저는 기름상 앞에 잠시 멈췄습니다. 인도 쪽에 커다란 기름통이 서 있거든요. 덩치 큰 놈이 저한테 다가오자 제가 놈의 다리를 걸어서 그를 넘어뜨렸고 기름통이 뒤집어 졌습니다. 기름이 온 사방으로 쏟아지니까 안에서 사내 넷이 뛰어 나오더군요. 아, 그 나쁜 놈이 제가 그자를 넘어뜨렸으니 모두 제 잘못이라고 했습니다만 우리 둘을 척 보니까 그놈이 거짓말을 하고 있는 것이 뻔하거든요. 그래서 그놈한테 달려들더라고요. 제가 마지막으로 보니 그 사람들이 그 키 큰 놈 머리통에 돌로 만든 항아리를 내리쳐서 그게 박살이 나고 다른 한 놈이 걸음아 나 살려라 도망을 치고 있었습니다요."

타오간이 만족한 듯이 말을 끝냈다.

디 공은 이 빼빼 마른 남자를 찬찬히 뜯어보았다. 타오간이 땡중을 여각으로 끌어들인 이야기를 마중한테 들은 것이 기억났다. 전혀 해 될 것이 없어 보이는 이 허수아비 같은 사내가 사실은 꽤 까다로운 적수가 될 수도 있겠다 싶었다.

갑자기 문이 벌컥 열리더니 마중과 차오타이가 들어왔다. 둘 사이에는 장씨 부인이 서 있었다.

"마오루란 놈은 옥에 쳐 넣었습니다, 나리! 이 아가씨가 실종되었던 장씨 부인입니다!"

마중이 자랑스럽게 아뢰었다.

"아주 잘했네!"

디 공은 환하게 웃으며 말했다. 창어에게 자리에 앉으라고 손짓하며 친절하게 말했다.

"물론 바로 댁으로 돌아가고 싶을 것이오. 때가 되면 관아에서 증언을 부탁하겠소. 지금은 절에 남겨진 후 무슨 일이 일어났는지만 정확히 이야기해 주시오. 그러면 거기서 일어난 살인 사건을 조사하는데 참고할 수 있을 것입니다. 그대가 여기까지 오게 된 불행한 사연에 대해서는 이미 잘 알고 있소이다."

창어의 두 볼이 빨갛게 달아올랐다. 시간이 조금 지나 그녀는 마음을 가다듬더니 이야기를 시작했다.

"한순간 저는 관이 이미 땅 속에 묻혔다고 생각했습니다. 그런데 관 뚜껑 사이에서 약하게 바람이 들어오는 것을 발견했지요. 안간힘을 써서 뚜껑을 밀었지만 꿈쩍도 하지 않았습니다. 도와 달라고 소리를 지르며 손발이 다 헤져 피가 날 때까지 뚜껑을 발로 차고 손으로 쳤지요. 공기가 점점 없어져 질식해 죽을까 봐 겁이 났습니다. 얼마나 오랫동안 그렇게 있었는지 모르겠어요.

그러다가 갑자기 웃음소리가 들렸습니다. 저는 있는 힘껏 소리를 치며 관을 차기 시작했습니다. 그랬더니 갑자기 웃음소리가 멈췄어요. '안에 누가 있나 봐.' 목이 쉰 한 남자가 말했습니다. '귀신이다, 도망가자!' 저는 깜짝 놀라 소리쳤습니다. '귀신이 아니에요! 산 채로 관에 갇혔어요, 도와주세요!' 곧 망치 소리가 쾅쾅 울리더니 뚜껑이 열렸습니다. 겨우 다시 숨을 쉴 수 있었지요.

일꾼처럼 보이는 두 남자가 서 있었습니다. 나이가 든 쪽은 착해 보였지만 다른 한 사람은 무엇인가 화가 난 듯 했지요. 둘 다 얼굴이 붉게 상기되어 있어서 술을 많이 마신 것을 알아볼 수 있었습니다. 하지만 저 때문에 놀라 둘 다 술이 깬 것 같았어요. 둘의 도움을 받아 저는 관 밖으로 나왔고 그들은 저를 절 마당으로 데리고 나가 연못 옆 돌 의자에 앉게 했어요. 노인이 연못물을 손으로 떠 올려 주어 얼굴을 씻자 젊은 사람이 가지고 다니던 호리병에 든 독주를 조금 마시게 했습니다. 좀 정신이 들고 나서 제가 누구이고 무슨 일이 일어났는지 이야기하였습니다. 노인은 자신이 그날 오후 장 박사 댁에서 일한 목수 마오유안이라 했어요. 그가 시내에서 사촌을 만나 함께 밥을 먹었고, 시간이 너무 늦어져 버려진 사원에서 밤을 보내기로 한 것이라고 했습니다. '이제 댁으로 모셔다 드리겠습니다. 그럼 장 박사님께서 무슨 일이 있었는지 다 말씀해 주실 겁니다.'라고 노인이 말했어요."

창어는 잠시 머뭇거렸다. 그러고는 안정을 되찾고 말을 이었다.

"노인의 사촌은 내내 조용히 저를 쳐다보고만 있었어요. 그러더니 입을 열었죠. '형님, 너무 성급하게 하지 말자고. 하늘이 이미 이 여자는 죽은 몸이라고 정한 거 아니야? 우리가 그 높으신 뜻을 거스르면 안 되지!' 저는 그자가 저를 탐내는 것을 깨닫고 와락 겁이 났어요. 저는 노인에게 저를 보호해 달라고, 집으로 데려가 달라고 간청했습니다. 그러니까 목수가 사촌을 심하게 꾸짖었어요. 그자가 불같이 화를 내더니 과격한 말싸움이 시작됐죠. 그러다가 갑자기 그자가 도끼를 치켜들더니 노인의 머리에 내리 찍었어요."

그녀의 얼굴이 창백하게 질렸다. 디 공이 수형리에게 신호하자 그가 재빨리 뜨거운 차를 내왔다. 그녀가 차를 한 모금 마시고 나서 소리쳤다.

"그 광경은 너무나 끔찍했어요! 저는 정신을 잃고 쓰러졌습니다. 정신이 들자 마오루가 그 흉악한 얼굴에 사악한 미소를 띠고는 저를 내려다보고 있었습니다. '나와 같이 가자! 그리고 입은 닥치는 게 좋을 거야. 한마디라도 했다간 죽여 버리겠다!' 그자가 말했습니다. 저희는 뒷문으로 정원을 나갔어요. 그자가 사원 뒤 숲속 소나무에 저를 묶어 놓고 어디론가 사라졌어요. 조금 이따가 다시 돌아올 때 보니 갖고 있던 연장통과 도끼는 사라지고 없더군요. 그가 나를 끌고 어두운 밤거리를 지나 싸구려 여각 같은 곳으로 갔어요. 기분 나쁘게 생긴 주인 여자가 저희를 위층의 작고 더러운 방으로 데려갔습니다. '여기서 첫날밤을 맞을 거야!' 마오루가 말했어요. 저는 여자에게 다가가 저 혼자 남겨두지 말라고 애원을 했지요. 여자는 저를 조금 동정하는 것 같았습니다. 그 여자가 마오루에게 '오늘은 그냥 놔둬. 내가 내일은 저 애가 준비를 갖추도록 할게.' 라고 하니 그자는 아무 말 없이 방을 나가더군요. 주인 여자가 준 낡은 옷 덕에 저는 그 끔찍한 수의를 벗어 버릴 수 있었습니다. 여자가 죽을 한 그릇 갖다 주었고 저는 다음날 정오가 될 때까지 잠을 잤습니다.

그리고 나니 몸이 한결 좋아져 저는 당장 그곳을 떠나려고 했습니다. 하지만 문이 잠겨 있었어요. 저는 주인 여자가 나타날 때까지 소리를 지르고 방문을 찼습니다. 저는 그녀에게 제가 누구인지 말하고, 마오루가 저를 납치한 것이니 도망치게 해 달라고 이야기했어요. 하지만 주인 여자가 피식 웃더니 악을 썼습니다. '너 같은 년들은 다 똑같은 소리를 하지! 오늘 밤 너는 마오루의 새신부가 되는 거다!' 저는 너무나 화가 나서 소리를 지르며 그녀와 마오루를 관아에 고발하겠다고 했죠. 그러자 그 여자가 제게 욕을 해 대기 시작했습니다. 제 옷을 잡아 찢더니 발가벗겼어요. 그 여자가 소매에서 밧줄을 꺼내 저를 묶으려는 것을 보고 그 여자를 확 떠밀고 문으로 나가려고 했습니다. 제가 힘이 센 편인데도 그 여자한테는 상대가 되지 않더군요. 난데없이 제 배를 주먹으로 치는 바람에 저는 헉 소리를 내며 몸을 구부릴 수밖에 없었어요. 그랬더니 제 팔을 뒤로 잡아 당겨 등 뒤에서 묶었습니다. 그리고 제 머리채를 잡아 고개를 숙인 채로 바닥에 무릎을 꿇게 했어요."

창어는 꿀꺽 침을 삼켰다. 화가 단단히 나 얼굴이 붉어진 그녀는 말을 이었다.

"그 여자는 묶은 밧줄의 끝으로 제 엉덩이를 수차례 때렸습니다. 저는 고통과 분노로 소리를 질렀어요. 기어서 빠져나오려고 했지만 그 여자는 앙상한 무릎으로 등을 짓누르면서 왼손으로 제 머리채를 잡고 오른손으로 밧줄을 휘둘렀습니다. 살려 달라 애원을 했지만 저는 허벅지로 피가 흘러내릴 때까지 그 치욕스러운 고통을 견뎌야 했습니다.

그러다가 이내 여자가 일어섰습니다. 숨을 헐떡이며 저를 일으켜 세우더니 침대 기둥에 세우더군요. 저를 기둥에 묶고 나서야 그 여자는 방을 나가서 문을 잠갔습니다. 저는 시간이 얼마나 흘렀는지도 모른 채 고통에 신음하며 거기 그렇게 서 있었어요. 한참 후에야 마오루가 그 여자를 데리고 들어왔어요. 그런 제 모습을 보니 조금 안되었는지 무언가를 중얼거리며 밧줄을 끊어 풀어 주었어요. 다리가 온통 부어올라 저는 똑바로 서 있지 못했고 그가 저를 침대로 데려다 주었습니다. 마오루가 제게 젖은 수건을 주고 옷을 덮어준 후 '좀 자! 내일은 길을 떠날 테니!'라고 말했어요. 그들이 나가고 난 후 저는 금세 곯아 떨어졌습니다.

유곽에서 학대당한 여인

다음날 아침 눈을 뜨니 온몸이 아파 조금도 움직일 수가 없었습니다. 그 끔찍한 여자가 다시 들어왔지만 이번에는 조금 친절하게 굴었습니다. '날건달 치고 마오루는 돈을 꽤 잘 쳐준단 말이야!' 이렇게 말하더니 저에게 차를 한 잔 주고 상처에 연고를 발라 주었습니다. 그리고 나서 마오루가 들어와 제게 윗옷과 바지를 입게 했습니다. 아래로 내려가니 애꾸눈 사내 한 명이 저희를 기다리고 있었어요. 그들을 따라 밖으로 나가는데 한 걸음 한 걸음이 너무나 고통스러웠습니다. 그러나 그 두 남자는 끔찍한 욕설을 퍼부어 대며 저를 계속 걷게 했습니다. 길거리에서 모르는 사람들에게 도움을 청할 엄두는 내지도 못했습니다. 저희는 한 농부의 수레를 얻어 타고 평야를 지나 배를 타고 그 섬까지 갔습니다. 마오루가 그날 밤 저를 욕보이려 했지만 저는 몸이 아프다고 거절했어요. 그리고 나서 도적놈 둘이 저에게 달려들었지만 마오루가 그들과 싸웠고 보초들이 달려와 그자들을 데려갔습니다. 다음 날 형리 두 분이 오셔서……."

"이제 됐소, 부인! 나머지는 두 형리들에게 듣겠습니다."

디 공이 말했다. 그는 홍 수형리에게 차를 한 잔 더 따르라 손짓하고는 엄숙한 말투로 계속했다.

"힘든 상황에서도 꿋꿋하게 잘 버티었소, 부인! 부인과 장 서생 모두 며칠 되지 않는 짧은 기간 동안 너무나 끔찍한 정신적 신체적 고통을 겪었소. 하지만 두 분 다 담대한 정신력을 보여 주었소. 이제 고초는 모두 끝났소. 이렇게 힘겨운 시험을 통과하였으니 앞으로는 길고 행복한 미래만 펼쳐질 것이라고 생각하오.

그런데 아버지인 류페이포 씨가 의심스러운 상황에서 자취를 감췄다는 것은 알려 드려야겠소. 혹시 아버지가 왜 갑자기 사라졌는지 짚이는 것이 있소?"

창어는 걱정스러운 얼굴로 천천히 말했다.

"아버지는 일에 대해서는 전혀 말씀을 하지 않으셔요, 나리. 저는 그저 사업이 잘 되고 있으려니 생각했지요. 재정적으로 아무 문제가 없었거든요. 아버지는 자존심이 강하고 고집이 세신 분입니다. 쉽게 어울릴 수 있는 분도 아니지요. 어머니나 다른 부인들은 그리 행복하지 않으실 거예요. 하지만 제게는 언제나 잘해 주셨는걸요. 도대체 왜······."

"알겠소, 곧 알아낼 수 있겠지."

디 공이 그녀의 말을 잘랐다. 그러고는 홍에게 말했다.

"장씨 부인을 모시고 나가고 가마를 대령하게. 포두를 말을 태워 보내 장 박사와 장 서생에게 미리 알리고."

창어가 무릎을 꿇고 판관에게 고마움을 표했다. 그러고 나서 홍 수형리가 그녀를 데리고 나갔다.

디 공은 의자에 기대고 앉아 마중과 차오타이에게 그간 일어난 일을 보고하라 일렀다.

마중은 그들의 모험에 대해 자세히 설명하고 장씨 부인이 얼마나 용감하고 재치가 뛰어난지 전했다. 무장한 사내들이 탄 두 번째 평저선과 배에 실린 무기 이야기에 이르자 디 공이 몸을 일으켜 세웠다. 마중은 이어서 류창의 불안한 상황에 대한 하사관의 말을 전했다. 그는 철모에 새겨진 연꽃무늬가 중요한 것인지는 몰라 그 이야기는 하지 않았다. 하지만 마중이 말을 끝내자 차오타이가 은으로 만든 백련회의 상징을 책상에 올려 놓고 걱정스러운 표정으로 말했다.

"저희가 찾은 철모에도 이 표시가 있었습니다, 나리. 몇 년 전에 스스로를 백련회라 칭하는 자들의 정치적, 사회적 음모가 있었다는 이야기를 들었습니다. 민심을 위협하기 위해 창페이의 도적놈들이 그 오래되고 끔찍한 상징을 사용하는 것 같습니다."

디 공은 그 상징을 흘깃 쳐다보았다. 그러고는 벌떡 일어나 화난 듯 중얼거리며 앞뒤로 왔다갔다 걷기 시작했다. 형리들은 겁에 질린 듯 서로를 쳐다보았다. 그들은 디 공의 그러한 모습을 처음 보았던 것이다.

갑자기 디 공이 마음을 가다듬고 그들 앞에 서서 힘없이 미소를 지으며 말했다.

"조용히 생각해야 할 문제가 있네. 자네들은 나가서 기분 전환이나 하게나. 휴식이 필요할 걸세."

마중과 차오타이, 타오간은 조용히 문으로 갔다. 홍은 어찌할 줄 모르고 잠시 서 있었지만 판관의 퀭한 눈을 보고는 조용히 다른 사람들을 따랐다. 창페이에서의 성공적인 구출 작전에 잠시 들떠 있던 기분은 이미 자취를 감추었다. 그들은 곧 심각한 문제가 닥칠 것을 예감하고 있었다.

모두 집무실을 나가자 디 공은 천천히 자리에 앉았다. 그는 팔짱을 끼고 턱을 가슴에 파묻었다. 이제 그가 가장 우려했던 일이 현실로 나타난 것이다. 백련회가 다시 살아나서 난을 일으킬 준비를 하고 있다니. 게다가 반란의 중심지는 한위안, 바로 그가 다스리는 고을, 황제께서 그에게 맡기신 고을이 아닌가. 그런데 자신은 그러한 음모를 미리 알아차리지도 못했다니. 곧 피비린내 나는 내란이 터지면 죄 없는 백성들이 죽어 나가고 융성하던 도시들이 파괴될 것이다. 물론 그에게 국가적인 재앙을 막을 힘은 없다. 백련회는 온 나라에 힘을 뻗치고 있고 한위안은 그중 일개 도시일 뿐이다. 하지만 한위안은 수도에 가까우니 역당을 막을 수 있는 요지라면 모두 황실 수비대에게는 큰 재산이 될 터. 그런데 그는 여기서 무슨 일이 일어나고 있는지조차 조정에 알리지 못했다. 그의 이력에서 가장 중요한 사건을 맞닥뜨리고 이렇게 처참히 실패하다니. 그는 엄청난 절망에 사로잡혀 양손으로 얼굴을 감싸 쥐었다.

하지만 곧 그는 정신을 차렸다. 아직 시간이 있을지도 몰라. 류창의 싸움은 아마 황실 군대의 반응을 재 보기 위한 역당들의 첫 시도였을 것이다. 마중과 차오타이 덕분에 무장한 역당들은 류창에 가지 못했고 다시 공격을 할 태세를 갖추려면 하루나 이틀 정도는 걸릴 것이다. 류창의 고을 사령관이 상부에 이 소식을 알리면 조사를 시작할 테지. 하지만 이 모두 시간이 너무 오래 걸리지 않는가! 류창에서 일어난 폭동은 지역적 문제가 아니라 다시 살아난 백련회가 벌인 전국적 음모의 일부라는 사실을 보고하는 것은 한위안의 수령으로서 그의 의무였다. 반박할 수 없는 증거와 함께 그날 밤 당장 상부에 보고해야만 했다. 하지만 증거가 없으니 이 노릇을 어찌할 것인가!

류페이포는 사라져 버렸지만 한우형은 아직 남아 있다. 당장 한우형을 체포하여 고문으로 신문할 것이다. 그렇게 하기에는 증거가 부족했지만 이것은 국가의 안위가 달린 문제가 아닌가. 그리고 그 바둑 문제는 한이 이 사건과 연루된 것이 틀림없다는 사실을 보여 주고 있었다. 그의 증조부인 한 도인이 과거에 엄청난 사실을 알아내고 무언가 정교한 장치를 만들어 바둑 문제 안에 그 단서를 숨겨 놓은 것이 틀림없다. 그리고 이제 한 도인의 타락한 후손이 자신의 사악한 음모에 그것을 이용하고 있는 것이다. 하지만 무엇을 발견한 것일까? 철학자에 바둑 고수 말고도 한 도인은 뛰어난 건축가였다. 집 안에 있던 사당은 그가 직접 지휘하여 지은 것이라고 하지 않았나. 그리고 제단에 잇던 옥판 조각도…….

갑자기 판관이 몸을 일으켜 똑바로 앉았다. 그는 두 손으로 탁자 양 쪽을 꽉 움켜쥐었다. 눈을 감고 그는 한밤중에 사당 안에서 나누었던 대화를 떠올렸다. 아름다운 소녀 한 명이 그의 맞은편에 서서 가느다란 손으로 그 조각한 글씨를 가리키던 모습이 마음속에 그려졌다. 그 글씨는 완벽한 정사각형 모양이었다. 그리고 류화는 글자 하나하나가 각각의 작은 옥 조각에 새겨진 것이라 했지. 그러니 그 글씨는 네모반듯한 판을 작은 네모 칸들로 나눈 것이다. 그리고 한 도인이 남긴 다른 단서, 바로 그 바둑 문제 역시 큰 사각형이 작은 사각형으로 나누어져 있지 않은가…….

그는 왈칵 서랍을 열었다. 안에 있는 다른 종이들을 바닥에 내던지며 판관은 미친 듯이 류화가 준 탁본을 찾았다.

그 종이는 서랍 안쪽 끝에 말려 있었다. 그는 재빨리 책상 위에 종이를 펴고 문진을 양 끝에 올려놓았다. 그리고 바둑 문제가 그려진 종이를 꺼내 그 옆에 놓았다. 그는 조심스럽게 두 종이를 비교하였다.

사당에서 가져온 글에는 정확히 예순 네 글자가 있고 여덟 글자씩 총 여덟 줄이 있다. 그야말로 완벽한 정사각형이었다. 디 공은 눈살을 찌푸렸다. 바둑 문제 역시 정사각형이지만 바둑판은 열여덟 칸씩 열여덟 줄이 있다. 그리고 두 형태가 비슷하다고 해도 부처 말씀과 바둑이 무슨 상관이 있는가?

디 공은 애써 마음을 가다듬고 생각을 집중했다. 그 글은 유명한 불교 경구를 축약하여 따 온 것이었다. 그러니 말을 많이 바꾸지 않고 숨겨진 의미 따위를 만들어 내는 것은 불가능했다. 그러니 둘

사이에 관계가 있다면 바둑 문제에 단서가 있는 것이 분명했다.

그는 천천히 수염을 잡아당겼다. 바둑 문제가 이치에 닿지 않는 것은 확실했다. 차오타이가 이야기하지 않았나. 흰 돌과 검은 돌이 아무렇게나 놓여 있는 것 같고 특히 검은 돌의 위치는 아무런 연관이 없다고. 디 공의 눈매가 점점 가늘어졌다. 단서는 검은 돌의 위치에 있고 흰 돌은 다만 비밀을 숨기기 위해 그려진 것이라면?

그는 재빨리 검은 돌의 숫자를 세었다. 그것은 가로 세로 여덟 칸의 네모 위에 흩어져 있었다. 그리고 불교 구절의 예순 네 단어도 정확히 같은 방식으로 적혀 있지 않은가!

디 공은 붓을 움켜쥐었다. 바둑 문제를 보면서 그는 글자 중에 검은 돌의 위치와 맞아 떨어지는 글자에 동그라미를 그렸다. 그는 깊은 한숨을 내쉬었다. 동그라미가 쳐진 열일곱 글자는 하나의 문장이 되었고 그 뜻은 단 하나뿐이었다. 드디어 그가 수수께끼를 푼 것이다!

판관이 붓을 내려놓고 이마에 맺힌 땀을 닦았다. 이제 백련회의 본거지가 어디인지 알 것 같았다.

그는 자리에서 일어나 재빨리 문으로 갔다. 그의 수하 넷이 바깥 복도 한 구석에 모여 서서 디 공의 문제가 무엇일지 수군거리고 있었다. 그는 그들에게 안으로 들어오라 손짓했다.

그들은 집무실로 들어오자마자 문제가 드디어 풀렸다는 것을 직감했다. 디 공이 책상 앞에 허리를 꼿꼿이 펴고 앉아서 팔짱을 끼고 있었다. 불타는 듯한 눈으로 그들을 쳐다보며 디 공이 말했다.

"오늘 밤 기녀 살인 사건을 해결할 것이다. 이제야 그녀의 마지막 말을 이해했다!"

**저택 한 구석에서 기묘한 사건이 일어나고,
판관은 결국 그토록 찾던 방을 발견한다.**

네 수하가 모두 모여서자 디 공은 서둘러 그의 계획을 속삭였다. 마지막으로 그가 덧붙였다.

"각별히 조심해야 한다! 관아 안에 첩자가 있어. 누가 이 말을 들을지 모른다!"

마중과 차오타이가 밖으로 달려 나가자 판관은 홍 수형리에게 말했다.

"위병소로 가 보초와 포졸들을 감시하게. 외부인이 누구에게라도 접근하는 것이 보이면 둘 다 바로 체포하고!"

그러고 나서 판관은 집무실을 나가 타오간과 함께 관아의 2층으로 가는 계단을 올랐다. 그들은 대리석으로 만든 노대로 나갔다.

디 공은 초조하게 하늘을 살폈다. 달이 휘영청 밝고 공기는 무더워 바람 한 점 없었다. 그는 손을 위로 들었다. 바람은 전혀 느껴지지 않았다. 안도의 한숨을 내쉬며 그는 난간 옆에 앉았다.

판관은 턱을 괴고 어두운 시내를 내다보았다. 첫 야경꾼 순찰 시간이 이미 지나 사람들이 하나둘 불을 끄고 있었다. 타오간은 디 공의 의자 뒤에 가만히 서 있었다. 볼에서 삐죽 나온 털을 만지작거리며 그는 먼 곳을 바라보았다.

그들은 한참 동안 아무 말도 하지 않고 있었다. 아래 거리에서 딱딱 나무를 치는 소리가 들려왔다. 야경꾼이 순찰을 도는 중이었다.

디 공이 자리에서 벌떡 일어났다. 그가 말했다.

"늦어지는구나!"

"그게 쉬운 일은 아니지요, 나리! 생각보다 오래 걸릴 수도 있습니다."

타오간이 안심시키듯 말했다.

갑자기 판관이 타오간의 소매를 움켜쥐며 소리쳤다.

"저기 봐라! 시작되었어!"

동쪽 편에서 지붕 위로 회색 연기가 피어오르고 있었다. 가는 불줄기가 위로 치솟았다.

"따라 오게나!"

디 공이 소리치고는 계단을 달려 내려갔다.

그들이 안마당에 당도하자 관아 문 앞에 걸려 있는 큰 징이 울리기 시작했다. 땅딸막한 보초 두 명이 나무 곤봉으로 징을 치고 있었다. 화재가 목격되었다는 뜻이었다.

포졸과 보초들이 철모 끈을 채우며 숙소에서 달려 나왔다.

"모두 불난 곳으로 가거라. 보초 둘은 여기 남고!"

디 공이 명했다.

그러고 나서 그는 거리로 달려 나가고 타오간이 뒤를 따랐다.

한우형의 저택 대문이 활짝 열려 있었다. 마지막으로 하인들이 세간을 들고 빠져나오고 있었다. 사람들이 바깥 거리에 모여 있었다. 구역 파수꾼의 지도 아래 사람들이 줄을 지어 서서 정원 벽 앞에 서 있는 포졸들에게 물 양동이를 날랐다.

디 공도 대문 앞에 섰다. 그는 쩌렁쩌렁한 목소리로 외쳤다.

"보초 두 명이 여기를 지킬 것이다! 도둑이 안으로 들어가게 해선 절대 안 된다! 나는 안으로 들어가 남아 있는 사람이 없는지 살피겠다!"

그는 타오간과 함께 텅 빈 집 안으로 들어갔다. 그들은 곧장 사당으로 향했다.

제단 앞에 서서 디 공은 탁본을 소매에서 꺼내 붓으로 표시한 열일곱 글자를 가리켰다.

"보게나! 이 문장이 바로 옥판을 여는 열쇠라네. '만약 너희가 나의 뜻을 이해한다면 말들을 누르고 그리하여 이 문에 들어갈 수 있다. 그리고 영원한 평화를 얻으리라.' 이 옥판이 비밀의 방으로 들어가는 문이라는 뜻이 아니면 무엇이겠는가. 종이를 들게."

디 공이 말했다.

디 공은 첫 번째 줄의 "만약"을 뜻하는 옥 조각을 검지로 눌렀다. 그 칸이 조금 안으로 들어갔다. 그는 양손 엄지로 더 세게 같은 곳을 눌렀다. 손가락 반 마디 정도 안으로 쑥 들어가더니 그 칸은 더 이상 들어가지 않았다. 디 공은 다음 줄의 "너희가"를 뜻하는 단어를 눌렀다. 그 칸 역시 안으로 쑥 들어갔다. 그가 마지막 줄의 "얻으리라" 칸을 누르자 가볍게 찰칵 하는 소리가 들렸다. 그가 옥판을 밀자 안으로 돌아 열리더니 가로 세로 네 척 정도의 어두운 입구가 드러났다.

디 공이 타오간에게 등불을 받아 안으로 기어 들어갔다.

타오간이 그를 따라 들어가니 문이 천천히 닫히는 것이 보였다. 그는 재빨리 안쪽의 손잡이를 잡아 돌렸다. 다행히 문은 안에서 열 수 있게 되어 있었다.

낮은 통로를 통해 디 공이 앞으로 나갔다. 열 걸음쯤 지나니 천장이 점점 높아져 똑바로 일어설 수 있었다. 등불에 비쳐 아래로 내려가는 가파른 계단이 보였다. 디 공은 천천히 아래로 내려가며 계단의 숫자를 세었다. 총 스무 계단이었다. 아래로 내려가자 단단한 돌로 벽을 세운 열다섯 자 정도의 네모난 지하실에 이르렀다. 그의 오른편에는 벽을 따라 커다란 옹기 항아리가 열 개 넘게 서 있었고 그 주둥이는 두꺼운 종이로 막혀 있었다. 그중 하나는 종이가 찢어져 있었다. 디 공이 안으로 손을 넣어 보니 말린 쌀이 한 움큼 잡혔다. 왼편에는 철문이 있었고 다른 터널로 통하는 어두운 아치 길이 앞에 보였다. 디 공이 문손잡이를 돌렸다. 문은 기름칠이 잘 되어 있는지 아무 소리도 없이 안으로 열렸다. 그는 꼼짝도 하지 않고 가만히 서 있었다.

안에 보이는 것은 촛불 하나만 켜져 있는 작은 육각형 모양의 방이었다. 가운데 있는 사각 탁자에는 한 남자가 앉아서 두루마리를 읽고 있었다. 그것은 다름 아닌 왕 조합장이었다.

왕이 번개같이 일어서더니 앉아 있던 의자를 집어 디 공의 다리를 향해 던졌다. 의자에 다리를 맞고 쓰러진 판관이 겨우 일어섰을 때 이미 왕은 탁자 반대편으로 돌아가 검을 꺼내 든 상태였다. 디 공이 분노로 일그러진 그의 얼굴을 쳐다보고 있을 때 무엇인가 판관의 어깨를 아슬아슬하게 스쳐 휙 소리를 내며 날아갔다. 왕은 육중한 몸집이 무색할 정도로 민첩하게 몸을 숙여 피했고 단도는 둔

탁한 소리를 내며 뒤에 있던 장롱 문에 날아가 박혔다.

디 공은 탁자에서 무거운 대리석 문진을 낚아챘다. 왕이 그의 가슴을 향해 칼날을 겨누었지만 판관은 재빨리 반쯤 옆으로 돌면서 칼을 피하는 동시에 탁자를 뒤집어엎었다. 왕이 재빨리 한 걸음 물러섰지만 탁자 모서리에 무릎을 부딪치고 말았다. 그는 휘청거리며 앞으로 쓰러지면서 디 공을 향해 칼을 내질렀다. 날카로운 날이 디 공의 소매를 가를 때 판관이 문진을 왕의 뒷머리에 내리쳤다. 왕은 엎어진 탁자 위로 쓰러졌다. 금이 간 머리에서 피가 흘러나오기 시작했다.

"칼로 맞힐 수 있었는데!"

타오간이 아쉬운 듯 말했다.

"쉿! 주위에 다른 자들이 있을지도 모르네."

디 공이 날카롭게 속삭였다.

판관이 몸을 굽히고 왕의 머리를 살펴보았다.

"그 문진이 생각보다 무거웠던 모양이네. 이자가 죽어 버렸어."

다시 몸을 일으키니 문 양 옆 벽에 높이 쌓여 있는 검은 가죽 상자가 보였다. 다 합쳐 스무 개도 넘어 보였고 하나같이 구리로 된 자물쇠와 운반용 끈이 붙어 있었다.

"저것은 예전에 금괴를 보관하는 데 쓰던 상자가 아닌가! 하지만 모두 비어 있는 것 같군."

디 공이 놀라서 말했다. 그리고 재빨리 방 안을 살펴보고 덧붙였다.

"한우형은 거짓말을 할 때 가능한 사실을 섞어야 그럴듯하다는 걸 잘 알고 있는 게 틀림없어. 납치당했다는 말을 꾸밀 때 바로 자신의 집에 있는 백련회의 비밀 본거지를 그대로 묘사했네! 한이 두

목임이 분명해. 각 지방 우두머리들에게 최후의 지시 사항을 알리기 위해 류페이포를 보낸 게로군. 그리고 왕도 높은 자리를 차지하고 있었을 게야. 머리에서 피가 많이 나오는 군. 타오간, 목에 두른 것을 풀어 피를 닦고 그것으로 놈의 머리를 단단히 묶게나. 일단은 시신을 숨겨야겠네. 다녀간 흔적을 남겨선 안 되니까!"

그는 왕이 골똘히 읽고 있던 두루마리를 집어 들어 촛불 가까이로 갔다. 거기에는 단정한 글씨가 빽빽이 적혀 있었다.

타오간이 탁자와 문진에 묻은 피를 닦고 그 천을 시신의 머리에 묶은 다음 시신을 바닥에 눕혔다. 그가 탁자를 정리하고 있을 때 디 공이 흥분하여 말했다.

"이건 백련회의 폭동 계획이야! 하지만 사람과 장소가 모두 암호로 적혀 있다네! 이것을 해독할 길이 있을 테지. 저기 장롱 안을 들여다보게!"

타오간이 장롱 문에서 단도를 뽑아 들고 안을 살폈다. 아래 선반에는 커다란 도장이 줄지어 서 있었는데 모두 백련회의 표어가 새겨져 있었다. 그는 위 선반에서 백단나무로 만든 작은 서류함을 찾아 판관에게 주었다. 작은 두루마리 두 개가 들어갈 만한 크기였고 안은 텅 비어 있었다. 디 공은 바닥에서 주운 두루마리를 말았다. 바깥의 덮개는 보라색 문직으로 되어 있었다. 그 두루마리가 상자에 정확히 맞아 들어갔고 그 옆에는 같은 크기의 두루마리 하나가 들어갈 공간이 남았다.

"두루마리를 하나 더 찾아야 하네! 거기에 암호를 풀 단서가 있을 거야! 비밀 금고 같은 것이 있는지 살펴보게!"

디 공이 애타는 목소리로 말했다.

디 공이 융단을 들추고 돌바닥을 자세히 살펴보는 동안 타오간은 반쯤 썩어 버린 족자를 옆으로 젖히고 벽을 살펴보았다.

"그냥 돌덩이입니다요. 하지만 위에 틈이 좀 있습니다. 바람이 들어오는 것이 느껴져요."

타오간이 보고했다.

"환기구일 걸세. 지붕 어딘가로 이어져 있겠지. 저 가죽 상자들을 살펴보세나."

디 공이 말했다.

그들은 상자를 하나씩 흔들어 보았지만 모두 비어 있었다.

"이제 다른 통로로 가 보세!"

디 공이 말했다. 타오간이 등불을 들고 그들은 토굴로 들어갔다. 어두운 아치 길 쪽 바닥에 난 네모난 구멍을 가리키며 타오간이 말했다.

"저건 우물 같습니다!"

디 공은 그것을 슬쩍 쳐다보더니 고개를 끄덕이며 말했다.

"그래, 한 도인은 모든 것을 미리 생각해 두었군! 이 토굴은 난리를 대비해 만든 가족들의 피난처가 틀림없네. 여기에 금괴와 말린 쌀, 그리고 마실 물을 준비해 둔 것이지. 불을 비춰 보게."

타오간이 등불을 높이 들어 아치 길을 비추었다. 타오간이 말했다.

"이 두 번째 통로는 나중에 만들어진 것이 분명합니다, 나리! 돌벽은 여기서 끝나고 이 통로는 흙벽으로 되어 있습니다. 그리고 버팀목은 새것처럼 보입니다!"

디 공은 타오간에게서 등을 받아 통로 바닥에 놓인 직사각형의 긴 상자를 비추었다.

"저것을 열어 보게나!"

디 공이 명했다.

타오간이 쭈그리고 앉아 뚜껑 아래에 단도날을 집어넣었다. 뚜껑이 열리자 그는 재빨리 얼굴을 돌렸다. 역겨운 냄새가 올라왔다. 디 공은 목에 두른 천으로 입과 코를 막았다. 상자 안에는 부패한 남자의 시신이 누워 있었다. 머리는 이미 해골로 변하였고, 썩어 문드러진 상반신을 감싼 해진 옷에는 벌레가 잔뜩 기어 다니고 있었다.

"다시 뚜껑을 덮게! 때가 되면 시신을 살펴볼 걸세. 하지만 지금은 시간이 없어!"

디 공이 말했다.

그는 열 걸음을 걸어 내려갔다. 60자 정도 앞에 높고 좁은 철문이 그들의 길을 가로막았다. 그는 손잡이를 돌려 문을 밀었다. 나온 곳은 달빛이 비추는 정원이었다. 바로 앞에는 담쟁이가 우거진 나무 그늘이 있었다.

"이것은 류페이포의 정원이 아닙니까!"

타오간이 디 공의 뒤에서 속삭였다. 그는 옆으로 목을 길게 빼고 보더니 말을 이었다.

"문 바깥쪽에 돌 조각이 붙어 있습니다. 문이 인공 암석에 감쪽같이 숨겨져 있네요. 저기 보이는 나무 그늘이 류라는 놈이 낮잠을 자곤 했다는 곳입니다."

"그래서 류가 종종 아무도 모르게 사라질 수 있었군! 다시 돌아가세!"

디 공이 말했다.

하지만 타오간은 가고 싶어 하지 않는 것 같았다. 그는 드러내놓고 감탄의 눈길로 그 문을 쳐다보았다. 멀리서 한의 저택의 불을 끄는 사내들의 소리가 들려왔다.

"문을 닫게나!"

디 공이 속삭였다.

"정말 뛰어난 재주구먼!"

타오간은 아쉬운 듯 말하고 문을 닫았다. 그가 디 공을 따라 다시 통로로 돌아오는데 등불이 벽에 움푹 팬 곳을 비추었다. 그가 판관의 소매를 잡아당기더니 그곳에 떨어져 있던 바짝 마른 뼈들을 조용히 가리켰다. 해골이 네 개 있었다. 디 공이 그것들을 살피더니 말했다.

"백련회가 여기서 사람들을 죽인 것이 분명하네. 이 유골은 이미 한참 지난 것 같군. 그 상자에 들은 시신이 가장 최근에 살해된 사람 것이겠지."

판관은 재빨리 계단을 올라가 육각형 모양의 방으로 들어가 말했다.

"왕의 시신을 우물에 집어넣어야겠네."

그들은 축 늘어진 시신을 토굴로 들고 와 어두운 구멍 아래로 떨어뜨렸다. 한참 아래에서 물 튀는 소리가 들렸다.

디 공이 다시 방으로 들어가 촛불을 불어 끄고 뒤에서 문을 닫았다. 그들은 토굴을 지나 가파른 계단을 올라 제단 통로로 들어갔다. 그들이 다시 사당으로 나오자 옥판이 스르르 닫혔다.

타오간이 옥판 앞에 서서 아무 글자나 눌러 보았다. 하지만 그가 한 칸을 누르고 두 번째 칸을 누르려 하자 먼저 누른 칸이 다시 올라와 표면과 일치하게 맞춰졌다.

"한 도인은 정말 재주가 뛰어났군요! 암호 문장을 모르면 머리가 하얗게 새도록 눌러대도 아무 소용이 없겠습니다!"

타오간이 감탄했다.

"나중에 하게나!"

디 공이 속삭였다. 그는 사당 문 쪽으로 타오간의 소매를 잡아끌었다.

안마당에서 그들은 다시 집으로 돌아온 하인들을 만났다.

"이제 불은 다 꺼졌습니다!"

그들이 소리쳤다.

골목길에서 그들은 실내복 차림의 한우형을 만났다. 그는 디 공에게 감사의 말을 전했다.

"관아에서 도와주셔서 다행히 큰 피해는 입지 않았습니다, 나리! 창고 지붕이 거의 타 없어지고 쌀가마니가 물에 젖었지만 그게 다입니다. 제 생각에는 지붕 아래 있던 건초에 열이 올라 불이 난 것 같습니다. 형리 둘이 눈 깜짝할 사이에 지붕에 올라가서 불이 번지는 것을 막아 주었지요. 다행히 바람도 불지 않았습니다. 사실 그것을 제일 걱정했는데 말이죠!"

"나도 그것을 가장 걱정했소!"

디 공이 진심을 담아 말했다.

그들이 몇 마디 인사치레를 더 주고받은 후 디 공과 타오간은 관아로 돌아갔다.

집무실에서는 사내 둘이 희한한 차림을 하고 판관을 기다리고 있었다. 그들의 옷은 너덜너덜 해져 있었고 얼굴은 검댕이 잔뜩 묻어 있었다.

"제일 끔찍했던 건 제 코랑 목구멍이 그 망할 놈의 연기에 온통 그을린 겁니다. 확실히 불을 내는 게 끄는 것보다 훨씬 쉽군요!"

마중이 인상을 쓰며 말했다.

디 공이 싸늘한 미소를 지었다. 그가 책상에 앉더니 두 사내에게 말했다.

"또 한 번 공을 세웠네! 하지만 돌아가 휴식을 취하게 해 주지 못해 미안하네. 더 큰 일이 아직 남아 있어!"

"다양한 일을 해 보는 것처럼 재미난 것이 없지요!"

마중이 즐겁게 말했다.

"둘 다 얼른 가서 씻고 간단히 배를 채우게나. 그리고 갑옷과 투구를 챙겨 쓰고 이리로 오게."

디 공이 말했다. 그러고는 타오간에게 명했다.

"홍 수형리를 부르게!"

혼자 남은 디 공은 붓과 종이를 준비했다. 그러고는 토굴에서 발견한 두루마리를 소매에서 꺼내 읽기 시작했다.

홍과 타오간이 들어오자 판관은 올려다보며 말했다.

"죽은 기녀 사건에 관련된 모든 서류를 모아서 여기 탁자에 올려놓고 내가 말하는 부분을 즉시 읽을 수 있게 하게!"

두 사내가 일을 시작하자 디 공은 글을 쓰기 시작했다. 그는 초서체로 빠르게 두루마리를 채워나가기 시작했다. 그의 붓은 사뭇 종이 위를 날아다니는 것 같았다. 그는 잠깐씩 멈춰 보고서에 올릴 부분을 알려 주고 그것을 요약하여 읽어 달라고 명했다.

마침내 디 공이 깊은 숨을 내쉬며 붓을 내려놓았다. 그는 보고서를 단단히 말아 토굴에서 찾은 두루마리와 함께 기름 먹인 종이로 싸서 홍에게 주고 관아의 인장으로 그 두루마리를 봉인하라고 일렀다.

마중과 차오타이가 들어왔다. 육중한 갑옷과 어깨 보호대를 입고 뾰족한 투구를 쓴 그들의 모습은 그 어느 때보다 커 보였다.

디 공은 두 형리에게 각각 은전을 30냥씩 주었다. 그리고 나서 이글이글 타는 눈으로 그들을 쳐다보며 말했다.

"자네 둘은 지금 당장 수도로 말을 달리게. 말을 자주 갈아 타게나. 역참에 말이 없거든 다른 데서 말을 빌려. 이 은전이면 충분할 걸세. 별 일이 없다면 동이 트기 전에 수도에 도착할 게야.

그러면 곧장 형부 상서 관저로 가게. 대문에 은으로 만든 징이 걸려 있을 걸세. 이 나라 모든 백성은 동이 튼 첫 시각에 그 징을 울리고 상서 나리 앞에서 고충을 고할 수 있네. 그 징을 치게나. 시종에게 일러 억울한 사연을 아뢰러 멀리서 왔다고 하게. 나리를 뵈면 이 두루마리를 전하게! 다른 설명은 할 필요가 없네!"

디 공이 봉인된 두루마리를 건네자 마중이 웃음을 띠고 말했다.

"쉬운 일 같습니다! 그런데 좀 가벼운 사냥복을 입으면 더 낫지 않겠습니까? 이 갑옷 때문에 말이 힘들 텐데요."

디 공이 심각한 표정으로 둘을 바라보았다. 그러고 나서 천천히 말했다.

"쉬운 일이 될지 매우 힘든 일이 될지 모르겠네. 누군가 자네들을 급습하려 할 가능성도 없지는 않아. 그러니 이 상태 그대로 가는 것이 좋을 걸세. 다른 관리들 어떤 도움도 청하지 말게. 철저히 혼자 행동해야 하네. 누군가 자네들을 멈춰 세우려 하면 칼로 베게나! 자네 둘 중 하나가 죽거나 다치더라도 다른 한 명은 계속 달려 이것을 반드시 전해야 하네. 그리고 상서께 직접 전하고 절대로 다른 사람에게 주어서는 안 되네."

차오타이가 검을 찬 띠를 단단히 동여매었다. 그가 조용히 말했다.

"매우 중요한 서류인가 보군요, 나리!"

디 공이 소매에 손을 집어넣고 팔짱을 끼었다. 그는 긴장된 목소리로 대답했다.

"천명(天命)이 달린 문젤세!"

차오타이는 그의 말을 이해했다. 그는 어깨를 쫙 펴고 소리쳤다.

"황제 폐하 만만세!"

마중이 어리둥절하여 차오타이를 쳐다보았다. 하지만 늘 그렇듯 자동적으로 다음 구호를 외쳤다.

"만수무강 하소서!"

**디 공에게 무시무시한 인물이 찾아오고,
흉악한 범죄자가 마침내 모습을 드러낸다.**

다음 날 아침이 되자 보기 드물게 맑은 여름날이 될 기미가 보였다. 밤사이 산에는 찬 이슬이 내려 신선한 기운이 화창한 아침 공기를 채우고 있었다.

홍 수형리는 디 공이 노대에 나가 있을 거라고 생각했다. 하지만 2층으로 가는 계단을 오르고 있을 때 시종이 나오더니 판관이 집무실에 있다고 알려주었다.

홍은 디 공을 보고 깜짝 놀랐다. 판관이 책상 앞에 구부정하게 앉아 붉게 충혈된 눈으로 멍하니 앞을 보고 있는 것이 아닌가. 방 안 공기가 답답하고 판관의 옷이 잔뜩 구겨져 있는 것을 보니 판관이 침소에 들지 않고 책상 앞에서 밤을 샌 것이 분명했다. 당황한 수형리의 표정을 보고 디 공이 피곤한 미소를 지으며 말했다.

"지난밤에 용감한 두 형리가 수도로 떠나고 난 후 잠이 오지 않더군. 그래서 여기 책상에 앉아 상황 전체를 다시 짚어 보았지. 한우형의 비밀 본거지가 류페이포의 정원으로 연결되어 있는 것을 알아낸 덕분에 한과 류가 이 일을 공모한 우두머리라는 것이 확실해졌네. 이제는 말할 수 있네. 이것은 황실을 거역하는 직접적인 음모로서 온 나라 전체에 그 세력이 퍼져 있지. 지금 상황은 심각하지만 내 생각대로라면 길이 없는 건 아니야. 지금쯤이면 내 보고서가 수도의 형부에 전달되었을 것이고 위에서 당장 필요한 조치를 취할 걸세."

디 공은 차를 한 모금 마시고 말을 이었다.

"어젯밤에도 여전히 연결 고리가 하나 부족했어. 지난 며칠간 무언가 미심쩍은 것이 한 가지 있었는데 그것이 잠시 머리를 스치고 지나가더니 감쪽같이 사라지지 뭔가. 별 것 아닌 것 같았는데 어젯밤에 갑자기 그것이 매우 중요한 것이라는 생각이 들었네. 그리고 그것이 수수께끼의 마지막 단서라는 것도 말이야."

"그래서 기억해 내셨습니까?"

수형리가 신이 나서 물었다. 디 공이 말했다.

"그래, 기억해 냈어! 오늘 아침, 동이 트기 직전에 번뜩 떠오르지 뭔가. 바로 닭들이 울어 대기 시작할 때 말이야! 그런데 그거 아나? 수탉은 햇살이 비치기도 전에 울기 시작한다는 것을? 동물은 감각이 아주 예민하지, 흥! 창문을 열어 주게. 그리고 시종에게 죽과 절인 고추와 생선을 좀 들여오라 이르게. 뭔가 입맛이 도는 음식을 먹고 싶군. 진하게 차를 좀 준비해 주고!"

"오전 심리를 하시겠습니까, 나리?"

홍 수형리가 물었다.

"아니, 마중과 차오타이가 돌아오면 곧장 한우형과 량 대인을 만나러 갈 걸세. 사실 시간이 급박하니 지금 당장이라도 그렇게 하고 싶어. 하지만 기녀 살인 사건이 결국 나라 전체의 문제로 판명되었으니 한낱 고을 수령에 지나지 않는 나는 이 일을 제대로 다룰 능력이 되지 않아. 위에서 내려 주시는 분부 없이 더 이상 움직여선 안 되지. 마중과 차오타이가 곧 돌아오기만을 바라자고!"

디 공이 대답했다.

아침을 먹고 나서 디 공은 홍 수형리를 서고로 보내 그곳을 관리하게 하고 자신은 타오간과 함께 일상적인 업무를 시작했다. 판관이 위층 노대로 올라갔다.

그는 대리석 난간에 잠시 기대어 서서 발 아래 펼쳐진 평화로운 광경을 둘러보았다. 낚싯배들이 부두를 따라 가득했고 호숫가에는 고기와 야채를 시내로 들여가는 농부들의 움직임이 분주했다. 평소와 다름없이 부지런한 농부들은 조용히 자기 일을 하느라 바빴다. 곧 닥쳐올 폭동의 기운도 그들의 일상을 방해하지는 못했다.

디 공은 의자 하나를 노대의 그늘진 구석으로 가져가 자리에 앉았다. 곧 잠이 밀려왔고 그는 앉은 채로 잠이 들었다.

디 공은 홍 수형리가 점심 식사를 가지고 올 때까지 깨어나지 않았다. 판관은 잠에서 깨자 난간으로 가서 부채로 햇살을 가리며 먼 곳을 바라보았다. 하지만 마중과 차오타이의 모습은 찾을 수 없었다. 그는 실망하여 말했다.

"지금쯤이면 돌아와야 하는 것 아닌가, 홍!"

"상부에서 무언가를 물어볼 수도 있습니다, 나리."

홍 수형리가 안심시키듯 말했다.

디 공은 걱정스러운 표정으로 고개를 저었다. 그는 재빨리 밥을 먹어치우고 집무실로 갔다. 홍과 타오간이 맞은편에 앉았고 그들은 다 함께 그 날 아침에 들어온 서류들을 처리하기 시작했다.

30분 정도 일을 하고 있는데 복도에서 무거운 발소리가 들려왔다. 마중과 차오타이가 피곤한 모습으로 들어왔다.
"하늘이 도우사 무사히 돌아왔군! 그래, 상서 나리는 뵈었는가?"
디 공이 소리쳤다.
"뵈었습니다, 나리. 두루마리를 전해 드렸고 저희가 있는 데서 그것을 읽으셨습니다."
마중이 쉰 목소리로 말했다.
"뭐라고 하시던가?"
디 공이 긴장하여 물었다.
마중이 어깨를 으쓱하더니 말했다.
"두루마리를 다시 말아서 소매에 넣으시고는 나중에 다시 잘 살펴보겠노라 나리께 전하라 하셨습니다."
디 공의 얼굴에 낙심한 표정이 서렸다. 이렇게 실망스러운 소식이라니. 물론 상서께서 형리들에게 자세한 말씀을 하지 않으시리라 생각했지만 그렇게 느긋한 반응을 보일 줄은 몰랐다. 잠시 생각한 후 디 공이 입을 열었다.
"어쨌든 자네 둘이 무사하여 기쁘네!"
마중은 땀이 나 미끄러져 내리는 투구를 밀어 올리며 실망스러운 듯 말했다.
"별 일 일어나지 않았습니다. 하지만 만사가 태평한 것만도 아니었습니다, 나리. 오늘 아침 수도의 서대문을 빠져나올 때 말을 탄 사내 둘이 저희를 따라왔습니다. 둘 다 노인네였고요. 서쪽으로 가는 차 상인들이라며 한위안까지 우리랑 같이 가도 되겠느냐고 묻더라고요. 말투가 꽤 정중했고 무기도 없으니 승낙할 수밖에요. 그런데 그중 나이 많은 남자가 표정이 어찌나 냉랭하던지 눈이 마주칠 때마다 등골이 오싹했습니다요! 그래도 별 탈 일으키지 않았고 오는 내내 아주 조용했습니다."

"자네들이 피곤해서 조금 과민하였던 모양이지."

디 공이 말했다. 이번에는 차오타이가 말했다.

"그게 다가 아닙니다, 나리! 30분쯤 지나고 나니까 말을 탄 사내 30명 정도가 옆길에서 불쑥 나타나지 뭡니까. 우두머리라는 자가 자기들은 상인들이고 서쪽으로 가는 길이라고 했어요! 근데 이자들이 상인이면 저는 유모게요? 그렇게 잘 정돈된 무인 집단은 찾아보기 힘들 정도예요. 게다가 옷 아래 칼을 숨기고 있는 게 틀림없었습니다. 하지만 그자들이 앞으로 나아가 우리를 이끌고 가니 크게 해 될 일은 없어 보였습니다. 하지만 30분이 지나고 나니까 또 한 30명 되는 상인이라는 놈들이 나타나서는 우리 행렬 뒤에 따라 붙지 뭐겠습니까. 마중과 저는 아이쿠, 이거 큰일이구나 싶었습니다."

디 공이 의자에서 허리를 곧게 폈다. 차오타이가 말을 잇자 그를 뚫어져라 쳐다보았다.

"서신을 이미 전달한 터라 저희는 크게 걱정하지 않았습니다. 혹여 공격이 시작되면 우리 중 하나는 놈들을 뚫고 나가 들판을 가로질러 군 초소에 도움을 요청할 수 있을 거라고 생각했으니까요. 그런데 웃긴 것이 놈들이 아예 저희를 공격할 생각을 안 하는 겁니다. 할 일이 정해져 있기라도 한 건지 서신을 전하는 사내 둘 따위는 안중에도 없던 것이지요! 그자들의 임무는 우리가 군인들에게 위험을 알리는 것을 막는 것이 분명했습니다. 하지만 지나는 곳마다 초소들이 다 비어 있어서 그렇게 하려 해도 할 수 없었지요. 오는 길 내내 군인이라고는 눈 씻고 찾아봐도 없었습니다. 호수를 도는데 그 놈들이 대여섯씩 짝을 지어 조금씩 사라지더니 마을에 들어설 때쯤 되니까 처음에 만난 노인네 둘만 남아 있었습니다. 그래서 그자들에게 체포하겠다 말하고는 여기 관아로 데려왔지요. 그런데 웃긴 건 그 건방진 자들이 체포당한 것은 아랑곳하지도 않고 나리를 뵈어야 한다고 하지 않겠습니까!"

마중이 덧붙였다.

"저희와 같이 온 60명은 다름 아닌 역당들일 것입니다, 나리! 마을을 향해 오고 있을 때 멀리서 말을 탄 사내들이 두 줄을 지어 산을 통해 시내로 들어오고 있는 것을 보았습니다. 이곳을 급습하려나 본데 관아는 튼튼하고 전략적으로도 좋은 위치에 있으니 놈들이 쉽게 들어올 수 없을 겁니다!"

디 공은 주먹으로 탁자를 내리쳤다.

"도대체 왜 상부에서는 내 보고서를 받고 아무 조치를 취하지 않는 것인가! 하지만 무슨 일이 일어나더라도 이 비열한 놈들은 우리 고을을 쉽게 차지할 수 없을 걸세! 놈들은 성문을 부술 도구가 없고 우리도 30명 정도는 바로 동원할 수 있지 않는가. 지금 무기고 상태는 어떤가, 차오타이?"

디 공이 물었다.

"화살은 충분합니다, 나리! 하루 정도는 놈들을 막아낼 수 있고 놈들도 고생깨나 할 겁니다!"

차오타이가 의욕적으로 말했다.

"역당 두 놈을 불러들이게! 감히 나하고 협상을 할 생각인 것인가? 한위안이 그들의 본거지이니 싸우지 않고 내가 순순히 넘겨 주기를 바라는 모양이지? 놈들이 얼마나 잘못 생각하고 있는지 보여주세! 하지만 그 전에 이 두 놈들한테 역당이 얼마나 되고 현재 위치가 어디인지 알아내야겠지. 이리 들여보내게!"

디 공이 마중에게 명했다.

마중은 신이 나 싱글거리며 방을 나갔다.

그가 긴 푸른색 옷을 입고 검은 모자를 쓴 남자 둘을 데리고 돌아왔다. 나이가 든 쪽은 키가 크고 얼굴은 차갑고 무표정했으며 가는 수염을 기르고 있었다. 그는 눈을 반쯤 감고 있었다. 다른 한 명은 날카롭고 냉소적인 표정을 한 땅딸막한 사내였다. 그는 새까만 콧수염에 뻣뻣하고 짧은 턱수염을 기르고 있었다. 그는 판관과 형리 넷을 경계하듯 유심히 쳐다보았다.

디 공은 나이 든 남자를 보고 너무나 놀라 할 말을 잃었다. 몇 년 전, 그가 수도에서 근무할 때 이 무서운 사람을 먼발치에서 본 적이 있었다. 그때 누군가가 겁에 질린 듯 속삭이며 그의 이름을 일러주었다.

키 큰 남자는 고개를 들어 기묘한 옅은 색 눈으로 디 공을 잠시 쳐다보았다. 그런 다음 디 공의 형리들을 향해 머리를 까닥였다. 판관은 단호한 표정으로 그들에게 나가라고 손짓했다.

마중과 차오타이는 얼이 빠져 판관을 쳐다보았지만 그가 다시 다급하게 고개를 흔들자 우물쭈물 문으로 걸어갔고 홍 수형리와 타오간이 그 뒤를 따랐다.

두 남자가 중요한 손님들이 앉는 등이 높은 의자에 자리를 잡자 디 공은 그들 앞에 무릎을 꿇고 이마로 바닥을 세 번 찧었다.

나이 든 남자가 소매에서 부채를 꺼냈다. 느긋하게 부채질을 하며 그가 옆 남자에게 감정이 실리지 않은 목소리로 말했다.

"여기는 디 수령일세. 자신이 책임지는 고을에 반역 음모를 꾸미는 역당들의 본거지가 있다는 사실을 알아내는 데 두 달이나 걸렸지. 수령이란 자기 고을에서 무슨 일이 일어나고 있는지 정도는 알아야 한다는 사실을 몰랐던 모양이야."

"관아 안에서 무슨 일이 일어나는지조차 모르지요, 나리! 관아에서 일하는 자 중에 역당의 첩자가 있다고 보고서에 태평스럽게 적어 놓지 않았습니까. 직무 유기입니다, 나리!"

다른 남자가 말했다.

나이 든 남자가 체념한 듯 한숨을 내쉬었다.

"젊은 관리들은 수도 밖으로 부임하면 바로 마음이 풀어져 버려! 직속 상사의 관리가 소홀한 것이겠지. 나중에 이 도의 순찰사를 부르는 것 잊지 말게. 이 수치스러운 사건에 대해 한마디 해야겠어."

잠시 대화가 멈추었다. 디 공은 조용히 앉아 있었다. 지체 높으신 분께서는 허락 없이 말을 꺼내서는 안 되었다. 게다가 비난하고 비판하는 것이 바로 그분의 임무가 아닌가. 두 남자 중 나이가 든 사람은 바로 중앙 정부 감찰 기관인 도찰원의 수장, 도어사였다. 그의 이름은 맹기로서 이 이름만 들으면 수도의 고관들도 화려한 관복 속에서 몸을 떨었다. 황제에 대한 충성심이 지극하고, 청렴결백하고 강직한 성품이 초인과 같으며, 사심이 없이 냉혹할 정도로 공명정대한 이 남자는 사실상 직권에 한계가 없었다. 그는 황실이라는 거대한 기구의 민정이나 군사에 관련된 궁극의 감시권을 한 몸에 지닌 사람이었다.

"나리께서 평소와 다름없이 부지런하셔서 다행이지요, 나리. 열흘 전 이 지방에서 백련회가 다시 일어서고 있다는 보고가 올라와 총사령관이신 도독께서 바로 필요한 조치를 취했습니다. 그래서 디 수령이 겨우 낮잠에서 깨어나 역당의 본거지가 한위안에 있다고 보고를 올렸을 때 바로 황실 수비대가 산과 호수를 둘러싸고 요지를 접할 수 있었지요. 덕분에 큰 사고는 면했습니다."

턱수염을 기른 남자가 말했다.

"할 수 있는 만큼 하는 것 아니겠나. 우리 국정에서 가장 약한 부분이 바로 지방 수령들이지. 역당들은 결국 일망타진 되겠지만 피를 보는 건 어쩔 수 없을 걸세. 이 사람 디가 자신의 의무에 조금 더 충실했더라면 역당의 우두머리를 잡아 미리 역모의 싹을 잘라 버릴 수 있었을 터인데."

도어사가 말했다. 그의 목소리가 쩌렁쩌렁 울렸다.

"너는 변명의 여지가 없는 죄를 네 가지나 저질렀다, 디! 첫째로 네 입으로 류페이포가 의심스럽다고 하고서도 그를 놓쳤다. 둘째, 역당 중 한 놈이 네 관아의 옥에서 죽게 놔두었다. 그것도 필요한 정보를 캐내기도 전에 말이야. 셋째, 왕을 산채로 잡아 신문해야 하는데도 불구하고 그를 죽여 버렸다. 그리고 넷째, 중요한 단서가 빠진 불완전한 보고서를 올렸다. 말해 보아라, 디, 그 서류는 어디 있느냐?"

디 공이 말했다.

"모두 소인의 불찰이옵니다! 지금 서류를 가지고 있지는 않지만 소인의 생각으로는……."

도어사가 판관의 말을 잘랐다.

"네 생각 따위는 집어 치워라, 디! 다시 말하겠다. 그 서류는 어디 있느냐?"

"량 대인의 집에 있습니다, 나리!"

디 공이 대답했다.

도어사가 펄쩍 뛰었다. 그가 버럭 소리를 질렀다.

"정신이 나갔느냐? 네 감히 량 고문을 의심하는 게냐!"

"소인의 불찰이옵니다! 하지만 대인께서는 집안 돌아가는 상황을 잘 모르고 계십니다."

"지금 저자가 시간을 벌려는 것입니다, 나리! 저자를 체포하여 자기 관아에 투옥하시지요!"

턱수염 난 사람이 분개하여 말했다.

도어사 멩 대인은 아무 말도 하지 않았다. 그는 긴 소맷자락을 펄럭이며 앞뒤로 천천히 걷고 있었다. 그러다가 무릎을 꿇고 있던 디 공의 앞에 와 멈추더니 퉁명스러운 목소리로 물었다.

"그 서류가 어떻게 고문의 집에 있게 되었느냐?"

"백련회의 우두머리가 안전상의 이유로 그곳으로 옮긴 것입니다, 나리. 소인 감히 말씀 여쭙습니다. 부디 나리께서는 량 대인이나 바깥사람들은 모르게 하고 은밀히 그 집을 점거하여 거기 있는 모든 사람을 체포하시옵소서. 그리고 나서 량 대인인 척하고 한우형과 강충에게 사람을 보내어 급한 일로 량 대인이 만나고 싶어 한다고 알리는 것입니다. 나리께서도 직접 그리로 가시고 제가 따라갈 수 있도록 해 주십시오."

"이 무슨 광대 짓이냐, 디? 고을은 이미 내 수하들의 손에 들어왔다. 한우형과 강충을 바로 잡아들일 것이야. 그리고 같이 량 고문의 집으로 가자. 량 대인에게는 내가 직접 설명할 터이니 너는 그 서류가 어디 있는지 보여 주기만 하면 된다!"

"소인은 다만 백련회의 우두머리가 탈출하지 못하게 하려는 것뿐입니다. 한우형과 류페이포, 강충이 의심스럽지만 그자들의 역할이 무엇인지는 아직 모릅니다. 우두머리는 우리가 모르는 사람일 수도 있습니다. 다른 이들을 잡아들이면 우두머리가 이를 알고 도망을 칠지도 모를 일입니다."

디 공이 말했다.

도어사는 턱 주변에 난 가는 수염을 천천히 잡아당기며 잠시 생각에 잠겼다. 그러고 나서 그가 다른 남자에게 말했다.

"부하들에게 일러 한과 강을 량 고문의 집으로 데려가게. 아무도 모르게 하고!"

턱수염 난 남자가 눈살을 찌푸렸다. 그는 무엇인가 탐탁지 않은 것 같았다. 하지만 도어사가 신경질적인 몸짓을 하자 그는 재빨리 일어나 한마디도 하지 않고 방을 나섰다.

"일어나라, 디!"

도어사가 말했다. 그는 다시 자리를 잡고 앉아 소매에서 두루마리를 꺼내 읽기 시작했다.

디 공이 탁자를 향해 손짓을 하며 자신 없는 듯 물었다.

"소인이 나리께 차 한 잔 올려도 되겠습니까?"

도어사는 귀찮다는 듯 고개를 들더니 거만하게 대답했다.

"안 된다. 나는 내 수하가 준비한 음식만 먹는다."

그는 다시 읽기 시작했다. 판관은 법도대로 양 팔을 옆에 붙이고 가만히 서 있었다. 그는 얼마나 오랫동안 그렇게 서 있었는지 몰랐다. 위에서 역모에 대비해 적절한 조치를 취해 다행이라는 안도감은 곧 사라지고 량 대인에 대한 자신의 생각이 맞을지 걱정이 밀려오기 시작했다. 그는 미친 듯 모든 가능성을 살펴보고 모르고 지나쳤을지도 모르는 사소한 단서들과 아직 완벽하게 마무리하지 못한 결론을 다시 한 번 곰곰이 되씹어 보기 시작했다.

마른기침 소리에 그는 잠시 생각을 멈췄다. 도어사가 두루마리를 다시 소매에 집어넣더니 일어나 말했다.

"시간이 되었다, 디. 여기서 량 저택은 얼마나 먼가?"

"가깝습니다, 나리."

"그럼 남의 주의를 끌지 않도록 걸어 갈 것이다."

도어사가 말했다.

바깥 복도에서 마중과 차오타이가 비참한 표정으로 디 공을 쳐다보았다. 그는 그들을 안심시키려는 듯 미소를 띠고는 재빨리 말했다.

"지금 밖에 나가네. 자네 둘은 정문을 지키고 홍과 타오간은 후문을 지키게 하게나. 내가 돌아올 때까지 아무도 들어오거나 나가지 못하게 하게."

거리로 나서니 여느 때와 다름없이 사람들이 분주히 움직이고 있었다. 디 공은 놀라지 않았다. 그는 도찰원이 비밀리에 얼마나 효율적으로 움직이는지 잘 알고 있었다. 아무도 고을이 그들 손에 넘어갔다는 사실을 눈치 채지 못할 것이다. 그는 걸음을 재촉했다. 도어사가 바로 뒤에서 걸어왔다. 아무도 평범한 푸른 옷을 입은 두 사람에게 시선을 주지 않았다.

량 대인의 집 대문을 연 것은 무표정한 얼굴을 한 마른 사내였다. 판관은 그 사람을 전에 본 적이 없었다. 이미 도어사의 부하들이 이 집을 손에 넣은 것이 분명했다. 그 남자가 도어사에게 아뢰었다.

"집안 모든 사람들을 체포하였습니다. 손님 둘은 이미 당도하여 량 대인과 함께 서재에 있습니다."

그러고 나서 그는 조용히 디 공과 도어사를 반쯤 가려진 복도로 안내했다.

디 공이 어두컴컴한 서재에 들어서자 량 대인이 창문 앞 붉은색으로 칠해진 책상 앞 안락의자에 앉아 있었다. 벽 쪽에 있는 의자에는 한우형과 강충이 뻣뻣한 자세로 앉아 있었다.

량 대인이 무거운 머리를 들었다. 그는 가리개를 약간 치켜 올리더니 문 쪽을 쳐다보았다.

"손님들이 더 왔군!"

그가 중얼거렸다.

디 공이 책상으로 다가가 깊이 고개를 숙였다. 도어사는 문 옆에 서 있었다.

"저는 수령입니다, 나리. 갑작스럽게 찾아와 죄송합니다. 나리께서 허락하신다면 제가……."

"간단히 하게, 디! 탕약을 먹으러 갈 시간이야."

그의 머리가 앞으로 늘어졌다.

디 공이 금붕어가 들어 있는 어항 안에 손을 넣었다. 그는 재빨리 작은 상이 있는 받침대 아래를 만져 보았다. 금붕어가 흥분하여 주변을 헤엄치기 시작하자 차갑고 작은 몸뚱이가 디 공의 손을 스쳤다. 만져 보니 받침대의 윗부분이 돌릴 수 있게 되어 있었다. 자세히 보니 그것은 뚜껑이었고 꽃 선녀의 조각상이 바로 손잡이였다. 그는 그것을 들어올렸다. 구리로 만든 원통이 드러났고 그 가장자리가 물 위로 올라왔다. 그는 안으로 손을 넣어 작은 두루마리를 꺼냈다. 두루마리의 겉은 다름 아닌 보라색 문직으로 되어 있었다.

량과 한, 그리고 강충은 미동도 없이 앉아 있었다.

"앉아!"

은 새장 안에 있던 새가 갑자기 소리를 쳤다.

디 공이 문으로 가 두루마리를 도어사에게 건넸다. 그가 속삭였다.

"이것이 바로 단서가 될 서류입니다!"

도어사가 두루마리를 펼쳐 재빨리 처음부터 읽기 시작했다. 디 공은 뒤로 돌아 방 안을 둘러보았다. 량 대인이 어항을 쳐다보며 조각상처럼 가만히 앉아 있었다. 한과 강충은 문 옆에 선 키 큰 남자를 멍하니 쳐다보았다.

도어사가 손으로 신호를 보냈다. 갑자기 황실 수비대원들이 금색 갑옷을 번쩍이며 나타나 복도를 가득 메웠다. 그는 한우형과 강충을 가리키며 말했다.

"저자들을 체포하라!"

병사들이 물밀듯 방으로 들어오자 도어사는 디 공에게 말을 이었다.

"한우형은 명단에 없지만 일단 잡아들이겠다. 나를 따르라. 량 고문께 사과의 말씀을 드려야지."

디 공이 그를 붙잡아 말리고는 혼자서 재빨리 책상으로 다가갔다. 책상 위로 몸을 굽혀 그는 량 대인의 이마에 얹혀 있던 가리개를 확 잡아당겼다. 그러고 나서 엄한 목소리로 말했다.

"일어나라, 류페이포! 너를 황실 고문 량멩광 대인의 살인범으로 체포한다!"

책상에 앉아 있던 남자가 천천히 자리에서 일어났다. 그가 옷을 가다듬더니 넓은 어깨를 쭉 폈다. 가짜 수염과 구레나룻, 얼굴에 칠한 색으로 가려 있었지만 오만한 류페이포의 얼굴을 쉽게 알아볼 수 있었다. 그는 디 공을 쳐다보지 않았다. 그의 타는 듯한 눈은 병사들에게 포박을 당하고 있던 한우형을 떠나지 않았다.

"내가 너의 계집을 죽였다, 한!"

류가 비웃는 말투로 한에게 외쳤다. 그는 왼손으로 턱수염을 붙잡고 조롱하는 듯한 몸짓을 했다.

"저놈을 체포해라!"

위험한 범죄자가 체포되다

호수 살인자 **291**

도어사가 병사들에게 소리쳤다.

앞에 선 병사가 밧줄을 휘두르며 다른 세 명과 함께 책상으로 다가오자 디 공은 옆으로 비켜섰다. 류는 팔짱을 끼고 다가오는 군사들을 향해 한 걸음 내딛었다.

갑자기 류페이포의 오른손이 소매에서 쑥 빠져나왔다. 칼날이 번쩍 빛나더니 그의 목에서 피가 터져 나왔다. 그의 커다란 몸이 그 자리에서 휘청하더니 바닥으로 쓰러졌다.

백련회의 우두머리, 왕좌를 차지하려던 반역자가 제 손으로 목숨을 끊은 것이었다.

디 공이 수하들과 함께 낚시를 하러 나가고,
그가 호수의 수수께끼를 푼다.

뒤이어 수일에 걸쳐 백련회에 대한 황제의 엄벌이 계속되었다.

수도뿐만 아니라 여러 지방에서 지위고하를 막론하고 수많은 관리들과 몇몇 부유한 지주들이 체포되어 신문 후 처형당했다. 중앙과 지방의 우두머리들이 갑작스레 체포되고 나니 역당의 뼈대 자체가 흔들렸고 큰 규모의 폭동은 어디에서도 일어날 수 없었다. 몇몇 외딴 지역에서 작은 소동이 있었으나 지방 수비대들이 별 무리 없이 진압하였다.

한위안에서는 잠시 디 공의 수령 직무가 도어사의 수하들 손으로 넘어갔다. 도어사인 맹 대인은 류페이포가 자결한 직후 바로 수도로 돌아가고 이제 검은 턱수염을 기른 냉소적인 남자가 이 고을의 책임자였다. 그는 디 공을 사환 겸 고문으로 임명하였다. 고을의 모든 위험인물은 깡그리 소탕되었다. 강충이 죄를 자백하였고 관아에 있는 백련회의 첩자가 누구인지 털어 놓았다. 그리고 왕 조합장의 심복과 류페이포가 고용한 건달들은 모두 수도로 압송되었다.

디 공은 모든 업무가 일시 정지되었기 때문에 다행히 마오루의 처형을 목도하지 않아도 되었다. 원래 상부에서는 죽을 때까지 채찍질을 하도록 명하였으나 디 공이 그는 장씨 부인을 겁탈하지 않았고 삼곡도에서 강도들이 그녀를 폭행하려 할 때 막아 주었다 탄원하여 형벌을 단순 참수형으로 낮추는 데 성공했다. 땡중은 북쪽 국경 지방에서 10년 노역형을 받았다.

마오루가 참수형을 당하던 날 아침, 엄청난 폭우가 쏟아졌다. 한 위안의 백성들은 수호신께서 자신의 땅에 뿌려진 피를 재빨리 씻어내고 싶으신 까닭이라고 말했다. 비는 갑작스레 그쳤고 오후에는 맑고 청량한 날씨가 이어졌다.

이제 저녁이 되면 모든 행정상의 권한이 공식적으로 디 공에게 돌아올 것이었다. 그러니 이것이 그가 마지막으로 맞는 한가한 오후였다. 그는 호수로 낚시를 나가기로 했다.

마중과 차오타이가 부두로 가서 작고 바닥이 평평한 배를 한 척 빌렸다. 그 사이 디 공은 커다란 둥근 모자를 쓰고 걸어서 부두에 도착했다. 홍 수형리와 타오간이 낚시 도구를 들고 뒤를 따랐다.

모두 배에 오르자 마중은 배 후미에 서서 노를 잡았다. 배가 물결치는 호수 가운데로 천천히 나아가기 시작했다. 모두들 조용히 물 위로 불어오는 신선한 바람을 즐겼다.

갑자기 디 공이 말했다.

"지난 한 주 도찰원 병사들이 움직이는 것을 보니 매우 흥미로웠네. 수염이 짧은 그 사람, 난 아직도 그가 누구인지, 무슨 일을 하는지도 모르겠어. 그 사람이 처음에는 약간 차갑게 굴더니 나중에는 약간 풀어져 내게 주요 서류들을 보여 주었네. 그는 아주 꼼꼼

디 공이 수하들과 함께 낚시하러 가다

하고 체계적으로 일하는 뛰어난 조사관이었다네. 그에게 배운 것이 많아. 하지만 덕분에 너무나 바빠서 이제야 자네들하고 조용히 이야기할 시간이 나는군!"

판관이 차가운 물에 한 손을 담갔다. 그가 계속 말했다.

"어제 한우형을 보러 갔었네. 혹독한 신문 이후 아직 마음이 상해 있었지만 자신의 고을 한위안이 엄청난 음모의 본거지였다는 사실이 더 괴로웠던 모양이야. 그는 조상이 집 아래 지어 놓은 토굴에 대해 전혀 몰랐지만 수염 난 그 조사관은 도통 그 사실을 믿으려 하지 않았지. 그가 연달아 이틀 동안 한을 신문하며 꽤 심하게 다룬 모양이더군. 하지만 내가 한이 백련회에 납치당해 흉악한 협박을 받고서도 그 사실을 바로 보고했다는 사실을 알려서 그는 풀려날 수 있었지. 한이 내게 매우 고마워하기에 나는 그 기회를 틈타 량펜과 그의 딸이 서로 사랑하는 사이라는 사실을 넌지시 알려주었네. 처음엔 량펜이 딸의 남편감으로 충분치 못하다고 화가 나 길길이 뛰었지만 나중에는 포기하고 약혼에 반대하지 않을 거라 하더군. 량펜은 정직하고 진솔한 젊은이고 류화는 매력적인 소녀이니 둘은 잘살 거라 생각하네."

"그럼 한이랑 펜토화는 아무 사이도 아니었던 겁니까?"

홍 수형리가 물었다.

디 공이 씁쓸한 미소를 지었다.

"사실 내가 처음부터 한을 크게 오해했다는 걸 인정하겠네. 그는 아주 구식인데다가 약간 완고하고 편협하기까지 한 사람이야. 마음은 좋은데 그리 똑똑하지는 않고. 사실 대단한 사람은 아닌 셈이지. 그는 죽은 기녀와 정을 통한 적이 없었네. 하지만 반면 기녀는 정말 대단한 사람이었어! 사랑이든 증오든 매우 열정적인 사람이라고 할까. 저기 보게. 버드나무 거리에 황제 폐하의 어명으로 기녀를 위해 하얀 대리석 기념비를 세우는 것이 보이는가? '국가와 가정을 향한 충심의 본보기'라고 새길 것이라네."

이제 배는 호수 한복판에 나와 있었다. 판관이 낚싯줄을 드리웠다가 재빨리 다시 거둬들였다. 마중이 욕을 내뱉었다. 그 또한 배 바로 아래 초록색 물속을 지나가는 커다랗고 어두운 그림자를 보았기 때문이다. 작고 빛나는 두 눈이 번쩍였다. 디 공이 말했다.

"여기에선 아무것도 못 잡겠는걸! 이놈들이 물고기를 모두 쫓아 버리지 않느냐! 봐라, 저기 또 하나 있다."

다른 네 명이 놀란 모습을 보고 그가 덧붙였다.

"호수에서 빠져 죽은 사람들의 시신이 없어지는 것이 커다란 거북이들 때문이었다는 것을 짐작하고 있었지. 이놈들이 한번 사람 고기 맛을 들이면…… 하지만 겁내지는 말게. 살아 있는 사람은 절대 공격하지 않으니. 더 멀리 나가세, 마중. 저쪽으로 가면 고기가 더 잘 잡힐 걸세."

마중이 힘차게 노를 젓기 시작했다. 판관은 소매 안에서 팔짱을 끼더니 생각에 잠겨 멀리 보이는 호숫가의 마을을 바라보았다.

"류페이포가 대인을 살해하고 그 자리를 차지한 것을 언제 아셨습니까?"

홍 수형리가 물었다.

"최후의 순간에 알았지. 마중과 차오타이를 수도로 보내고 잠들지 못해 책상에 앉아 있던 날 밤 말일세. 량 대인의 문제는 사실 부차적인 것이었고 제일 중요한 문제는 죽은 기녀 사건이었어. 사실 그 사건은 류페이포의 야심이 깨어지던 몇 년 전부터 시작된 것이지. 하지만 우리가 목격한 바와 같이 마지막 단계에서 딸 창어와 정부 펜토화라는 두 여인 때문에 류의 정치적 음모는 뒤로 밀리고 말았던 거야. 그 셋의 관계야 말로 이 사건의 핵심일세. 그것을 이해하고 나니 나머지는 모두 명백해지더군.

류페이포는 재능과 담력이 특출하고 수완이 비상하며 원기 왕성하기까지 한 타고난 우두머리야. 하지만 과거에 낙방하고 자존심에 큰 상처를 입었고 후에 사업에서 크게 성공을 거두었지만 그 상처를 치유하지는 못했네. 상처는 점점 곪아 커져 갔고 결국 정점에 달해 나라에 대한 쓰디쓴 적개심이 되었지.

우연한 일로 백련회를 부활시켜 황실을 전복시키고 새로운 왕조를 세우겠다는 그의 야망에 불이 지펴졌지. 수도에서 사들인 골동품점에서 한 도인이 쓴 원고를 발견한 거야. 거기에는 비밀 토굴에 대한 계획이 담겨 있었네. 도어사께서 수도에 있는 류의 자택에서 다른 서류들과 함께 이 원고를 발견했어. 원고에는 난리가 날 것을 대비하여 그의 후손들이 숨을 수 있는 토굴을 지을 것이라고 쓰여 있었지. 거기에 그의 전 재산인 금괴 스무 상자를 숨기고 우물을 파고 말린 음식 따위를 저장할 것이라고 했어. 그리고 마지막에는 부처 사당의 제단에 토굴로 들어갈 수 있는 입구를 여는 옥판의 설계도가 있었네. 한 도인은 이 비밀은 한씨 집안에서만, 아버지로부터 장자에게 전달되어야 한다고 덧붙였고.

다 읽고 나서 류는 이것이 한 늙은이의 엉뚱한 생각에 지나지 않는다고 생각했을 거야. 하지만 그는 한 도인이 이것을 실행에 옮겼는지 확인하러 한위안에 한번 가 봐야겠다고 생각했네. 류는 한우 형이 자신을 초대해 그의 집에 머물게 하려고 계획을 짰네. 그리고 나서 한은 정작 조상의 계획에 대해 전혀 알지 못하고 있다는 것을 알아챈 거지. 한은 사당은 절대로 문을 닫지 말고 언제나 등불을 켜두라 했다는 한 도인의 가르침만을 지키고 있을 뿐이었네. 한은 이것이 조상님의 신심이라고 생각한 것이지. 사실은 급한 일이 생기면 그의 후손들이 밤낮을 가리지 않고 그곳에 드나들 수 있게 한 것이었는데 말이야. 어느 날 밤 류는 몰래 그 사당에 들어갔던 것이 분명하네. 그러고 나서 그 토굴과 다른 모든 것들이 한 도인의 글처럼 실제로 존재한다는 것을 알았고. 한 도인이 갑자기 죽음을 맞는 바람에 한우형의 할아버지인 자신의 큰 아들에게 사당의 비밀을 전하지 못했다는 사실을 류는 깨달았지. 하지만 바둑 책을 출판한 사람은 한 도인의 계획대로 기묘한 문제가 담긴 마지막 장까지 포함해 그 책을 만든 걸세. 아마 류페이포와 펜토화를 빼고 아무도 그 문제가 사당의 비밀 입구를 여는 열쇠라는 사실을 몰랐을 거야."

"한 도인은 진정 똑똑한 사람이었군요! 바둑 문제가 출판이 되었으니 단서가 영영 사라지는 일은 없을 것이고 내용을 모르는 사람은 누구도 진정한 의미를 깨닫지 못하니 말입니다!"

타오간이 말했다.

"그렇지, 한 도인은 현명하고 매우 학식 높은 사람이었네. 내가 꼭 한번 만나고 싶은 분이야! 다시 본론으로 돌아가서. 이제 류페이포는 전국적인 음모를 진행하는 데 필요한 돈을 모았고 동시에 모임의 비밀 본거지로 쓸 적당한 장소까지 손에 넣게 되었단 말일세. 그는 한의 저택과 량 대인의 집 사이 땅에 별장을 짓고 일꾼 넷을 고용해 토굴과 자신의 정원을 잇는 지하 통로를 만들게 했어. 비밀 통로에서 시신 네 구를 발견하였으니 내 생각에 류페이포가 나중에 직접 그 불쌍한 일꾼들을 죽인 것 같네.

하지만 계획이 진행될수록 들어가는 비용은 커지기만 했지. 부패한 관리들에게 엄청난 뇌물을 보내야 했고 산적 두목들에게 돈을 주고 그들과 부하들에게 무기를 대야 했지. 류의 자산과 한 도인이 남긴 금은 조금씩 줄어 없어졌으니 이제 다른 수입원을 찾아야 했던 거야. 그때 그는 량 대인의 재산을 횡령할 계획을 세우게 되었네. 그는 정원에서 대인과 함께 산책을 하곤 했던 터니 량 대인의 습관이 무엇인지 그의 집안이 어떻게 돌아가는지 정도는 쉽게 알 수 있었을 걸세. 반 년 전 그는 대인을 비밀 통로로 꾀어내 거기서 그를 살해했네. 그는 시신을 관에 넣어 두었는데 나와 타오간이 그것을 발견했지. 바로 그때가 '량 대인'이 아프기 시작하고 시력이 더욱 나빠지며 건망증이 심해져 침소에서 시간을 보내기 시작한 때야. 위장술 덕분에 류페이포는 두 역할을 모두 할 수 있었던 것이지. 토굴 안에서 변장을 하고 정원으로 기어 나와 량 대인의 집으로 갔을 거야. 량펜의 처소는 집 다른 쪽 끝에 있었고 하인 부부는 거의 노망이 난 지경이었으니 그의 위장이 발각될 염려는 거의 없었지. 하지만 가끔 일이 생겨 량 대인 노릇을 생각보다 오래 해야 할 경우가 생겼을 터. 그것 말고도 토굴 속에서 백련회 회의에 참석하느라 그는 종종 사라지곤 했고 그것이 결국 집안 하인들의 주의를 끌게 되었지. 이것은 가마꾼이 홍 수형리에게 해 준 이야기이기도 하네.

그의 오른팔 완이판과 함께 류는 량 대인의 재산을 자세히 살펴보았고 그의 토지를 팔아 치우기 시작했네. 이런 식으로 류는 백련회의 재건에 필요한 자금을 모은 것이지. 모든 일이 잘 풀렸네. 그는 공모한 자들과 함께 난을 일으킬 적당한 시기를 궁리하기 시작했지. 그런데 바로 그때 문제가 생긴 거야. 그건 바로 류의 사생활에서 비롯되었지. 여기서 기녀 펜토화, 아니 판호이 소저가 등장하네."

배는 이제 움직이지 않았다. 마중이 다리를 꼬고 배 후미에 자리를 잡았다. 그와 다른 수하 셋이 조용히 귀를 기울였다. 디 공이 모자를 뒤로 젖히고 다시 말을 이었다.

"음모가 샨시 지방까지 퍼져 판이라는 펑양의 지주가 백련회에 가담했네. 하지만 그는 후에 마음을 바꾸고 음모를 고발하기로 결심하지. 그런데 백련회에서 그의 계획을 알게 되었네. 그는 반역죄를 자백하는 거짓 자백서에 서명하고 자결을 하도록 강요당했어. 그의 전 재산은 백련회의 손에 들어갔고 미망인과 딸 호이, 그리고 아기였던 아들은 순식간에 거지꼴이 되었네. 그 이후 딸이 기녀로 자신을 팔았고. 거기서 받은 돈으로 그녀의 어머니는 펑양에 조그만 농장을 샀어. 후에도 펜토화는 정기적으로 버는 돈을 보내 동생이 교육을 받도록 했네. 이러한 내용은 펑양에서 그 지방 백련회 두목을 잡아 신문한 후 보내온 비밀 보고서에 나와 있네.

그후 기녀의 이야기는 쉽게 상상할 수 있지. 아버지가 죽기 전 딸에게 백련회의 본거지가 한위안에 있고 두목은 류페이포라는 이야기 정도는 했던 것 같아. 담대하고 효심이 깊었던 소녀는 아버지의 복수를 하고 음모를 만천하에 드러내기로 결심한 거지. 그게 바로 그녀가 한위안으로 팔려갈 것을 고집했고 류페이포를 애인으로 받아들인 이유야. 그녀의 목표는 그에게서 백련회의 비밀을 캐내어 그와 다른 수하들을 당국에 고발하는 것이었지.

그녀는 기묘할 정도로 아름다웠지만 성품이 매우 강직하였네. 내 생각에 그녀의 가족은 펑양에서 주술로 유명한 집안이었던 것 같아. 어미에게서 딸에게 주술이 비밀이 전해졌겠지. 하지만 아무리 그런 능력이 있었다 해도 그녀가 류페이포의 딸 창어와 닮은 점이 없었다면 그처럼 자기밖에 모르고 야심이 큰 사내를 매료시키지 못했을 거라고 생각하네.

　사람의 욕망이라는 어두운 면을 감히 이해하거나 분석할 엄두를 못 내겠네. 류페이포의 딸을 향한 사랑은 혈연관계가 없는 여인에게만 품을 수 있는 애정이 어느 정도 섞여 있었다고 생각하네. 딸을 향한 그의 엄청난 사랑이 그의 잔인하고 냉혹한 영혼에 단 하나 있던 약점이었지. 그는 온 힘을 다해 이러한 욕망과 싸웠던 것이 분명해. 딸은 아무것도 몰랐거든. 그의 이러한 마음이 부인들과의 관계에 어떤 영향을 주었는지는 모르겠네. 하지만 그의 가정생활은 아주 부자연스럽고 불행했을 거야. 그는 죽은 기녀와 정을 통하며 영혼을 들쑤셔 놓는 갈등에서 잠시 탈출할 수 있었을 테고 덕분에 그 관계에 다른 어떤 여자한테는 느껴보지 못한 강렬한 욕망을 쏟아 부었을 것이야.

　기녀와 몰래 만나는 동안, 아, 그 장소는 왕 조합장의 정원이었다는 것이 밝혀졌지. 펜토화는 류에게서 백련회에 관한 사실을 몇 가지 알아냈을 거야. 바둑 문제까지 말일세. 류는 그녀에게 연서를 보냈네. 그는 편지를 통해서라도 그의 욕망을 해소해야 했지. 하지만 그는 아주 영리해서 자신의 필체로 편지를 쓰지는 않았네. 그는 량 대인의 재정 자료를 보면서 익숙해진 량펜의 필체를 흉내 내었지. 도대체 무슨 해괴한 연유로 그가 딸의 연인인 장 서생의 필명을 사용했는지는 하늘만이 알 거야. 다시 말하지만 이렇게 어두운 욕망은 나도 잘 이해할 수가 없는 터라.

　류는 딸을 결혼시킬 생각이 전혀 없었어. 딸이 자신을 떠나 다른 남자의 소유가 된다는 것을 견딜 수가 없었던 게지. 딸이 장 서생과 사랑에 빠지자 그는 결혼을 맹렬히 반대하면서 완이판에게 장 박사의 평판을 깎아 내리라고 명했어. 그래야 결혼 승낙을 하지 않을 정당한 이유가 생길 것 아닌가. 하지만 창어가 그만 병이 나 버렸지 뭔가. 류는 딸이 불행한 것은 차마 볼 수가 없었네. 무척 힘들었겠지만 그래서 결혼을 승낙하였지. 여기서 딸과 헤어질 생각에 류가 매우 괴로워했을 거라는 사실을 짐작할 수 있겠지. 그리고 기녀에게 보낸 연서에 나와 있듯이 이때 류는 기녀가 백련회에 대한 정보를 얻고자 애쓰는 것을 깨닫고 그녀의 진짜 의도를 간파하게 되었네. 그래서 그는 관계를 정리하려 하지. 사랑하는 두 여인을 한꺼번에 잃게 되니 그의 마음이 어떠했을지 쉽게 짐작이 되지 않나. 그것 말고도 재정적 문제가 날로 커져갔지. 량 대인 흉내를 내면서 이미 토지를 많이 팔아 넘겼지만 이제 거사의 날이 시시각각 다가오고 있었어. 그는 돈이 필요했네. 그것도 많이, 급하게 말이야. 그래서 그는 그의 동지 왕 조합장의 재산을 빼앗고 강충에게는 형을 설득하여 큰돈을 완이판에게 빌려 주도록 하지. 이 정도면 우리가 한위안에 도착한 직후인 약 두 달 전 상황을 잘 정리한 것 같네."

디 공은 잠시 멈추었다. 타오간이 물었다.

"강충이 백련회의 일원인 것을 어떻게 아셨습니까?"

"형이 완이판에게 돈을 빌려 주도록 하기 위해서 애쓴 것을 보고 알았네. 강충처럼 노련한 사업가가 그렇게 큰돈을 믿을 만한 사람이 못 되는 완이판에게 빌려 주라고 형을 설득하는 것이 이상하게 느껴졌지. 완이판이 음모에 가담하고 있다는 것을 깨닫자마자 나는 강충도 관계가 있을 것이라 생각했네. 거액을 얻으려는 류페이포의 마지막 시도 덕분에 나는 큰 단서를 얻었네. 류페이포가 사라진 것이며 갑자기 량 대인이 편찮아지신 것 말일세. 두 가지를 합쳐 생각해 보니 그가 량 대인 흉내를 내고 있을 거라는 생각을 하게 되었지. 희한하게도 량 대인이 갑자기 금을 모으려 안간힘을 쓰는 것과 백련회의 일원 왕이 갑자기 돈이 필요하게 된 점을 서로 연결시켜 보았네. 량 대인은 고령인 탓에 애초에 용의 선상에서 제외하였지만 마침내 결론은 하나뿐이라는 것을 알게 된 것이지."

타오간이 고개를 끄덕였다. 그는 왼쪽 뺨에 난 긴 털 세 가닥을 천천히 잡아당겼다. 디 공이 말을 이었다.

"이제 기녀 살인 사건으로 돌아와서, 이것은 너무나 복잡하여 최후의 순간이 되어서야 모든 것이 분명해졌다네. 창어가 장 서생과 결혼하고 다음 날 꽃배에서 연회가 열렸네. 류가 기녀를 의심하고 있었으니 그는 그날 밤 계속 그녀를 감시하였지. 그녀가 나와 한 사이에 서서 나에게 음모에 대해 털어놓을 때 류는 그녀의 입술을 읽어 낸 거야. 하지만 그는 그녀가 한을 향해 이야기하고 있다고 오해했네."

홍 수형리가 끼어들었다.

"하지만 그런 실수는 저지르지 않았을 거라고 이야기하지 않았습니까? 기녀는 수령이라고 나리를 부르지 않았나요?"

"그것을 진작 알아차렸어야 했지! 기녀가 말할 때 나를 쳐다보지 않았고 말을 빠르게 했다는 것을 기억하겠지. 그러니 류페이포는 '수령'을 한우형의 이름인 '우형'이라고 잘못 읽었을 거야. 이걸 보고 류는 불같이 화가 났을 거야. 그의 정부가 그를 배반하려 할 뿐만 아니라 그것을 경쟁자인 한우형에게 고하다니! 한을 그의 이름으로 부르는 것을 보고 둘이 은밀한 사이일 거라고 생각하는 것은 당연하지 않겠는가? 그래서 다음 날 한을 납치해 그의 입을 막으려고 거칠게 대했던 걸세. 그리고 그가 스스로 목에 칼을 꽂기 전에 왜 한에게 그러한 말을 했는지도 설명이 되지. 다행히 류는 기녀가 바둑 이야기를 꺼내는 것은 듣지 못했네. 그 순간 자완화가 우리

자리로 돌아와 류의 시야를 가렸거든. 류가 두 번째 말까지 들었다면 당장 토굴의 비밀 본거지를 싹 비웠을 거야!

기녀가 그를 배반하려 했으니 바로 죽여야 했겠지. 기녀가 춤을 출 때 류가 바라보던 눈을 보고 사실을 깨달았어야 하는데. 기녀를 죽여야 했으니 그것이 기녀의 아름다운 모습을 보는 마지막 기회였겠지. 그의 눈에는 증오가 담겨 있었어. 애인에게 배신당한 사람의 증오 말이야. 하지만 동시에 사랑하는 여인을 잃는 남자의 비통함도 있었다네.

펭 조합장이 속이 안 좋아지자 류는 연회장을 나갈 좋은 구실을 찾았지. 그는 펭을 데리고 우현으로 나갔네. 펭이 난간에 서서 구토를 하는 동안 좌현으로 가 창문으로 펜토화를 부르지. 그리고 나서 그녀를 선실로 데려간 거야. 거기서 머리를 내리쳐 의식을 잃게 만들고 동으로 만든 향로를 소매에 넣은 다음 물속에 그녀를 밀어 넣은 걸세. 그러고 나서 다시 펭한테 돌아왔고 이제 속이 좀 나아진 펭과 함께 다시 연회장으로 돌아온 것이지. 시신이 가라앉지 않아서 살인이 드러났다는 이야기를 듣고 류의 마음이 어떠했을지는 상상이 될 걸세.

하지만 아직 끝이 아니었어. 다음 날 아침 그의 딸 창어가 신방에서 싸늘한 시신이 되어 발견된 것 아니겠나. 그는 그의 삶을 지배하고 있던 여인 둘을 한꺼번에 잃은 거야. 그의 엄청난 증오는 장서생이 아니라 그의 아버지에게로 향했네. 류의 금지된 욕망이 장 박사 역시 창어에게 흑심을 품고 있었을 거라고 의심하게 만든 것이지. 이것이 류가 장 박사에게 말도 안 되는 누명을 씌운 것에 대한 내 추측일세. 창어의 죽음은 류에게 끔찍한 충격이었지. 게다가 시신까지 사라지자 류는 완전히 자제심을 잃어 버렸네. 그때부터 류는 완전히 무엇에 홀린 사람처럼 되어 자신이 무슨 행동을 하는지도 모르게 된 것이야.

그의 부하 강충이 자백하기로 류는 곧 모든 부하를 풀어 딸의 시신을 찾았다고 하네. 그의 행동이 너무 이상해지기 시작해 강충과 왕 조합장, 완이판은 두목을 걱정하기에 이르지. 그들은 한우형을 납치하는 것을 극구 말렸다고 하네. 너무나 위험한 일이고 기녀를 죽인 것만으로도 그녀의 말을 발설하지 말라는 경고가 되었을 것이라고 말이야. 하지만 류는 그들의 말을 들으려 하지 않았네. 사랑의 경쟁자를 해쳐야만 했던 것이야. 그래서 한을 사방이 막힌 가마에 넣고 류의 정원 안을 돌다가 바로 그의 집 안에 있는 비밀의 방으로 데려간 걸세! 한은 그 육각형 방을 정확히 설명했어. 그리고 류의 비밀 통로에서 토굴로 가는 열 계단을 기억했네. 흰 덮개를 쓴 사람은 다름 아닌 류였어. 펜토화와 함께 자신을 속이고 있던 사내를 모욕하고 학대할 기회를 놓칠 수 없었던 것 아니겠나.

이제 이 우울한 이야기도 끝이 다 되어 가네. 창어의 시신은 발견되지 않고, 류는 돈 문제에 시달리고, 이제는 내가 자신을 의심하기 시작했다는 생각이 들었을 거야. 이렇게 어려운 상황에서 그는 류페이포로서 자취를 감추고 음모의 마지막 단계는 량 대인의 흉내를 내면서 지휘하려고 했던 걸세.

우리가 완이판을 체포한 것은 류가 자취를 감출 계획을 그에게 미처 이야기하기 전이었지. 내가 완에게 류가 사라졌다고 말하자 완은 그가 음모를 모두 포기하였다고 믿었고 제 한 목숨 살리기 위해 나에게 모든 것을 털어놓기로 한 거야. 하지만 류의 첩자였던 관아의 시종이 류에게 이를 알렸고 결국 류는 완에게 독이 든 빵을 보낸 것이지. 빵에 찍혀 있던 백련회 표시는 완이 보라고 만든 것이 아니었어. 옥 안은 어둡지 않았나. 그것은 폭동의 마지막 단계에 내가 나서지 못하게 하려고 나를 겁주고 혼란스럽게 만들기 위한 것이었어.

그날 밤 류는 왕과 강충에게 자신이 량 대인의 저택에 있다는 것을 알려주었지. 왕과 강은 회의를 하고 류가 제정신이 아니니 왕이 그 뒤를 이어야겠다고 결정을 하지. 왕이 암호가 담긴 서류를 가지러 토굴로 갔지만 이미 류가 그것을 어항 안에 숨겨 놓았지. 타오간과 내가 그 육각형 방에서 그와 맞닥뜨렸고 그는 죽음을 맞았어."

"그런데 나리께선 그 서류가 어항 안에 있는지 대체 어떻게 아셨습니까?"

차오타이가 신이 나서 물었다. 디 공이 웃으며 대답했다.

"대인을 만나러 갔을 때 서재에서 잠시 기다리고 있었네. 처음 금붕어의 행동은 너무나 자연스러웠네. 내가 어항 앞에 서는 것을 보자 다들 수면으로 올라와 먹이를 기다렸지. 그런데 내가 조각상에 손을 뻗자 갑자기 흥분을 했어. 나는 그것을 참 이상하게 여겼지만 이유에 대해서는 깊이 생각하지 않았지. 하지만 류가 량 대인의 흉내를 내고 있다는 결론을 내리고 나니 그 일이 생각나지 뭔가. 물고기들이 매우 예민하여 사람들이 물속에 손을 담그는 것을 좋아하지 않는다는 것은 잘 알고 있었네. 그러니 전에 손이 물속에 들어와 물고기들을 방해한 경험이 있는 것이 분명하다는 생각이 들더군. 그래서 그 받침대가 아마 무엇을 숨겨 놓은 비밀 장소일 거라고 판단했네. 그리고 류에게 가장 중요한 것은 작은 두루마리이니 그것을 거기에 숨겼을 거라고 생각했고. 그게 다일세!"

디 공은 낚싯대를 들어 올려 줄을 정리하기 시작했다.

"이 사건 덕에 나리께서 금방 승진을 하실 것이옵니다."

홍 수형리가 만족하여 말했다.

"내가? 세상에, 아닐세. 단박에 내쳐지지 않은 것이 너무나 다행스러운걸! 도어사께서 음모를 좀 더 빨리 알아내지 못한 내 죄를 크게 문책하셨고 문책 사실은 복직 공문에도 똑똑히 들어가 있네! 이부에서 올린 서신도 있는데 내가 마지막 순간에 암호문이 적힌 두루마리를 찾아낸 덕분에 당국이 관용을 베푸셨다고 나와 있지. 이보게들, 수령이란 자기 고을이 어떻게 돌아가고 있는지 정도는 알아야 하는 자리라고!"

디 공이 말했다.

"어쨌든 기녀 살인 사건은 해결이 된 것이군요!"

홍이 다시 말했다.

디 공은 아무 말이 없었다. 그는 낚싯대를 내려놓고 잠시 생각에 잠겨 멀리 호수를 바라보았다. 그러고 나서 그는 천천히 고개를 젓고 말했다.

"아니야, 아직 이 사건이 끝난 것이 아니라는 생각이 드네. 아직은. 기녀의 원한은 너무나 강해서 류의 자결로는 만족하지 못했을 거야. 때로 어떤 원한은 너무나 강하고 폭력적이기까지 해서 스스로 생명을 얻고 원한을 품은 자가 죽은 뒤에도 이승에 남아 다른 사람에게 해를 끼치기도 하지. 어떤 경우에는 그러한 원한이 죽은 자의 시신에 깃들어 사악한 목적에 이용하기도 한다지 않는가."

다른 네 명의 당황한 표정을 본 디 공이 다급히 덧붙였다.

"원한이 아무리 강해도 이 역시 스스로 악행을 저지른 자만 해할 수 있지."

디 공은 뱃전에 기대어 물속을 들여다보았다. 순간 꽃배에서 연회가 열린 그날 밤처럼 물속 깊은 곳에서 창백한 얼굴 하나가 보이지 않는 눈으로 그를 올려다보고 있는 느낌이 들었다. 판관이 몸을 부르르 떨었다. 그가 다시 위를 올려다보며 반은 혼잣말로 중얼거렸다.

"심성이 사악한 자들은 어두운 밤에 홀로 이 호숫가를 거닐면 안 되겠어."

이 책에 대하여

몇 년 전, 나는 중국의 고대 생활상에 대한 영문 자료들을 찾다가 임어당(林語堂, 린위탕)과 펄벅(Pearl Sydenstricker Buck), 앨리스 티즈데일 호바트(Alice Tisdale Hobart)가 남긴 소설과 기록, 회고록을 접하면서 많은 깨달음을 얻은 바 있다. 그들은 매력적인 문체로 1930년대의 독자들에게 중국 사회의 지배 계층과 농민, 항구 도시의 사업가들에 대한 자신들의 견해를 전하고 있었으며, 몇몇 중국 통속 소설을 세심하게 번역하기도 했다. 하지만 이런 특색 있고 가치 있는 작품들은 제2차 세계 대전 이후 점점 더 접하기 어려워졌다. 중국을 지켜보던 서구인들은 물론 중국인들조차 국민 정부의 몰락과 공산주의의 권력 장악 과정에만 온 신경을 집중했기 때문이다. 이런 배경 속에서 1950년대의 독자들은 판관 디 공을 주인공으로 하는 로베르트 반 훌릭의 소설을 대환영했다. 그의 소설들은 열강들이 벌이는 이권 다툼의 볼모가 아닌, 생기 넘치고 특별한 문화를 가진 제국으로 중국을 묘사하고 있다. 직접 중국을 방문한다 해도 과거 생활상을 엿보기가 쉽지 않은 지금, 반 훌릭의 소설들은 중국의 과거 생활상의 단면을 훌륭하게 되살려주는 아주 유용한 수단이라 하겠다.

학자이자 외교관, 예술가이기도 했던 반 훌릭의 이력을 살펴보면 마치 다양한 실로 화려하게 짜 놓은 태피스트리를 보는 것 같다. 훌릭은 1910년 네덜란드 헬데를란트(Gelderland) 지방의 주펜(Zutphen)이라는 곳에서 인도네시아의 네덜란드 주둔군 부대 군의관의 아들로 태어나, 세 살부터 열두 살까지 인도네시아에서 자랐다. 1922년 가족과 함께 네덜란드로 돌아온 훌릭은 네이메헌(Nijimegen)에 있는 전형적인 김나지움(Gymnasium, 중등교육기관)에 입학했다. 입학한 지 얼마 되지 않아 뛰어난 언어적 재능을 인정받은 훌릭은 어린 나이에 암스테르담 대학의 언어학자인 C. C. 울렌벡(Uhlenbeck)으로부터 산스크리트어와 아메리카의 블랙푸트족(族) 원주민의 언어를 배웠다. 남는 시간에는 중국어 개인 교습을 받았는데, 첫 번째 교사는 바게닝겐(Wageningen)에서 농학을 공부하던 중국인 학생이었다.

1934년, 훌릭은 유럽에서 동아시아학 연구로 손꼽히던 라이덴 대학에 입학했다. 이곳에서는 중국어와 일본어를 체계적으로 공부했지만 기타 아시아 언어와 문학에 대한 이전의 관심을 포기하지는 않았다. 1932년, 인도 시인 칼리다사(Kalidasa)의 고전 희곡 작품을 네덜란드어로 번역한 것만 보아도 알 수 있다. 중국과 일본, 인도, 티베트의 말(馬) 숭배를 다룬 그의 박사 학위 논문은 1934년 위트레흐트(Utrecht) 대학의 지지를 받아 1935년에는 아시아 관련 서적을 전문으로 출판하는 브릴 출판사를 통해 출간되기에 이르렀다. 그러는 동안 네덜란드 주간지에 중국과 인도, 인도네시아를 주제로 하는 글을 기고했는데, 이 기고문들을 통해 훌릭은 아시아 전통 생활 방식에 대한 애정과 어쩔 수 없이 변화를 받아들일 수밖에 없는 안타까운 심정을 처음으로 드러내었다.

학위를 마친 훌릭은 1935년 네덜란드 외무부에 들어갔다. 첫 임지는 도쿄 공사관이었는데, 그곳에서 틈틈이 개인적으로 학문 연구를 계속할 수 있는 기회를 얻을 수 있었다. 그는 대부분 고대 중국의 지식 계급에 대한 호기심을 채워 줄 주제를 연구 과제로 선택했다. 근무 여건상 시간적인 제약 때문에 연구 범위는 넓지 않았지만 그 깊이는 상당했다. 고대 중국의 지식인처럼 훌릭 자신도 희귀 서적과 작은 예술 작품, 족자, 악기들을 수집했다. 작품을 알아보는 그의 학식과 감식안은 손꼽히는 동양 골동품 수집가들도 인정하지 않을 수 없을 정도였다. 훌릭은 또한 중국의 저명한 서예가이자 화가였던 미불(米芾)이 벼루에 새겨 놓은 유명한 문장을 번역하기도 했다. 훌릭 자신 역시 서양인으로서는 흔치 않은 경지까지 오른 재능 있는 서예가였다. 중국의 고대 악기인 당비파 연주도 즐겨했으며, 중국 원전을 바탕으로 이 악기에 대해 두 편의 논문을 쓰기도 했다. 이 평화롭고 생산적인 시기에 쓰인 작품들은 모두 베이징과 도쿄에서 간행되었으며, 아시아와 유럽의 학자들에게서 그 가치를 인정받았다.

하지만 훌릭의 도쿄 생활은 제2차 세계 대전으로 인해 갑자기 끝나고 말았다. 1942년, 다른 동맹국 외교관들과 함께 일본에서 철수한 훌릭은 네덜란드 사절단장으로 중국 쓰촨(四川, 사천)성 남동부의 충칭(重慶, 중경)으로 파견되었다. 이 먼 이국땅에서, 훌릭은 선의 대가이자 멸망해가는 명나라에 끝까지 충성을 바친 승려 통

카오의 희귀 작품을 편집해 1944년에 출간했다. 그는 유럽에서 전쟁이 끝난 1945년까지 중국에 머물다가 1947년에 헤이그로 돌아왔다. 이후 2년 간 워싱턴에 있는 네덜란드 대사관에서 참사관으로 있다가, 마침내 1949년에 4년 임기로 다시 일본으로 돌아왔다.

1940년, 저자 미상의 18세기 중국 추리 소설 하나를 우연히 접한 훌릭은 그 소설에 완전히 매료되었다. 그 이후, 전쟁으로 인한 예측 불허의 상황과 그 여파로 인해 자료를 접할 기회와 시간 모두 부족한 와중에도 시간을 아끼고 아껴 중국 통속 문학, 특히 그 중에서도 범죄와 법정에 관한 이야기들을 연구했다. 그러다 1949년 일본에서 『디공안(狄公案): 디 판관이 해결한 세 가지 살인 사건*Dee Goong An: Three Murder Cases Solved by Judge Dee*』라는 제목으로 중국 추리 소설 하나를 번역 출간했다. 세 가지 사건을 다룬 이 책을 통해 중국의 영웅적 판관 가운데 한 사람인 디 공의 업적이 처음으로 서구에 알려지게 되었다.

중국 제국의 지방 관리와 유학자의 전형인 디 공에게 매료된 홀릭은 중국의 범죄 수사 기록과 판결 기록을 더 파고들었다. 1956년에는 『당음비사(棠陰比事)』라고 하는 13세기의 재판 기록집을 영어로 번역 출간하기에 이르렀다.

추리 문학에 대한 훌릭의 관심은 곧 연애 문학과 춘화로 이어졌다. 훌릭은 특히 명나라(1368~1644년) 시대의 작품에 관심이 많았다. 고급 매춘부와 희롱을 일삼거나 첩을 두는 일은 벼루를 수집하고 비파를 연주하는 것만큼이나 중국 사대부의 일상에서 뺄 수 없는 부분이었다. 이 방면에 전문가였던 훌릭은 중국 문화의 이러한 단면을 알리기 위해 1951년 도쿄에서 명조의 춘화 화첩과 더불어 기원전 206년에서부터 1644년에 이르기까지의 중국 성(性) 역사에 대한 육필 원고를 50부 한정판으로 자비 출판했다. 유학자나 사대부에게 있어 혼외정사나 통속 문학은 일반적으로 금기시되었으나, 이들은 은밀히 통정을 일삼았으며 통속 소설을 읽고 썼다. 훌릭은 여러 작품을 통해 이들이 종종 높은 도덕적 기준에 대해 찬사를 아끼지 않으면서도 실생활에서는 인간의 약점을 그대로 드러냈음을 보여 주었다.

훌릭의 작품이 소수의 독자들에게만 유포되었음에도, 그가 번역하고 각색한 수많은 중국 추리 소설은 1950년대 서구에서 디 공을 유명 인물로 만들었다. 뉴델리와 헤이그, 쿠알라룸푸르를 오가며 근무했던 훌릭은 장소를 불문하고 '디 공' 소설을 계속해서 발표했고, 나중에는 그 수가 열일곱 작품에 이르렀다. 1965년에는 드디어 오랫동안 바라던 도쿄로 부임하게 되었다. 이곳에서 그는 주일 네덜란드 대사로 근무하며 외교관으로서의 마지막 임기를 마쳤다. 그리고 2년 후, 고국에서 휴가를 즐기다가 세상을 떠났다.

비교적 짧은 생을 살았지만, 훌릭은 바쁜 공직 생활 중에도 시간을 아껴 놀라울 정도로 난해한 주제를 연구했고, 또 자신이 알아낸 것을 알렸다. 그는 중국의 정치적, 사회적, 경제적 문제에 초점을 맞추지는 않았다. 그 중요성을 몰랐던 것도 아니었고, 지식인들의 논쟁을 멀리한 것도 아니었으며, 현대의 정치 상황을 인식하지 못했던 것도 아니었다. 그는 특정 시기만을 파고들지 않았다. 문학만을 파고들지도 않았다. 그는 고대 중국(기원전 1200년~기원후 200년)에서부터 청나라(1644~1911년) 말기에 이르기까지를 탐구 대상으로 삼았다. 훌릭의 관심사는 제국 몰락과 혁명으로 어지러운 20세기가 아닌 예전의 중국에 쏠려 있었다. 훌릭은 문학, 예술 애호가들과 비전문가들이 좋아하는 '아기자기한' 이야기들을 파고들었다. 연구된 적 없는 이런 생소한 분야를 탐구하면서, 홀릭은 언어학자, 역사학자, 작품 감정가로서의 재능을 유감없이 발휘했다. 그의 학문적 논문은 제한된 독자들에게 호소력을 가졌던 반면, 소설과 재판 기록, 범죄 수사, 그리고 통속 문학에 대한 그의 연구는 중국의 셜록 홈즈인 디 공의 활약상을 통해 서구의 대중 속을 파고들었다.

금세기에 이르기까지 중국의 통속 소설은 서구는 물론 중국에서 조차도 진지한 학문적 연구 대상이 아니었다. 본격적인 연구가 시작된 시기는 제1차 세계 대전이 끝나고 제2차 세계 대전이 시작되기 전까지이다. 1911~1912년에 일어난 중국 혁명과 제1차 세계 대전이 가져온 붕괴의 여파로 공화국 중국의 신(新) 지식층은 조국의 근대화를 위해 구어체를 표준어로 채택하고자 했다. 후스(胡適, 호적), 루쉰(魯迅, 노신), 차이위안페이(蔡元培, 채원배) 등 이런 급진적 문화 부흥 운동에 앞장섰던 사람들은 구어체가 과거에 그랬듯 미래에도 문학적 표현의 범위를 보다 넓혀 주는 굳건한 수단이 되어 주리라는 희망으로 고대의 통속 문학을 되살리고자 노력하기 시작했다. 또한 대중에게 새로운 읽을거리를 제공하고자 하는 열망으로, 대중에게 새롭게 펴내거나 개정해서 보여 줄 만한 호소력 짙은 이야기나 복잡한 줄거리, 도덕적 교훈이 담긴 작품들을 찾기 시작했다. 그러다 드디어 1975년, 중국의 고고학자들은 후베이(호북, 湖北)성에서 청 왕조(기원전 221~207년) 시기에 제작된 대나무 책을 발견했다. 전해진 바에 따르면 범죄 수사에 대한 기록뿐만 아니라 판관 역할을 겸했던 지방 수령들에 대한 기록도 담겨 있다고 한다. 이처럼 범죄 소설의 원류에 대한 탐구는 지금까지도 계속되고 있다.

중국의 지식인들과는 달리 통속 문학에 대해 선입견을 갖지 않았던 일본의 지식인들은 오래전부터 중국의 인기 있는 희곡이나 대중 문학을 수집해 왔으며, 종종 일본인의 취향에 맞게 각색하여 새롭게 출판하기도 했다. 서구의 학자들, 특히, 금세기 폴 펠리오(Paul Pelliot)로 대변되는 프랑스의 중국학계는, 중국의 개혁파 학자들이 그 정치 교육과 선동 수단으로서의 중요성을 채 알아채기도 전에 중국의 전설과 구전들을 연구해 왔다. 1930년대 중국 공산주의자들도 대중극의 선동 효과를 알고 있었으며, 결국 1949년 정부를 장악하기에 이르렀다.

펠리오가 주도하던 유럽 중국학파의 영향권 아래서 성장한 홀릭은 해당 학파와 마찬가지로 비교 연구와 이국적 주제에 열광했다. 이들은 극히 평범하면서도 심오한 주제들이 색다른 언어적, 문학적, 예술적 분석과 이해와 만날 때 폭넓은 의미를 부여받을 수 있다고 보았다. 다시 말해, 중요성과 실재성, 관련성을 주제에 부여하는 것은 연구자의 상상력과 재능이라는 것이다. 1935년 처음 일본에 발을 들였을 때, 홀릭은 일본의 미술관과 도서관에 중국 통속 문화 관련 자료가 넘쳐난다는 사실을 재빨리 알아차렸다. 상상력 풍부한 학자였지만 직업상 많은 시간을 투자할 수 없었던 홀릭은, 중국 특권층이 수집한 물건들과 그들의 관습만 집중적으로 연구해도 충분히 중국 사대부의 문화에 대한 흥미로운 작품을 만들어낼 수 있으리라 판단했다.

중국의 범죄 소설이나 법정 소설은 오래 전부터 구전되어 내려오는 추리담의 변형이다. 송나라(960~1279년) 때부터, 아니 그보다 훨씬 오래 전부터, 일반인들은 장터나 길거리에서 재간꾼들이 펼쳐놓는 이야기들을 즐겨 들었다. 그중에서도 가장 인기 있는 영웅이었던 디 공은 디런지에(狄仁傑, 적인걸)라는 실존 인물로, 630년에 태어나 700년까지 살았던 당나라 재상이었다. 그를 비롯한 지방 수령들, 특히 파오정(包拯, 포증)같은 인물은 재담꾼들과 극작가, 소설가들에게서 끊임없이 칭송을 받았다. 판관 디 공의 역사적 행적은 전설적인 수사 방법, 정도를 벗어나지 않는 바른 품행, 초인적 통찰력을 보여 주는데, 바로 이런 점 때문에 디 공은 모든 통속 문학 형식에서 주인공으로 정형화되었다.

중국의 전통 추리 소설의 주인공은 대개가 지방 수령이다. 이야기는 대개 임무를 수행 중인 수령의 관점에서 구어체로 서술되는데, 수령은 수사관, 취조관, 판관 역할을 하면서 공공의 원수를 갚아 주는 역할까지 맡는다. 보통 여러 사건이 한꺼번에 벌어지고, 수령은 좀처럼 한 번에 하나씩 해결할 만한 여유가 없다. 사건은 대부분 소설 초반에 벌어지며, 서로 복잡하게 얽혀 있다. 중국의 희곡이나 소설은 교훈적인 내용을 담기보다는 범죄를 주로 다룬다. 하지만 사회에 대한 악행보다는 개인을 상대로 한 범죄가 주 소재이다. 범죄는 늘 특정 법을 위반하는 형태로 드러나며, 대부분 살인이나 강간, 아니면 그 둘이 결합된 형태이다. 판관은 황제나 제국의 도구로서 사건의 진상을 밝히고, 범인을 체포하며, 법에 따라 처벌한다. 소설 속에서, 판관은 판결을 재량껏 처리한다거나, 자비를 베푼다거나, 편애하는 일이 거의 없다. 판관은 용기와 지혜, 정직성, 공정성, 엄격함의 표본이다. 예민한 직감도 갖추고 있지만, 때로는 초인적인 통찰력, 그리고 저승 세계의 망령이 직접 알려주는 정보의 도움을 받기도 한다. 부하들은 때로 우스꽝스럽고 엉뚱하게 그려지기도 하는 반면, 판관 자신은 진지하고 엄격한 태도를 고수한다.

늘 중년의 지식계급 남성으로 그려지는 판관은 사치를 경멸하고, 약자를 보호하며, 부정부패나 아첨과는 거리가 멀다.

범인, 특히 살인범은 대개가 구제불능의 냉혈한으로, 심한 매질을 당하고 나서야 범행을 자백하고, 저지른 죄 값에 걸맞게 무거운 형벌을 받는다. 범인은 나이와 계급, 성을 불문한다. 악역은 주로 달단인, 몽골인, 도교신자, 불교신자 등이 맡고, 희생자는 보통 일반 서민이다. 이유는 이런 이야기를 주로 읽거나 듣는 이들이 일반 서민이었기 때문일 가능성이 크다.

이야기 전체를 아우르는 기본 주제는 사회 정의의 실현이다. 제국시대 중국에서 사법부가 목표로 했던 것은 징벌과 악의 제거였다. 따라서 수령은 이 임무를 충실하고 올바르게 수행함으로써 세상사가 이치에 맞게 돌아가도록 했다. 모든 재판은 관아에서 공개적으로 이루어졌다. 피의자를 심문할 때는 꼭 공개 석상에서 해야 했고 절대 은밀하게 해서는 안 되었다. 판관은 피의자가 유죄인지 무죄인지 보기만 해도 알 수 있는 존재로 여겨졌지만, 사건의 진상을 사람들 앞에서 증명해 보이고 피의자에게서 자백을 받아내야만 했다. 그 모든 과정은 신중하게 기록되었으며, 피의자는 지장을 찍음으로써 적힌 내용이 사실과 다르지 않다는 것을 입증해야 했다. 교활한 범인들 때문에 잠시 잠깐 판관이 혼란을 겪는 경우도 종종 있었다. 조사는 대부분 수하의 집행관이 도맡아했지만, 일의 효율성이나 공정성을 위해 판관이 직접 나설 때도 있었다. 사람들은 거리에서나 법정에서 판관의 행동이나 결정을 비판하거나 칭송했다. 만일 판관이 부정부패나 편파판정, 오판 시비에 연루되었다고 여겨질 경우에는 격렬하게 항의했다. 상급 관리에게 그 잘못이 보고되어 사실로 확인되는 경우, 판관은 관직을 박탈당하고 처벌받았다. 하지만 주민들이 옳지 않은 항의로 관아의 공무 집행을 방해했다고 판단될 경우에는 지역 전체가 처벌받았다.

1949년 처음 디 공 이야기를 번역해 출간하면서, 홀릭은 추리소설 작가가 현대 독자들을 위해 중국을 배경으로 직접 글을 쓰면 어떨까 제안했다. 그러나 아무도 그 제안을 받아들이지 않았다. 홀릭은 소설을 써 본 경험이 전무했음에도 본인이 직접 써 보기로 결심했다. 처음에는, 도쿄와 상하이의 가판대에서 팔리는 서구의 번역 추리 소설들보다 동양 고전 이야기가 훨씬 더 흥미진진하다는 점을 일본과 중국 독자들에게 알리자는 의도가 다였다. 그래서 일단 영어로 쓰고 나중에 중국어와 일본어로 번역해 출간할 생각으로 두 편을 완성했다. 그런데 서구의 지인들은 이런 새로운 형식의 소설에 열광했고, 홀릭은 결국 영어로 계속 소설을 쓰기로 결심했다. 홀릭에게는 영어 역시 외국어이기는 했지만, 상당한 수준의 문장을 구사할 수 있었기 때문에 문제는 없었다.

학문적 연구와 번역의 영역에서 창작의 영역으로 건너뛰는 엄청난 시도를 홀릭은 단호하고도 성공적으로 해냈다. 남들이 연구하지 않았던 분야를 파고들었던 전력이 분위기 있는 중국 추리소설을 써 내는데 큰 도움이 되었다. 이제 더 이상 정확한 역사적 사실이나 기록에 집착할 필요가 없었다. 정확한 배경을 바탕으로 고대 중국의 생활상을 실감나게 그려내는 일이 무엇보다 중요했다. 주인공은 디 공으로 고정해 놓았지만, 내용만큼은 중국 문학의 줄거리며 이야깃거리, 자료들을 바탕으로 자유롭게 써 나갈 수 있었다. 또한 자신의 학문적 연구와 독서 경험을 통해 흥미진진하고 기발한 내용을 쉽게 가져다 붙일 수도 있었다. 거기다 자신이 상상해서 그린 지도와 16세기 목판화를 참고로 직접 그린 삽화를 더해 소설에 생동감을 불어넣었다.

홀릭이 1950년부터 1958년까지 집필한 초기 디 공 소설 작품들은 나중에 쓴 작품들보다 중국 원전에 가깝다. 모두 다섯 편이며,

그중 『쇠종 살인자 The Chinese Bell Murders』와 『쇠못 살인자 The Chinese Nail Murders』가 새로운 편집으로 재출간되었다. 첫 작품인 『쇠종 살인자』는 1950년 도쿄에서 완성되었으며, 『쇠못 살인자』는 1956년에 베이루트에서 완성되었다. 훌릭은 보통 공무에서 벗어나 잠깐 쉬는 동안에 줄거리와 인물을 선정했고, 지도를 상상하면서 대략의 지형을 짜냈다. 『쇠종 살인자』에 나오는 세 가지 사건은 전부 중국 전설에서 줄거리를 얻었다. 다른 디 공 소설들은 대부분 훌릭 자신이 직접 주제와 줄거리를 꾸민 작품들이며, 작품 당 완성까지 약 여섯 주 정도가 걸렸다.

훌릭은 처음부터 중국 전통 소설의 한계를 알고 있었다. 살인이나 강간, 수수께끼, 폭력 등은 서구의 독자들에게 분명 호소력이 있었고, 사람들은 이런 소재를 결코 식상해하지 않았다. 하지만 중국 구전 소설의 다른 특징들은 달랐다. 우선, 범인의 신원이 대개 소설 초반에 밝혀졌다. 훌릭은 이 점이 서구 독자들에게 생소하게 받아들여질 수 있다는 생각에 작품 말미에 가서야 사건이 해결되도록 위치를 수정했다. 또한 중국 소설은 낯선 관습이나 신앙에서 소재를 따오거나 초자연적 지식이나 개입을 통해 수수께끼가 해결되는 경우가 너무 많았다. 서구인들이 교훈이나 명확한 동기가 제시되기를 기대할 법한 부분도 대개는 모호하게 처리되었다. 또, 인물의 묘사가 사회적 유형을 설명하는 것으로 그치는 경우가 많았다. 개인의 성격을 분석하거나 발전시키고, 주변 환경이나 배경이 그것에 미치는 영향을 평가하려는 노력은 사실상 전혀 이루어지지 않았다.

중국 소설 속에서 묘사된 디 공이라는 인물도 서구인들에게는 그 자체가 완전히 낯선 대상이었다. 따라서 훌릭은 디 공의 인간적인 면을 더 부각시켜 서구의 독자들에게 거부감 없이 받아들여질 수 있도록 했다. 때로 미소 짓고, 매력적인 여인의 출현에 마음 설레며, 자기 자신과 자신의 결정에 확신을 갖지 못하고 불안해하는 모습을 덧칠한 것이다. 또한 디 공의 확고한 유교적 세계관을 크게 드러내지 않았다. 뭐든 중국적인 것이 우월하다는 흔들림 없는 견해와 외국의 문물에 대한 경멸, 효의 모든 측면에 대한 확고한 믿음, 그리고 불교와 도교에 대한 가차 없는 적대감 등이 그것이다. 하지만 이런 전통적 특징을 완전히 무시할 수도 없는 노릇이었기 때문에, 훌릭은 디 공을 헌신적인 지아비이자 뛰어난 심미안을 가진 예술가, 신념 깊은 인물로 그림으로써 인간적인 면모를 강조했다. 또한 위기의 순간마다 사후 세계 요소의 개입 없이 이성적으로 사건을 해결하는 모습으로 디 공을 묘사했다.

의식적으로 서구 독자에 맞춰 자신의 소설을 각색하면서도 훌릭은 제국 시절의 중국 생활상을 아주 훌륭하게 그려냈다. 딸의 정조를 보다 관심 있게 지켜보지 않은 아비를 질타하는 디 공의 모습에서, 독자들은 중국 사회에서 가족이 어떤 역할을 했는지 알 수 있다. 학생의 역할과 학생 신분으로서 누리는 특권, 사회에 대한 책임, 그리고 교육과 도덕성의 관계에 대해서도 이해할 수 있다. 또한 불교 승려들은 대체로 여자를 밝히고 권모술수에 뛰어나며, 달단인은 도교도와 마찬가지로 사악한 주술을 부리고, 남부와 북부는 그 관습과 언어에서 무척 다르다는 점도 알게 된다. 훌릭은 또한 벼루나 달단인의 신발에 달린 못, 도교 승려의 징, 문고리 등의 작은 소재들을 이야기 곳곳에 삽입함으로써 서구 독자들이 낯선 외국 물건과 그 기능을 접할 수 있도록 했다. 어떤 독자라도 문자와 기록, 문서들이 중국에서 얼마나 중요한지를 깨달을 수 있게 만들었으며,

거지 조합처럼 서구인들에게는 낯선 사회 조직이 만연했다는 사실과, 의식을 치르거나 인사를 나눌 때도 격식을 따진다는 사실도 전하려고 노력했다. 여자 아이를 노예로 팔아넘기거나 매매춘 장면을 넣음으로써 중국 사회의 이면도 보여주었다. 또한 대외 무역과 소금 전매 제도, 착취와 소소한 뇌물 수수 행위, 요리 장면 등을 넣어 이야기에 사실성을 더했다. 여자의 역할은 살림과 성적 대상, 수공예, 육아에 국한된 것으로 묘사했다.

디 공 소설이 제국 시절 중국의 생활상을 그대로 정확하게 그려냈다고는 할 수 없다. 우선, 시대적으로 차이가 있다. 역사상 디 공이라는 인물이 살았던 시기는 7세기인데 반해 소설은 16~19세기를 다루고 있고, 가치 기준과 관습 역시 그 시기의 것이 반영되었다. 훌릭은 이야기들을 각색하면서 이 후대의 자료들을 참고했다. 명나라와 청나라 시대의 중국에 대해 충실히 연구했지만, 이 네덜란드 학자의 중국 체험은 몇 번의 짧은 방문과 제2차 세계 대전 때 몇 년간 근무했던 것이 다였다. 훌릭은 서구와 일본의 파괴적 영향력에 흔들리기 이전의 중국 제국을 이상화했다. 그리고 그가 존경하고 애정을 아끼지 않았던 유교 사대부의 생활 방식을 기본 관점으로 해서 제국 시절의 중국을 바라보았다.

하지만 이런 한계와 편견에도 불구하고, 훌릭의 디 공 소설들은 제국 중국의 생활상을 비교적 정확하게 그려내고 있다. 훌릭이 개인적으로 중국을 관찰했던 때는 아직 공산주의가 정부를 장악하기 이전으로, 각 마을과 도시에서는 여전히 예전의 생활 방식을 고수했고 수령이 지방 행정을 장악하고 있었다. 일상사에 극히 민감했던 훌릭은 그냥 평범한 관찰자가 아니었다. 자신의 연구와 정부 최고위직 인물들과의 만남을 통해, 훌릭은 중국 전통 생활상에 관해서만큼은 어느 전문가 못지않은 지식을 갖추고 있었다. 고문서와 지명 사전, 왕조 실록, 외교 문서는 아무리 많이 들여다본다 해도 중국 전통 생활상을 그 바닥부터 이해시켜 주지는 못한다. 중국의 통속 문학은, 있는 그대로 번역할 경우 외국 독자들에게는 너무나 낯설어 충분한 설명이 불가능하고, 따라서 아주 일상적인 소재라도 서구인들은 완전히 이해하기 힘들다. 그러나 홀릭의 식견과 설명을 통해서 근대 이전의 중국에 대해 힘들이지 않고 즐겁게 엿볼 수 있으며, 중국과 서구 사회가 서로 얼마나 다른지, 또 얼마나 비슷한지도 이해할 수 있다. 무엇보다 흥미진진하기까지 하니, 이 점 하나만으로도 찬사 받아 마땅하지 않을까.

도널드 F. 래시

 밀리언셀러 클럽을 펴내면서

지난 수백 년 동안 소설은 기묘하면서도 교양 넘치고, 자유로우면서도 현실에 뿌리박고 있으며, 흥미진진하면서도 감동적인 이야기로 독자들의 사랑을 독차지해 왔다.

민담이나 전설 등에 비해 비교적 최근에 탄생한 이야기 형식인 소설이 순식간에 이야기 왕국의 제왕으로 올라선 것은 현대인들이 살아가면서 느끼는 희망과 절망, 불안과 평화 등 온갖 삶의 양상들을 허구 속에 온전히 녹여 내어 재창조함으로써 이야기를 읽는 기쁨과 더불어 삶을 재발견하는 즐거움을 주어 온 까닭이다.

사실 이야기를 읽음으로써 삶을 다시 생각하고, 삶을 생각함으로써 이야기를 다시 만들어 온 것은 인간이라면 피할 수 없는 숙명이다.

그런데도 최근 이야기의 제왕이라는 소설의 위기를 말하는 목소리가 점점 늘어나고 있다. 만약에 이 말이 사실이라면, 그리하여 사람들이 소설을 점차 외면하고 있다면, 핏속에 스며들어 있으며 뼛속에 틀어박힌 이야기 본능이 무언가 다른 것에 홀려 있음에 틀림없다.

사람들은 이제 이야기를 소설이 아니라 거리에서, 인터넷에서, 영화에서, 드라마에서, 광고에서, 대중가요에서 즐기고 있는 것이다.

'밀리언셀러 클럽'은 이러한 소설의 위기를 넘어서려는 마음에서 기획되었다. 국내뿐만 아니라 전 세계 각국에서 독자들의 사랑을 한껏 받은 작품들을 가려 뽑아 사람들 마음을 다시 소설로 되돌리고 이야기를 한껏 즐길 수 있도록 배려하였다.

'밀리언셀러'라는 이름을 단 것은 소설이 다시 사람들의 마음을 끌어 널리 읽히기를 바라기 때문이고, '클럽'이라는 이름을 단 것은 소설을 사랑하는 독자들이 이 작품들을 가운데 놓고 오랫동안 이야기를 나누기를 바라기 때문이다.

앞으로 '밀리언셀러 클럽'에는 예로부터 오늘날까지, 동양에서 서양까지 시대와 장소를 가리지 않고 널리 독자들의 사랑을 받아 온 작품들 중에서 이야기로서 재미에 충실할 뿐만 아니라 인간 본연의 모습을 확인시켜 줄 수 있는 소설들이 엄선되어 수록될 것이다.

이 작품들이 부디 독자들을 소설의 바다로 끌어들여 읽기의 즐거움을 극대화함으로써 이야기 본능을 되살려 주어 새로운 독서 세대를 창출하기를 바라는 마음 간절하다.

옮긴이 **구세희**
한양대학교 관광학과와 호주의 호텔경영대학교(ICHM)을 졸업하고 국내외 호텔과 외국계 기업에서 근무하며 운영 관리 및 인사 업무를 담당했다. 번역에 매력을 느껴 과감히 하던 일을 그만둔 후 현재는 여러 가지 분야의 글을 공부하며 영어를 훌륭한 우리글로 옮기는 데 매진하고 있다. 바른번역 소속 번역가로 활동 중이다. 옮긴 책으로는 『이노베이션 매뉴얼』, 『위대함의 법칙』, 『인생, 전쟁처럼』 등이 있다.

호수 살인자

1판 1쇄 찍음 2010년 5월 6일
1판 1쇄 펴냄 2010년 5월 13일

지은이 | 로베르트 반 홀릭
옮긴이 | 구세희
편집인 | 김준혁
펴낸곳 | (주) 황금가지

출판등록 | 1996. 5. 3. (제16-1305호)
주소 | 135-887 서울 강남구 신사동 506 강남출판문화센터 5층
전화 | 영업부 515-2000 / 편집부 3446-8773 / 팩시밀리 515-2007
홈페이지 | www.goldenbough.co.kr

ⓒ (주) 황금가지, 2010. Printed in Seoul, Korea

ISBN 978-89-6017-244-9 04840
　　　978-89-6017-245-6 (set)

추리 · 호러 · 스릴러
밀리언셀러 클럽

#	제목	저자
1	리타 헤이워드와 쇼생크 탈출 사계 봄·여름	스티븐 킹
2	스탠 바이 미 사계 가을·겨울	스티븐 킹
3	살인자들의 섬	데니스 루헤인
4	전쟁 전 한 잔	데니스 루헤인
5	쇠못 살인자	로베르트 반 훌릭
6	경찰 혐오자	에드 맥베인
7·8	고스트 스토리 (상)(하)	피터 스트라우브
9	경마장 살인 사건	딕 프랜시스
10	어둠이여, 내 손을 잡아라	데니스 루헤인
11·12	미스틱 리버 (상)(하)	데니스 루헤인
13	800만 가지 죽는 방법	로렌스 블록
14	신성한 관계	데니스 루헤인
15·16	아메리칸 사이코 (상)(하)	브렛 이스턴 엘리스
17	벤슨 살인사건	S.S. 반다인
18	나는 전설이다	리처드 매드슨
19·20·21	세계 서스펜스 걸작선 1·2·3	제프리 디버 외
22	로마의 명탐정 팔코 1 실버피그	린지 데이비스
23·24	로마의 명탐정 팔코 2 청동 조각상의 그림자 (상)(하)	린지 데이비스
25	쇠종 살인자	로베르트 반 훌릭
26·27	나이트 워치 (상)(하)	세르게이 루키야넨코
28	로마의 명탐정 팔코 3 베누스의 구리반지	린지 데이비스
29	13 계단	다카노 가즈아키
30	마이크 해머 시리즈 1 내가 심판한다	미키 스 레인
31	마이크 해머 시리즈 2 내총이 빠르다	미키 스 레인
32	마이크 해머 시리즈 3 복수는 나의 것	미키 스 레인
33·34	애완동물 공동묘지 (상)(하)	스티븐 킹
35	아이거 빙벽	트레바니언
36	뱀파이어 헌터 애니타 블레이크 1 달콤한 죄악	로렐 K. 해밀턴
37	뱀파이어 헌터 애니타 블레이크 2 웃는 시체	로렐 K. 해밀턴
38	뱀파이어 헌터 애니타 블레이크 3 저주받은 자들의 서커스	로렐 K. 해밀턴
39·40·41	제 1의 대죄 1·2·3	로렌스 샌더스
42·43	스티븐 킹 단편집 스켈레톤 크루 (상)(하)	스티븐 킹
44	아임 소리 마마	기리노 나쓰오
45	링	스즈키 고지
46·47	가라, 아이야, 가라 1·2	데니스 루헤인
48	비를 바라는 기도	데니스 루헤인
49	두번째 기회	제임스 패터슨
50	롬 고든을 사랑한 소녀	스티븐 킹
51·52	셀 1·2	스티븐 킹
53·54	블랙 달리아 1·2	제임스 엘로이
55·56	데이 워치 (상)(하)	세르게이 루키야넨코
57	로즈메리의 아기	아이라 레빈
58	데릭 스트레인지 시리즈 1 살인자에게 정의는 없다	조지 펠레카노스
59	데릭 스트레인지 시리즈 2 지옥에서 온 심판자	조지 펠레카노스
60·61	무죄추정 1·2	스콧 터로
62	암보스 문도스	기리노 나쓰오
63	잔학기	기리노 나쓰오
64·65	아웃 1·2	기리노 나쓰오
66	그레이브 디거	다카노 가즈아키
67·68	리시 이야기 1·2	스티븐 킹
69	코로나도	데니스 루헤인
70·71·74	스탠드 1·2·3	스티븐 킹
75·77·78	4·5·6	
72	머더리스 브루클린	조나단 레덤
73	여탐정은 환영받지 못한다	P. D. 제임스
76	줄어드는 남자	리처드 매드슨
79	러시아 추리작가 10인 단편선	옐레나 아르세네바 외
80	블러드 더 라스트 뱀파이어	오시이 마모루
81·82·90·91	적색,청색,흑색,백색의 수수께끼	다카노 가즈아키 외
83	18초	조지 D. 슈먼
84	세계대전Z	맥스 브룩스
85	텐더니스	로버트 코마이어
86·87	듀마 키 1·2	스티븐 킹
88·89	얼터드 카본 1·2	리처드 모건
92·93	더스크 워치 1·2	세르게이 루키야넨코
94·95·96	21세기 서스펜스 컬렉션 1·2·3	에드 맥베인 엮음
97	무덤으로 향하다	로렌스 블록
98	천사의 나이프	야쿠마루 가쿠
99	6시간 후 너는 죽는다	다카노 가즈아키
100·101	스티븐 킹 단편집 모든 일은 결국 벌어진다 (상)(하)	스티븐 킹
102	엑사바이트	하토리 마스미
103	내 안의 살인마	짐 톰슨
104	반환	리 벤스
105	하루하루가 세상의 종말	J. L. 본
106	부드러운 볼	기리노 나쓰오
107	메타볼라	기리노 나쓰오

한국편

#	제목	저자
1	몽	김종일
2·3·4	팔란티어 1·2·3	김민영 (옥스타칼니스의 아이들 개정판)
5	이프	이종호
8	한국 공포 문학 단편선	이종호 외 9인
9	B컷	최혁곤
10	한국 공포 문학 단편선 2 — 두 번째 방문	이종호 외 8인
11	한국 추리 스릴러 단편선	최혁곤 외
12	한국 공포 문학 단편선 3 — 나의 식인 룸메이트	이종호 외
13	한국 추리 스릴러 단편선 2 — 두 명의 목격자	최혁곤 외
14	한국 공포 문학 단편선 4	이종호 외